このラストに情熱のすべてを
注ぎました

井上真偽

이 책의 결말에 제 모든 열정을 바쳤습니다
— 이노우에 마기

아리아드네의
목소리

アリアドネの声

ARIADNE NO KOE

Copyright © Magi Inoue 2023
First published in Japan in 2023 by Gentosha, Inc.
Korean translation rights arranged with Gentosha, Inc.
through JM Contents Agency Co.
Korean edition copyright © 2024 by Blueholesix

아리아드네의
목소리

アリアドネの声

이노우에 마기 장편소설

이연승 옮김

블랙홀6

일러두기

—

본문의 각주는 전부 독자의 이해를 돕기 위한
옮긴이 주입니다.

WANOKUNI 층별 안내도

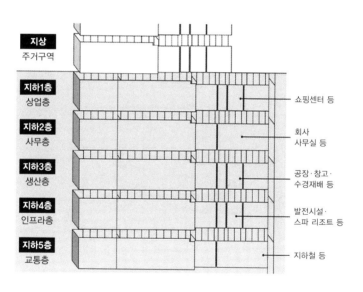

지상	주거구역

지하1층	상업층	— 쇼핑센터 등
지하2층	사무층	회사 사무실 등
지하3층	생산층	공장·창고· 수경재배 등
지하4층	인프라층	발전시설· 스파 리조트 등
지하5층	교통층	지하철 등

유도 경로 (전체 지도에서 발췌)

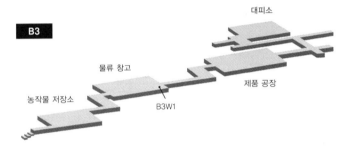

B3

대피소

물류 창고

농작물 저장소

B3W1

제품 공장

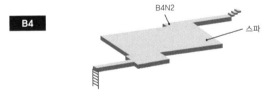

B4

B4N2

스파

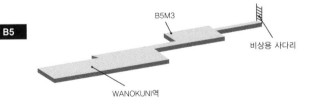

B5

B5M3

비상용 사다리

WANOKUNI역

세상에서 가장 훌륭하고 아름다운 것은,
눈으로 보거나 손으로 만지지 않는다.
마음으로 느낄 뿐이다.

—헬렌 켈러

"형!"

어두운 동굴을 향해 외친다.

전에도 자주 왔던 곳이다. 집에서 자전거로 한 시간 정도 달리면 나오는 해안가에 이 동굴이 있다. 평상시에는 미사일처럼 툭 튀어나온 곳 아래 바다에 잠겨 있다가 썰물 때만 되면 게임 속 숨겨진 캐릭터처럼 슬그머니 얼굴을 내민다.

일명 '담력 훈련 동굴'. 위험해서 아이는 물론 성인도 출입 금지다. 여름방학 전에 학교에서는 동굴에 가지 말라고 학생들에게 단단히 주의를 주지만, 동굴을 빠져나가면 물고기가 잘 잡히는 낚시 명소가 있어 몰래 찾아가는 장난꾸러기 아이들이 끊이지 않았다.

"혀엉······."

그리고 우리도 그 장난꾸러기 아이의 일원이었다. 싱글맘으로 온종일 일만 하는 어머니에게 신선한 바다의 보물을 선물하려고 형과 나는 사람들의 눈을 피해 종종 그 동굴을 찾았다.

하지만 동굴에 들어가는 사람은 늘 형 혼자였고 나는 입구에 서서 주변을 감시하는 역할을 맡았다. 형이 시킨 게 아니라 내가 그러기를 원했다.

—우리 하루오는 겁이 참 많다니까.

오늘도 동굴에 들어가지 않겠다고 하자 형은 어이가 없는 것처럼 말했다.

—언제쯤 안 무섭겠어? 그러다 동굴에 한 번도 못 들어가고 초등학교를 졸업하겠다.

—조만간 들어갈게. 조만간.

—조만간이 대체 언제야? 뭐 됐어. 원래 인간은 불가능하다고 생각하면 거기까지니까.

형의 그 말은 어떤 비난과 욕설보다 몇 배는 내 가슴에 깊숙이 꽂혔다. 형은 그때 나를 '동정'했을까. 하지만 그렇다고 형을 원망하거나 아니꼽게 생각한 적은 한 번도 없다. 착한 형은 나와는 달리 무엇이든 척척 해 내는, 말 그대로 나의 영웅이었기 때문이다. 좋아하고 존경하는 상대보다 자신이 열등하다고 생각하는 것은 그야말로 자연스러운 일이었다.

지금에 와서는 그때 왜 그토록 동굴을 무서워했는지도 잘 알 수 없다. 생각해 보면 형이 나에게 보여 준 인터넷 동영상이 한몫했던 것 같다. 해저 동굴에서 익사한 어느 다이버의 영상이었는데, 구조의 손길이 닿지 않는 어두운 바닷속에서 곧 들이닥칠 죽음을 잠자코 기다리는 상황은 상상만으로도 무서웠다. 그날 본 영상이 꿈에도 여러 번 나와 어느새 '어두운 동굴'은 나에게 공포의 상징이 됐다.

하지만 형도 나와 같은 영상을 봤으니 나만 무서워할 이유가 될 수는 없다. 그냥 간단히 말해 내가 겁쟁이였을 뿐이다.

"왜 이리 늦지……. 고기가 잘 잡히나……."

물놀이용 그물을 손에 쥔 채 바위에 앉아 있던 나는 썰물에서 빠르게 물이 들어차는 바다를 보며 중얼거렸다.

밀물 때는 물이 들어오는 속도가 빨라 한번 차기 시작하면 순식간에 동굴 입구가 잠겨 버린다. 위험한 상황이었지만 그때 나는 그다지 걱정하지 않았다. 형은 평소에도 밀물 바로 직전까지 버틸 때가 많았고, 언젠가 한 번은 동굴 입구가 잠기기 시작했는데도 헤엄쳐서 돌아온 적도 있었다. 중학생이던 형은 당시 내 눈에 어른스러워 보였고 그런 형의 판단이 틀릴 리 없으니 간섭해서는 안 된다고 생각했다.

그래서 나는 몰랐다.

그때 형이 이미 익사 직전이었다는 걸.

이상을 알아차린 건 파도가 동굴 입구 높은 곳까지 도달했을 때였다. 그제야 허둥지둥 뛰어가 어른들을 불렀지만 이미 늦은 건 두말할 나위도 없었다. 나중에 친척에게 들은 이야기로는 형이 빠진 곳은 동굴 입구에서 불과 몇 미터 안쪽이었다고 한다. 그곳에는 밥그릇처럼 푹 파인 구멍이 있는데 벽이 도자기처럼 매끄럽고 높이도 있어 어른도 혼자 힘으로는 기어오르기 어려운 곳이었다.

형은 수영을 잘했으니 바로 물에 잠기지는 않았을 것이다. 어두운 바다를 헤엄치며 수없이 내 이름을 외치지 않았을까. 하지만 나는 듣지 못했다. 멀리 떨어진 바위 위에 있었기 때문이다. 얕은 바다 위 바위에서, 언제든 모래사장으로 걸어갈 수 있는 절대적 안전지대에서 나는 형의 모험을 방관자처럼 구경하고 있었다.

지금도 그때 꿈을 꾼다. 만약 내가 조금만 용기를 내서 형에게 갔더라면. 어둠의 공포에 굴하지 않고 적어도 동굴 입구 부근에서 형을 기다렸다면.

운명은 어떻게 바뀌었을까.

내 귀에는 분명 형의 목소리가 닿았을 것이다.

내가 불가능하다고 생각하지만 않았다면.

I

현명한 도시

저는 단 한 번도 제 장애를 어떤 의미에서든
신이 내린 형벌이나 불의의 사고로
받아들이지 않았습니다.
만약 그렇게 인식했다면 장애를 극복하는
힘을 발휘할 수도 없었을 것입니다.

— 『나의 종교』, 헬렌 켈러

1

"다녀오겠습니다!"

위패가 있는 불단의 방울을 울리고 다다미에 놓인 가방을 집어 들었다.

이른 아침. 오래된 커튼 틈새로 뿌연 새벽빛이 들어와 똑같이 세월의 흔적이 느껴지는 다다미 위 먼지를 비췄다. 밤새 창문을 닫아 둔 다다미방 안에는 열기가 머물러 있어 빈말로도 상쾌한 아침 공기라고 하기 어려웠다. 커튼 밖에서 지이이이 하고 들리는 거슬리는 매미 울음소리. 오늘도 무더위가 기승을 부릴까.

"오늘 아침도 일찍 가네."

현관으로 향하고 있을 때 잠옷 차림의 어머니가 나를 배웅하러 방에서 나왔다.

"아, 응."

"지금이 몇 시지? 아직 6시도 안 됐네. 괜찮니? 어제도 늦게 왔잖아."

"괜찮아. 푹 잤으니까."

거짓말이었다. 어젯밤에도 막차 시간에 쫓겨 자정이 지나서야 집에 돌아왔다. 수면 부족 때문에 정신이 몽롱했지만 출근길 전철 안에서 잠시 눈을 붙이면 충분하다. 어차피 출근 시간은 편도 두 시간이 넘었다.

신발을 신으려고 쪼그려 앉자 등 뒤에서 어머니의 눈빛이 느껴졌다.

"……하루오."

"응?"

"이제는 슬슬 해 보는 게 어떠니?"

"뭘?"

"자취. 매일 도쿄까지 다니기 힘들지 않아? 엄마 걱정은 안 해도 돼."

대답 없이 입을 다물었다. 형의 사고 이후 어머니는 눈에 띄게 몸이 약해졌다. 한동안 병원 신세를 졌고 내가 고등학교에 들어가고서야 간신히 전처럼 지낼 수 있게 됐다.

그때는 어머니가 완전히 회복된 줄 알고 안심했지만 어머니의 마음의 병이 뿌리 깊다고 깨달은 것은 대학생 시절 1박 아르바이트로 오랫동안 집을 비웠을 때였다. 집에 돌아온 뒤 쓰레기장으로 변해 버린 집 안을 보며 나는 두 번 다시 집을 오래 비우지 않기로 결심했다.

"아니, 괜찮아. 도쿄는 월세도 비싸고 어차피 잠만 자는데 뭘."

"회사에서 주택 수당 같은 건 안 나오니?"

"나오기는 하지만…… 어디까지나 보조금이고 출퇴근 수당 같은 것까지 다 계산하면 정기권을 끊어서 다니는 편이 훨씬 저렴해. 요즘은 원격 재택근무도 많고."

"그래? 그럼 괜찮지만……."

물론 정기권을 끊어서 다니는 게 더 저렴하다는 건 거짓말이다. 내 소속 부서는 대인, 출장 업무 위주여서 재택으로 할 일이 거의 없다는 것도 일부러 말하지 않았다. 취급하는 '상품' 자체는 어떤 의미에서 원격이라고 할 수 있지만, 그런 걸 떠나 아직 현실 인식 능력이 떨어지는 어머니에게 괜히 새 걱정의 씨앗을 심어 줄 필요는 없다고 생각했다.

"하루오."

움푹 들어간 신발을 매만지고 있자 어머니가 다시 입을 열었다.

"혹시 불가능한 상황인데 엄마 때문에 괜히 애쓰고 있는 건 아니지?"

순간 내 손이 멈칫했다.

머릿속에서 거센 파도가 동굴에 밀려오는 장면이 떠올랐다. 그러나 이내 다시 떨치고 재빨리 신발을 신고 일어나 어깨를 으쓱했다.

"불가능하다니, 그게 무슨 소리야."

시치미를 떼고 현관문 손잡이에 손을 얹었다.

"그럼 다녀오겠습니다."

문을 열자 여름의 후텁지근한 공기가 얼굴을 뒤덮었다. 마치 기다렸다는 듯이 눈에 튀어드는 아침 햇살을 손바닥으로 가리며 속으로 반박했다.

불가능하다고 생각하면 거기까지야, 엄마.

"다카기, 설마 아침은 그게 전부?"

업무 시작 전 회사 책상 앞에 앉아 어제 일을 정리하며 견과류 바를 우물거리고 있자 뒤에서 목소리가 들렸다.

돌아보니 보라색 숄을 걸친 여자가 의아한 눈빛으로 나를 내려다보고 있다. 하나무라 가요코. 신입사원 시절 내 교육을 담당한 선배 직원으로 자녀가 한 명 있는 30대 여성이다. 털털한 성격에 출산 후 짧게 잘랐다는 쇼트커트 머리가 잘 어울리는 사람이었다.

"이제 곧 나가 봐야 해서요."

"다치카와 비행장에서 하는 실습 강좌 말이지? 그럼 더 잘 먹어야 하지 않아? 강사 배에서 꼬르륵 소리가 울리면 창피하잖아."

대뜸 내 눈앞에 랩에 싸인 삼각형 물체가 놓였다. 옛날이야기에서나 등장할 법한 큼지막한 주먹밥이다. 당황스러웠지만 상사의 강렬한 눈빛에 굴복해 결국 조심스레 주먹밥을 집어 들었다. 그러고 보니 얼마 전 회사 건강검진이 있었다. 혹시 건강하지 못한 삶을 사는 부하 직원을 관리하라고 위에서 시키기라도 한 걸까.

오랜만에 편의점이 아닌 집에서 직접 만든 주먹밥을 먹었다. 속 재료로 잘게 썬 플레이크가 아닌 제대로 구운 연어 살이 들어 있다. 담백한 맛에서 가족의 건강을 생각하는 하나무라 선배의 마음이 느껴졌다. 이런 게 바로 어머니의 손맛일까.

"아무래도 육아 중이라 그런가 봐."

하나무라 선배는 내가 주먹밥을 먹는 모습을 지그시 바라보며 설교조로 입을 뗐다.

"젊은 사람이 잘 안 먹는 걸 보면 걱정이 돼."

"……잘 안 먹는 젊은 사람은 저쪽에도 있는 것 같은데요."

나 혼자 표적이 되는 걸 피하기 위해 한산한 사무실을 둘러보다가 옆에 있는 책상 섬 앞에 홀로 외롭게 앉아 있는 직원을 가리켰다. 가몬 요이치. 나보다 두 기수 위 선배인데 부서는 다르지만 인턴 때 신세를 진 인연으로 알고 지내고 있다.

직원 수가 50명도 되지 않는 벤처 기업에서는 거의 모든 직원이 알고 지내는 사이나 다름없기는 하다. 깡마른 체형에 안경을 낀 해골 같은 선배는 나와 눈이 마주치자 노골적으로 못 본 체하며 못마땅한 얼굴로 노트북 키보드를 두드리기 시작했다. 온몸으로 '날 그냥 내버려 둬'라는 기운을 발산하고 있다. 평소 편하게 대화를 주고받는 사이지만 선배가 다정다감하거나 사교적인 성격은 아니었다.

"가몬."

하나무라 선배는 아랑곳하지 않고 가몬 선배에게 다가가 말을 건넸다.

"아침은?"

키보드를 두드리는 소리가 멈췄다.

"먹었습니다."

"뭘?"

"음…… 그게…… 히비키야에서 파는 카레……."

"흐음. 히비키야? 거기 영업 시작이 11시 아니었나?"

단숨에 대화가 끊겼다. 선배가 도움을 청하는 눈빛으로 날봤지만 조금 전에 날 무시했으니 나도 무시하기로 했다.

"자, 너한테도 숙제를 줄게."

결국 가몬 선배의 책상에도 주먹밥이 놓였다.

"아침에 탄수화물을 섭취하면 하루 종일 머리가 잘 안 돌아가서……."

선배는 원망 섞인 말을 중얼거리다가 마지못해 배급품에 손을 뻗었다.

"이것으로 두 사람 다 어느 정도 에너지를 확보했네."

하나무라 선배는 가몬 선배의 불평을 무시하고 말을 이었다.

"영양 밸런스가 엉망일 테니 저녁에는 채소류 등도 잘 챙겨 먹도록 해. 가몬은 혼자 산다고 했지? 집에서 음식은 해 먹어? 다카기는……"

갑자기 하나무라 선배의 말이 멈췄다. 우리 집안 사정을 어느 정도 알고 있으니 어떻게 물어야 좋을지 망설여질 것이다. 나는 선배의 마음을 헤아려 먼저 대답했다.

"잘 먹고 있어요, 집밥."

"……어머니가 해 주시니?"

"아뇨. 제가 직접 만들어 먹어요. 평일에는 요리할 시간이 없어서 주말에 일주일 치를 만들어서 전용 용기에 담아 냉동 보관해요. 그럼 어머니도 드실 수 있어서."

그러자 하나무라 선배가 기특하다는 듯이 고개를 끄덕였다.

"게다가 다카기네 집은 시즈오카니까. 가능하면 동네 반찬 가게 같은 곳도 잘 활용하면 좋을 것 같아."

내가 '가능, 불가능을 따지는 건……'이라고 반박하기도 전에 가몬 선배가 놀란 것처럼 "시즈오카?"라고 중얼거렸다.

"시즈오카라니…… 그렇게 멀리서 출퇴근하고 있었어? 왜?"

그러자 하나무라 선배는 '이제 와서 새삼스럽게?'라는 듯이 선배를 쳐다봤고 나는 쓴웃음을 지었다. 확실히 가몬 선배와 회사 안에서는 친한 것처럼 보이지만 사실 그렇게까지 서로를 잘 알지는 못한다. 내가 평소 집안 사정을 언급하지도 않지만 두 사람 다 상대의 사생활에는 별로 관심이 없다는 게 더 정확할 것이다.

"우리 회사는 주택 수당도 그럭저럭 나오잖아? 시즈오카라면 정기권 값이 만만치 않을 테고 세이부신주쿠선 쪽이면 월세도 그다지……."

"요새는 시즈오카에서 도쿄로 출퇴근하는 사람도 많지 않아?"

하나무라 선배가 나를 향해 상냥하게 물었다.

"그리고 부모님과 함께 살면 편하잖아. 안 그래?"

나는 어정쩡하게 웃어넘겼다. 선배는 어이가 없다는 듯이 입을 쩍 벌리더니 어긋난 안경을 고쳐 쓰고 손에 든 밥알 뭉치를 부모의 원수라도 되는 것처럼 노려보다가 덥석 물었다.

"그런데 말이지."

선배가 주먹밥을 우물거리며 말했다.

"이곳 신주쿠 본사는 그렇다 쳐도 넌 거래처를 찾아갈 때도 많잖아. 지바나 지쿠바 같은 곳. 그럴 때는 어떡해? 대체 몇 시에 일어나야 하는 거야? 아무리 부모님과 사는 게 편하다고 해도 난 절대 불가능해."

"불가능하다고 생각하시면……."

나도 주먹밥을 우물거리며 받아쳤다.

"거기까지예요."

주식회사 '탈랄리아'는 드론 사업을 하는 벤처 기업이다.

설립된 지는 8년 남짓. 원래는 시설물 점검과 재난 구조용 드론을 개발했지만 사업 영역을 조금씩 확장해 지금은 원스톱 서비스 점검 솔루션, 드론 도입 컨설팅, 일반 사용자를 대상으로 한 드론 강의 같은 B2C✤서비스도 하고 있다.

입사 3년 차인 내가 소속한 부서는 '스쿨 사업부'다. 남녀노소를 불문한 드론 초보자들의 실기 강습을 위해 나는 신주쿠구 본사를 나가 도쿄 서쪽 다치카와시에 있는 실내 드론 비행장으로 향했다. 비행장은 시 외곽의 대형 창고를 개조한 스포츠 시설 안에 있는데 우리 회사 소유는 아니지만 관리 단체와 연간 사용 계약을 체결했다.

수강생은 강습 시작 30분 전에 이미 모여 있었다. 총 나흘의 단기 강좌로 전반 이틀은 강의, 후반 이틀은 실습으로 구성돼 있다. 나는 강의 담당은 아니기에 이들과 만나는 건 오늘이 처음이었다.

시간이 다 되어 눈앞에 나란히 선 사람들을 보고 있을 때

✤ Business to Customer. 기업이 같은 기업이 아닌 소비자를 상대로 서비스를 제공하는 것을 뜻한다.

갑자기 졸음이 몰려왔다. 조금 전 탄수화물을 섭취한 탓에 인슐린이 과다 분비돼 졸음을 부르는 듯했다. 선배의 푸념도 아예 근거가 없는 것은 아니었다.

"그럼 출석을 확인하겠습니다."

나는 기합을 넣어 졸음을 떨쳐내고 명단을 읽었다.

"1번, 주식회사 오이와다 제작소의 우치야마 도요시 씨."

폴로셔츠를 입은 중년 남자가 "네" 하고 대답했다. 드론이라고 하면 보통 젊은 층을 떠올리기 쉬운데 실제 수강생의 연령 폭은 넓다. 회사 업무에 활용, 은퇴 후 취미, 부업 등 수강 이유도 다양하다. 그만큼 드론에 관심이 높아지고 있다는 증거였다.

"2번, 주식회사 알스 건설의 미우라 호시 씨. 3번, 개인 사업자 미나카와 사토시 씨……."

명단을 보니 오늘 수강생은 총 여섯 명이다. 대부분 나보다 나이가 많고 네 사람은 민간인, 두 사람은 소방관 제복을 입은 공무원이었다. 요즘은 소방 현장에서도 드론의 존재감이 커진 덕에 소방관들의 참여가 눈에 띄었다.

비슷한 또래의 수강생도 한 명 있었다. 헐렁한 맨투맨 티셔츠에 깊숙이 눌러쓴 야구 모자 때문에 분간하기 어렵지만 날씬한 체형을 보니 여자일까. 조금 전 수강생의 연령 폭이 넓다고 했지만 성별 편중은 뚜렷해 여자 수강생은 드문 편이었다.

"4번, 유한회사 알트 디자인의 니라사와 아오 씨……. 어? 니라사와 아오?"

나도 모르게 이름을 한 번 더 확인했다. 니라사와…… 아오? 동명이인일까. 아니, 하지만 이렇게 특이한 성을 가진 사람은.

고개를 들자 그녀와 눈이 마주쳤다. 여자는 갑자기 입을 다문 나를 의아한 듯이 쳐다보다가 잠시 후 눈을 휘둥그레 떴다.

여자가 한 손으로 입을 가렸다. 그리고 손가락 사이에서는 익숙한 목소리가 새어 나왔다.

"설마…… 다카기 하루오?"

니라사와 아오는 내 고등학교 동창이다.

육상부의 높이뛰기 에이스였던 그녀는 평소 무뚝뚝하고 말수가 적었지만 예쁜 외모로 남학생들에게 인기가 많았다. 금욕적인 노력파 같은 이미지여서 당시에는 육상 트랙에서 해 질 녘까지 연습하는 니라사와의 모습을 자주 볼 수 있었다. 몇 번이나 실패한 높이뛰기 바를 넘고 혼자 조용히 승리 포즈를 취하는 모습이 지금도 내 머릿속에는 스냅 사진처럼 새겨져 있다.

별로 친한 사이는 아니었다. 고등학생 때는 평범한 같은 반 친구로 무난하게 지냈다. 니라사와의 표정에서도 반가움

보다는 당황스러움이 느껴져 나는 "여어, 오랜만이야" 하고 가볍게 인사하고 그 뒤로는 묵묵히 업무에 집중했다.

그래서 강의를 마친 후 니라사와가 먼저 말을 걸어 왔을 때는 흠칫 놀랐다.

"정말 오랜만이다."

비행용 실내 코트 옆에서 뒷정리를 하고 있을 때 뒤에서 목소리가 들렸다. 가슴이 조금 두근거렸지만 최대한 아무렇지 않은 척하며 뒤를 돌아봤다.

"응, 오랜만이네. 잘 지냈어?"

"그렇지, 뭐. 넌?"

"나도 뭐 그럭저럭."

고등학생 시절과는 분위기가 사뭇 달랐다. 전에는 짧았던 머리가 지금은 어깨까지 닿았다. 얼굴은 화장기가 거의 없어 민낯에 가깝지만 립스틱을 바른 입술과 눈썹 모양에서는 여성스러움이 느껴졌다. 그리고 무엇보다 표정. 이런 사교적인 미소를 지을 수 있는 사람이었나 싶어 놀랐다.

"정말 놀랐어. 누구랑 닮았다고는 생각했는데 설마 다카기였을 줄이야."

"나도. 드론에는 원래 관심이 있었어?"

"관심이라기보다…… 업무상 필요해서."

"업무? 그러고 보니 너희 회사가."

"응. 디자인 회사."

그 뒤로 니라사와는 봇물 터진 것처럼 자기 이야기를 시작했다. 지방에 있는 어느 웹 사이트 제작 회사에서 근무한다는 이야기. 그 회사가 최근 영상 제작도 시작했다는 이야기. 자신도 어쩌다 그 팀에 들어가 자비로 항공 촬영용 드론을 샀다는 이야기. 처음에는 내키지 않았지만 막상 촬영을 시작하니 의외로 빠져들었다는 이야기.

'말이 많아졌네'라는 느낌이 앞섰다. 이렇게 자기 이야기를 잘하는 사람이었나. 하지만 세월은 인간을 변화시키는 법이다. 사회에 나가 나름대로 사교성을 익혔을지 모른다.

"아무튼, 그래서 얼마 전 사장이 자격증을 따라고 해서 이번 강좌를 들은 거야. 비용은 회사에서 내주니 그냥 나들이도 할 겸 도쿄에 가 볼까 싶어서…… 아, 미안. 나만 계속 떠들었네."

"아니, 괜찮아."

나는 드론 배터리를 케이스에 넣으며 대답했다. 수다스러운 모습보다 더 놀라운 것은 니라사와의 가슴 주머니에서 보이는 담뱃갑이었다. 운동선수였을 때 니라사와는 패스트푸드도 입에 대지 않는 금욕적인 여고생이었다.

"그건 그렇고."

니라사와는 나를 배려하듯 화제를 돌렸다.

"넌 어쩌다 드론 회사에서 일하게 됐어?"

대답을 망설였다. 집안 사정을 니라사와에게 털어놓은 적이 있었을까.

"음…… 글쎄. 드론은 역시 시대의 최첨단이라? 미래가 유망하다고 할까."

"너도 드론으로 영상 촬영 같은 걸 해?"

"아니. 난 주로 조사용."

"조사용?"

"요새는 취미용 토이 드론이나 항공 촬영용 드론 외에도 다양한 용도의 드론이 개발되고 있어. 건물 점검용 드론이라거나 농약을 살포하는 농업용 드론이라거나. 내가 주로 맡는 건 건설이나 재난 현장을 조사하는 조사용 드론이야. 혹시 '아리아드네'라고 알아? 우리 회사가 개발한 재난 구조용 국산 드론인데."

"흐음…….'

니라사와는 반응이 시큰둥했다. 역시 항공 촬영용 드론 외에는 별 관심이 없는 듯하다. 최근 들어 다양한 분야에서 드론이 활약하기 시작했지만 용도에 관해서는 대중들의 인식이 아직 낮았다.

잠시 후 니라사와가 나직이 중얼거렸다.

"**재난 구조**라는 건…… 역시 형 때문에?"

배터리 케이스 뚜껑을 닫는 내 손이 멈칫했다.

"내가 이야기했나?"

"응."

이제야 기억났다. 3년의 고등학교 생활 중 딱 한 번 니라사와와 친밀하게 대화를 주고받은 적이 있다는 걸.

고등학교 2학년 가을이었다. 밤에 자전거를 타고 해안가를 달리던 나는 교복 차림으로 어두운 바다로 향하는 니라사와를 발견하고 깜짝 놀라 그녀를 불러 세웠다.

"그때는 내가 자살할 줄 알았지?"

니라사와가 킥킥 웃었다.

"무시무시한 얼굴로 뛰어와서 솔직히 얼마나 무서웠는지 몰라. 도와주러 왔다기보다 '얘가 지금 날 덮치려고 하나?'라는 생각부터 들었다니까."

얼굴이 조금 달아올랐다.

"어쩔 수 없잖아. 그런 상황에서는"

"맞아. 내가 잘못하기도 했고."

그로부터 몇 달 전 니라사와는 교통사고를 당했다. 다행히 생명에는 지장이 없었지만 선수 생활을 접어야 할 정도의 큰 부상을 입었다. 그 뒤로도 니라사와는 애써 밝게 행동했지만 반 아이들은 취급 주의 물건이라도 다루듯 조심스럽게 그녀를 대했다.

"그때 네가 한 말은 전부 기억하고 있어."

니라사와는 환하게 미소 지으며 말했다.

"그렇게 필사적으로 충고해 준 사람은 처음이었거든. 형이야기도 인상적이었지만 역시 가장 기억에 남는 건 '불가능하다고 생각하면 거기까지다'라는 말. 그때는 '우리 코치님보다 더 잔소리쟁이잖아' 정도로만 생각했지만."

"미안. 내 입버릇이라. 내가 한 말은 아니고 형이 해 준 말이야."

"그렇구나. 그럼 형의 유지를 잘 이어받았다는 뜻이네. 대단해. 정말 멋진 말인 것 같아. 나도 그 말을 듣고 재활에 좀 더 힘써야겠다고 마음먹었거든. 솔직히 당시 운동에 아직 미련이 남아 있기도 했고. 역시 불가능에 가까웠지만."

조금 놀랐다. 그 뒤로 동아리 활동을 깨끗이 접는 걸 보고 친하지도 않은 내 조언 같은 건 흘려들었다고 판단했다. 속내를 드러내지 않은 만큼 니라사와는 생각보다 심지가 강한 사람이었을지 모른다.

"아."

갑자기 니라사와가 목소리를 높였다.

"'아리아드네'라는 이름은 왠지 들어본 것 같은데……. 혹시 너희 회사가 'WANOKUNI' 프로젝트에 참가하고 있니?"

니라사와의 입에서 그 이름이 나와 다시 한번 놀랐다.

"아…… 응. 그곳 방범 시스템에 우리 회사 제품이 채택됐어. 잘 아네."

"당연히 잘 알지."

니라사와가 자기 가슴을 가리키며 말했다.

"나도 그 프로젝트 참가자니까."

"참가자?"

"시티 입주자 모집에 신청해서 당첨됐어. 장애인 전형으로."

"장애인 전형?"

WANOKUNI 프로젝트는 일본 국토교통성이 대형 건설사, IT 기업들과 손잡고 시작한 도시 개발 프로젝트다.

최신 IT 기술을 도입해 살기 좋은 도시를 만들겠다는 이른바 '스마트 시티' 구상인데, 시스템 구축에 우리 회사가 관여해서 나도 말석에 있었다.

장애인 전형이라는 말을 듣고 내심 '그렇구나' 하고 고개를 끄덕였다. 이 프로젝트에는 장애인과 비장애인이 차별없이 살아가는 이른바 '배리어 프리', 즉 유니버설 디자인 도시를 구축한다는 목표도 있다. 따라서 임대료 등을 지원하기 위해 다양한 장애를 가진 사람들의 신청을 받았다. 니라사와는 거기에 신청한 듯했다.

나는 니라사와가 입은 카고바지를 보며 말했다.

"아직 다리에 후유증이 있어?"

"내가 아니야. 내 여동생."

"여동생?"

"실성증失声症이거든. 사고 충격 때문에. 그날 이후 계속."

교통사고의 피해자는 니라사와 한 명만이 아니었다. 가족여행 중 추돌사고를 당해 온 가족이 불행을 겪은 듯했다.

"올해 아홉 살이 됐어. 아직 이사 온 지 얼마 안 됐고 목소리를 못 내니 한눈팔면 금세 어디론가 사라지곤 해. 그래서 종종 경찰의 도움을 받았는데, 거리에 설치된 CCTV 중 드론 시점의 카메라가 한 대 있다고 했어. 그 이름이 '아리아드네'였던 것 같아."

속으로 '초기형이군' 하고 생각했다. 수상한 인물이나 집을 나와 배회하는 치매 노인 등을 추적할 용도로 개발된, 자동 순찰 기능이 있는 타입이다.

"아무튼 만족하고 있어. 도시가 IT화가 잘 돼서 편하기도 하고 장애인을 위한 서비스나 수당도 괜찮거든. 사고로 아버지를 잃은 뒤부터는 거의 보험금과 유족 연금에 의존하며 살아서 그런지 이사하기 전과 후 삶의 질이 하늘과 땅 차이야. 심지어 일자리까지 알선해 줘서 지금 다니는 회사가 마음에 안 들면 부담 없이 그만둘 수도 있다니까."

니라사와는 "사실 지금 다니는 회사가 좀 블랙 회사✤거든" 하고 웃음을 터뜨렸다.

니라사와가 손을 가슴 주머니 쪽으로 향했다. 거의 무의식적으로 담배를 한 개비 꺼내 입에 물었다. 이곳은 금연 구역이라고 알려 주려고 했지만 왠지 영혼이 빠져나간 듯한 니라사와의 공허한 눈빛을 보니 아무 말도 할 수 없었다.

✤ 근무 조건이 열악하고 직원에게 과중한 부담을 강요하는 회사를 일컫는 말.

"있지, 다카기."

딸깍 소리와 함께 라이터에 불이 붙고 담배 끝부분이 빨갛게 달아올랐다.

"……응?"

"실은 다음에 널 만나면 꼭 해 주고 싶었던 말이 있었는데, 해도 될까?"

"어? 아, 으응…….'"

"그날 사고 이후 여러 사람에게 격려를 받았어. 친구들과 코치, 심지어 다른 학교의 라이벌 여자아이에게도. 하지만 말이지. 그중에서…….'"

니라사와는 공허한 눈빛으로 날 봤다. 그러더니 잠시 후 천천히 입가를 올리며 담배 연기를 내뱉었다.

"다카기, 네가 유독 짜증 나더라."

2

하늘이 끝없이 맑고 푸르렀다.

오늘도 무더위가 기승을 부리겠군. 구름 한 점 없는 하늘을 보며 나는 마음을 다잡았다.

아직 오전인데도 아스팔트 도로가 사우나처럼 무더웠다. 회사 승합차에서 짐을 내릴 때마다 땀이 뻘뻘 났다. 옆에서는 가몬 선배가 골판지 상자 위에 시든 상추처럼 엎드려 있다. 누가 봐도 업무 태만이지만 잔소리하고 싶지는 않았다. 삐쩍 말랐고 낯빛도 병적일 정도로 창백한 선배가 갓 태어난 송아지처럼 연약해 보이기 때문일까.

"다카기. 그 상자는 이쪽."

회사 로고 티셔츠를 입은 하나무라 선배가 서류를 보며 지시했다.

시키는 대로 상자를 운반했다. 시야 끝에서 둥글게 만 서류 뭉치로 하나무라 선배에게 엉덩이를 얻어맞는 가몬 선배가 보였다. 마지못해 몸을 일으킨 선배가 투덜거리는 소리도 들렸다.

"왜 개발부인 제가 이런 육체노동을……."

"개발부니까 해야지."

하나무라 선배는 잘라 말했다.

"그리고 그건 오히려 내가 할 말이야. 개발부 일에 스쿨 사업부가 투입됐으니."

"제가 맡은 일은 다 하고 있어요. 이건 직무 밖 아닌가요. 애초에 이런 큰 짐은 배송 업체에 맡기면 될 텐데."

"비용 절감, 비용 절감."

하나무라 선배가 경을 외듯 중얼거렸다. 가몬 선배는 한숨을 푹 내쉬고 싫은 티를 팍팍 내며 움직이기 시작했다. 굼벵이 같은 몸짓을 보며 나는 내가 두 배로 일해야겠다고 한 번 더 각오를 다졌다.

우리는 'WANOKUNI'에 왔다.

오늘 열리는 개막식에 참석하기 위해서다. 시범 운영 기간을 거쳐 마침내 오늘부터 본격적으로 프로젝트가 시작된다고 했다.

비록 회사가 한 다리를 걸치고 있기는 해도 입주민도 아닌 우리가 왜 행사에 참여하게 됐는가 하면, 바로 이 개막식 내용 때문이다. 이번 개막식의 하이라이트 중 하나가 공중 드론 쇼인데, 그 시스템에 우리 회사 기술이 채택돼 개발부의 가몬 선배가 어드바이저로 위촉된 것이다.

하지만 사실 지금 땀을 뻘뻘 흘리며 옮기는 큰 짐들은 대부분 같은 날 오후에 열리는 드론 박람회에 출품하기 위한 것이었다. 세계적으로도 선진적인 도시 개발 프로젝트인 만큼 개막식 당일에 국내외 언론이 모두 모이는데 회사는 이 때야말로 자사를 홍보할 절호의 기회라고 판단한 듯했다. 원래는 영업과 마케팅 부서의 일일 텐데도 만성 인력난에 시달리는 우리 같은 벤처 기업에서는 손이 빈 사람에게 일이 돌아간다.

"……그건 그렇고, 정말 예쁜 도시네."

짐을 옮기던 하나무라 선배가 문득 고개를 들어 부러움 섞인 한숨을 내뱉었다.

덩달아 나도 주변을 둘러봤다. 공원에 임시 설치된 특설 행사장 주변에 가로수들이 질서정연하게 깔려 있다. 간간이 보이는 주택과 학교 건물 등 외에는 온통 초록색이다. 편의점은 고사하고 점포 간판이나 전봇대 같은 인공물도 전혀 눈에 띄지 않았다.

그렇다. 이 도시의 중심은 지상이 아닌 **지하에 있다.**

WANOKUNI는 도시로서의 기능, 즉 상업 구역, 사무실, 인프라 설비 등이 대부분 지하에 있고 지상에는 개인 주택과 교육 시설 같은 최소한의 시설만 있다. WANOKUNI는 최신 IT 기술의 정수를 선보이겠다는 전위적인 도시 계획에 따라 개발된 실험 도시인데, 지향하는 미래 도시상 중 하나로 선택된 것이 바로 이 '지하 도시 구상'이었다.

도시 기능을 지하로 옮기는 데에는 여러 장점이 있다. 우선 지상 경관이 좋아진다는 점이 하나, 그리고 토지를 효율적으로 활용할 수 있게 된다는 점이 또 하나다. 지하에 모든 시설을 집약함으로써 공조 등에 쓰이는 에너지를 효율적으로 관리할 수 있고, 근래의 환경 과학 기술을 적용하면 지하에서 발생한 이산화탄소를 회수해 지상으로의 배출량을 억제하는 것도 어렵지 않다.

그 밖에도 고층 빌딩 난립으로 인한 빌딩 바람 피해나 일조량 문제, 열섬 현상, 소음, 악취, 진동 문제 등 지하 도시를 개발하면 해결할 수 있는 도시 문제가 많다. 듣기로는 이런 지하 도시 개발, 이른바 '지오 프런트' 구상은 이미 일본에서 1980년대 토지 버블기에 한 차례 유행한 적이 있다고 한다. 당시에는 기술 문제 때문에 붐이 금세 사그라들었지만, 시대를 초월해 오늘날 다시 부활한 것이 바로 이 'WANOKUNI' 프로젝트라고 했다.

물론 단점도 있다. 하나는 지상에 공장이나 창고 등이 없는 관계로 물류가 원활하지 않다는 점이다.

그리고 그 해결책이 바로 우리의 '드론'이었다. 실험적 스마트 시티이자 드론 특구로 지정된 WANOKUNI에는 지상 물류망 대신 지하에 '튜브'라 불리는 드론 전용 배송로가 그물망처럼 촘촘히 깔려 있다. 이것을 이용해 지하에서 물품을 운송하거나, '라스트 원 마일'이라 불리는 최종 소비자에게 물건이 전달되는 과정을 간소화하는 것이다.

이런 '드론 물류' 덕분인지 지상에서는 운송 트럭 등을 거의 찾아볼 수 없다. 지하 도로가 잘 정비돼 있어 자가용도 별로 없고 기껏해야 자동 순회 버스 정도만 보였다.

공기도 꼭 고원처럼 맑고 깨끗했다. 상자를 실은 카트를 나무 그늘 아래까지 옮기고 숨을 크게 들이마셨다. 맑은 공기를 마실 때마다 배기가스에 오염된 몸이 정화되는 것 같았다.

이런 곳에서 사는 것도 그리 나쁘지 않을 것 같은데.

니라사와를 떠올리며 문득 그런 생각을 했다.

동시에 얼마 전 그녀에게 들은 말이 떠올라 마음이 조금 무거워졌다. 오늘 개막식에는 당연히 니라사와가 참석할 것이다. 혹시 얼굴을 마주칠 일이 생길까.

"저, 하나무라 선배님."

카트를 밀며 나도 모르게 입이 열렸다.

"응?"

"선배님은 보통 어떤 남자를 보면 '짜증 난다'라고 느끼세요?"

"어? 뭐야, 갑자기."

하나무라 선배는 서류에서 고개를 들더니 볼펜 끝을 턱에 갖다 대고 고민하는 모습을 보였다.

"글쎄. 우물쭈물하는 사람? 그리고 뭐든 핑계부터 대는 남자. 사적인 것들을 집요하게 물어보는 남자도 정말 짜증 나지. 그런데 왜? 여자한테 짜증 난다는 소리라도 들은 거야?"

"아, 네. 뭐……."

"우와, 불쌍해라."

하나무라 선배는 말과는 달리 눈빛을 반짝였다.

"안타깝네. 그런데 그런 여자랑은 그냥 인연이 아니라고 생각하는 게 좋을 것 같아. 가몬, 넌 어때? 너도 똑같이 생각하지? 여자한테 '짜증 난다'라는 말을 눈앞에서 들으면 기분 나쁘지 않겠어?"

가몬 선배는 말없이 골판지 상자를 실은 카트를 밀며 걸

다가 잠시 후 입을 열었다.

"……그러고 보니 저도 소개팅 때 바로 눈앞에서 '말이 왜 이리 없어요? 기분 나쁘게'라는 말을 들은 적이 있기는 하네요."

순식간에 찬물을 끼얹은 것처럼 분위기가 조용해졌다.

덜컹거리며 카트가 단차를 넘는 소리만 건조하게 울려 퍼졌다. 나는 '어쩌실 거예요?'라는 눈빛으로 하나무라 선배를 봤다. 하나무라 선배는 조금 굳어 있다가 잠시 후 미안해하며 가몬 선배에게 고개를 숙였다.

"그렇구나. 미안."

"아뇨. 미안하실 것까지야."

뜨거운 햇볕 아래에서 행사가 시작됐다.

록 페스티벌을 방불케 하는 야외무대에 도지사, 시장 등 주요 인사가 줄지어 앉았다. 사회자가 큰 소리로 개막을 알리자 축포가 터졌고 지역 고등학교 관악부의 라이브 연주가 시작됐다. 드론은 아직 등장하지 않았다.

"……이렇듯 이번 프로젝트는 저, 도노야마가 국토성 장관 시절부터 숙원 사업이었고…… 이 도시가 우리나라는 말할 것도 없고 전 세계 스마트 시티의 선구 모델이 되는 것을 목표로……."

도지사의 장황한 인사말을 하품을 꾹 참으며 흘려들었다.

소문에 따르면 'WANOKUNI' 프로젝트에는 전직 국회의원이자 장관을 지낸 현 도지사의 입김이 강력하게 작용했다고 한다. 활단층, 지하수 문제 때문에 한 번 좌초된 개발 계획이 도지사의 한마디로 다시 단숨에 실현을 향해 달려간 것이다.

"······이렇듯 이번 프로젝트가 빛을 보게 된 것은 저희 도노야마 지사님의 크나큰 노력 덕분이었습니다. 부족한 이 야마구치도 지사님의 오른팔로서 열과 성을 아끼지 않으며······."

멍하니 연설을 듣는 동안 어느새 단상에 선 연사가 도지사에서 시장으로 바뀌었다. 시장은 도지사의 국회의원 시절 비서실장으로 세간에서는 도지사의 호위무사로 불리고 있다. 그렇다고 무능한 것은 아니고 막대한 예산이 투입되는 이 스마트 시티 프로젝트에 '장애인 지원'이라는 특징을 내세워 시민들의 지지를 끌어낸 것도 시장의 전략이었다고 한다.

"······무엇보다 저는 도노야마 지사님께서 이번 프로젝트에 임하시는 태도를 보며 큰 감명을 받았습니다. 지사님은 중증 장애가 있는 조카딸을 돌보시며 장애인과 비장애인이 똑같이 행복하게 살 수 있는 도시를 만들겠다는 박애의 정신으로 이번 프로젝트에 매진하시어······."

'장애인'이라는 단어에 나도 모르게 객석으로 눈길이 향했다.

딱히 찾지 않아도 꼭 자석처럼 눈빛이 그 안에 있는 한 사람에게 쏠렸다.

니라사와.

오늘은 정장 차림인데 검정에 가까운 짙은 감색 원피스가 왠지 모르게 상복을 연상케 했다.

좌우에 앉은 사람은 아마 어머니와 여동생일 것이다. 어머니는 연약해 보였고 실성증이라는 여동생은 앳됐다. 올해 아홉 살이라고 했나. 사고로 운동선수의 꿈을 접은 것도 모자라 어린 나이에 아버지 대신 가족을 부양해야 했던 니라사와의 고충이 조금이나마 짐작됐다.

문득 니라사와와 눈이 마주친 듯한 느낌이 들었지만 그쪽에서 아는 척을 하지 않아서 나도 대충 넘겼다.

"생각해 보면 지사님과 이 도시를 처음 구상하기 시작한 건 제 비서 시절로 거슬러 가야 하는데…… 어, 벌써? 죄송합니다, 여러분. 사회자가 그만하라네요. 아무래도 지사님보다 제가 더 오래 이야기한 것 같습니다. 사실 지사님께도 늘 말이 길다고 꾸지람을 듣고 있습니다만……."

"그 변명도 너무 길어" 하고 도노야마 지사가 핀잔을 주는 소리가 들렸다. 객석에서 웃음이 터지자 야마구치 시장은 우스꽝스러운 몸짓으로 고개를 숙였다.

"거듭거듭 사죄 말씀을 올립니다. 그럼 저의 재미없는 이야기는 이쯤에서 끝내고 자, 이제 여러분께서 기다리신 이 도시의 '아이돌'께서 등장하실 차례입니다. 자, 자, 이쪽으로."

시장이 무대 옆을 향해 손짓했다. 아이돌? 나는 고개를 갸웃했다. 연예인 같은 게스트가 대기실에 있었나. 두더지를 닮은 마스코트 캐릭터 인형이라면 봤는데.

"여러분! 도노야마 도지사님의 조카따님이자 '보이지 않고, 들리지 않고, 말할 수도 없는' 삼중고를 극복하신 레이와✠의 헬렌 켈러, 나카가와 히로미 씨를 큰 박수로 맞아 주십시오!"

그가 외친 대로 객석에서 성대한 박수가 터져 나왔다. 뒤이어 간병인의 손에 이끌려 무대에 등장한 여자를 보고 나는 입을 떡 벌렸다.

……아이돌?

목의 각도를 조금 더 높여 단상에 선 여자를 봤다.

소위 연예계에서 말하는 아이돌이라고 하기에는 나이가 많은 느낌이다.

아마 서른 중반 정도 됐을까. 외모 또한 특별히 눈길을 끌지 않고 지극히 평범하다. 평상복 차림에 손에 장바구니를 들고 마트 같은 곳을 걸어 다니면 주위에 자연스럽게 녹아들어서 옆을 지나쳐도 눈치 못 챌 정도다.

✠ 2019년 5월 1일부터 2024년 현재까지의 일본 연호.

아니, 역시 눈길을 끌기는 할 것이다. 단상에 오른 그녀의 부자연스러운 몸짓을 보며 나는 생각을 고쳤다. 얼굴은 청중을 보고 있지만 시선이 허공을 향해 있다. 눈이 보이지 않는 것이다.

"'여러분, 안녕하세요'."

마이크를 통해 스피커에서 목소리가 들렸다. 말을 한 사람은 나카가와 씨 본인이 아니다. 옆에 있는 여자 간병인이었다.

"'레이와의 헬렌 켈러라고 하셨지만 사실 헤이세이✛에 태어난 나카가와 히로미입니다'."

객석에서 작게 웃음이 터졌다.

자세히 보니 '아이돌'이라 불린 여자는 마이크를 앞에 두고 간병인과 어깨를 나란히 한 채 간병인이 앞으로 내민 두 손의 손가락을 키보드처럼 두드리고 있다. 꼭 피아노를 치는 듯한 모습이다. 저런 식으로 말을 전달하는 걸까.

"'조금 전 시장님의 과분한 소개말을 듣고 무대 옆에서 차마 발이 안 떨어지더군요. 제가 '아이돌'이라니 부끄럽기 그지없지만, 사실 영어로 '아이돌'은 뭔가를 상징하는 사람이라는 뜻이 있다고 하니 그런 해석으로 받아들이겠습니다. 야마구치 시장님, 정말 감사합니다'."

✛ 1989년 1월부터 2019년 4월까지의 일본 연호.

여자가 귀빈석을 향해 고개를 숙이자 시장이 황급히 일어나 광대처럼 삐딱하게 고개를 숙였다. 또 웃음이 터졌다.

"그리고 또 하나 정정할 게 있는데요'."

나카가와 씨의 손가락이 계속 움직이고 있다.

"조금 전 시장님은 저를 '삼중고三重苦'라고 표현하셨는데, 정확히 말하면 '삼중 장애'입니다. 저의 **이것**은 '장애'일지언정 결코 '고통苦'이 아닙니다'."

순식간에 장내가 숙연해졌다.

"물론 성가신 건 똑같지만요. 제 삶을 일부 소개해 드리자면, 우선 전 아침에 일어나면 가장 먼저 시계를 찾는 것으로 하루를 시작합니다. 시곗바늘을 손으로 더듬어 시간을 확인할 수 있는 촉각식 손목시계죠. 물론 시계는 늘 같은 곳에 두지만 잠버릇이 좋지 않아서 자는 동안 시계가 아닌 제가 사라지는 경우도 있답니다.

알람 시계 같은 건 제게는 아무 도움이 되지 않아서 기상 시간은 항상 저의 마음 먹기에 달려 있습니다. 아침에 일어나 기상 시간을 확인하는 순간. 전 그때가 가장 두근거리더라고요. 지금이 몇 시지? 8시? 9시? 어머, 12시? 아직 밤인가? 아니, 낮 12시잖아! 이걸 어떡한담! 아침에 약속이 있었는데!'."

객석에서 터지는 요란한 웃음소리. 청중들은 어느새 나카가와 씨의 이야기에 자연스럽게 귀를 기울이고 있었다. 여자 간병인의 코믹한 말투도 제법 잘 어울렸다.

"'한 가지 다행인 건 정말 늦잠을 자서 지각해도 상대분들이 대부분 너그럽게 이해해 주신다는 점이죠. 알람 소리를 들을 수 없으니 어쩌겠냐는 식으로요. 요새는 진동으로 잠을 깨워 주는 성능 좋은 시계가 나와 이런 핑계도 점점 통하지 않게 됐지만 이건 비밀로 해 주세요'."

또다시 가벼운 웃음소리.

"'자, 시간을 확인하면 다음은 세수할 차례입니다. 집 안 구조는 대충 알고 있어서 화장실까지 가는 건 여유가 있죠. 워낙 게으른 탓에 가끔 벗어 놓은 옷에 발이 걸리기도 하는데 그때그때 옷을 집어 세탁기에 넣을 수 있으니 장점도 있답니다.

그리고 세면대 앞에 도착해 수도꼭지를 비트는 순간. 사실 전 아침의 이 순간을 가장 좋아합니다. 계절을 느낄 수 있으니까요. 겨울에는 살을 에듯 차갑고, 여름에는 꼭 사람의 피부처럼 미지근한 물. 그렇게 온도 변화를 피부로 느끼면 '사계절이 있는 일본에서 태어나 정말 다행이야'라는 생각이 절로 머리를 스치죠.

그렇게 감상에 젖어 있다가 가끔 손바닥에 물을 받으며 감격에 겨워 이렇게 외치기도 한답니다. '우우워…… 워터!'."

청중의 절반이 웃음을 터뜨렸고 나머지 절반은 어리둥절

해하면서 따라 웃었다. 마지막 '워터'는 아마 헬렌 켈러의 일화에서 따온 말일 것이다. 헬렌 켈러가 우물물을 맞으며 처음으로 '워터'의 의미를 깨달았다는 이야기를 나도 어디선가 읽은 적이 있었다.

"'마지막은 농담입니다'."

꼼꼼하게 덧붙이는 것도 잊지 않는다.

"아무튼 이게 제 일상이랍니다. 비장애인분들이 보기에는 무척이나 번거로운 삶이겠지만, 저에게는 그야말로 일상적이어서 따로 노력하고 있다는 의식조차 없죠. 이런 걸 일일이 '고통'으로 받아들이면 전 아마 살아갈 수 없을 겁니다.

그리고 저는 제가 특별히 소수자라고 생각하지도 않습니다. 저처럼 시청각에 모두 장애가 있는 사람을 '농맹인'이라 하는데, 이런 분들이 일본 전역에 무려 2만 명이 넘는다고 하네요. 덧붙이자면 시청각 장애를 비롯해 신체 어딘가에 장애가 있는 '신체장애인'은 전국에 무려 4백만 명 이상! 놀랍죠? 일본 인구가 약 1억 2천만 명인데 그중 3퍼센트가 넘는 사람이 신체에 어떤 장애를 가지고 있다는 말이니까요.

즉, 사람이 백 명이 있으면 그중 서너 명은 신체장애인이라는 말입니다. 하지만 길거리를 걸으면 그런 사람은 거의 찾아볼 수 없죠?

네. 이게 바로 장애인 인구의 역설입니다. 물론 그만큼 장애인의 활동 범위가 한정적이라는 이유가 있겠죠. 몸이 불편한 분들께 집 밖은 그야말로 '장애'로 가득 차 있으니까요. 계단, 인도의 단차, 빠르게 오가는 자동차, 손이 닿지 않는 엘리베이터 버튼, 귀에 들리지 않는 전철 안내 방송. 그리고 무엇보다 사람들의 따가운 시선과 차별 의식……'."

문득 손가락의 움직임이 멈췄다. '아이돌'이라고 소개받은 여자는 허공을 응시하며 잔잔히 미소 지었다.

"'하지만 이 도시는 다릅니다'."

다시 손가락이 움직이기 시작했다.

"'이 도시에서는 장애가 있는 분들의 모습을 흔하게 볼 수 있을 겁니다. 왜냐하면 이 도시는 '장애인과 비장애인이 공평하게 살기 좋게' 설계되었기 때문이죠. 참고로 장애가 있어도 뭔가를 쓸 수 있게 하는 기술을 '배리어 프리', 장애 여부와 상관없이 누구나 사용하기 수월한 디자인을 지향하는 것을 '유니버설 디자인'이라 하는데, 이 도시의 설계 사상은 후자인 '유니버설 디자인'에 가깝다고 합니다.

예컨대 드론 덕분에 교통량이 줄어든 지상 도로는 저 같은 장애인들에게 안전할 뿐 아니라 하반신이 약한 노약자, 학교를 오가는 아이들과 보호자들에게도 환영받겠죠. 그리고 어디에 있든 간에 지하의 점포 정보를 실시간으로 확인할 수 있는 이 도시의 정보 시스템은 저처럼 간판을 읽지 못하고 호객 행위 소리도 못 듣는 사람에게 큰 도움이 되는 것을 넘어 효율적으로 쇼핑하고 싶은 모든 분들께 많은 이점을 안길 겁니다.

저 정도 되는 장애인이 쓰기 편하면 이 도시에 사는 모든 사람이 쓰기 편하다. 그런 의미에서 전 이 도시의 '아이돌'일 수도 있겠네요.

그리고 무엇보다 이 도시에는 '도전'이 있습니다. 전 난관에 맞서는 사람들을 좋아해요. 대표 사례로 장애에 대한 인식이 부족했던 시절 농맹인 학습의 길을 개척한 헬렌 켈러와 앤 설리번 선생님을 꼽을 수 있겠습니다만, 그 밖에도 예를 들어……'."

나카가와 씨는 갑자기 간병인의 손목을 붙잡고 앞으로 살짝 들어 올렸다. 간병인이 놀란 표정을 지었고 객석에서도 의아해하는 분위기가 흘렀다.

"'말씀드리는 게 조금 늦었지만, 제가 이분께 언어를 전하는 방식을 보며 뭔가 희한하다고 느끼시지 않았나요? '수화도 아니고 손바닥에 글씨를 쓰는 것도 아니고, 저게 대체 뭐지?'라고요.

이건 농맹인의 의사소통을 위해 개발된 '손가락 점자'라는 겁니다. 두 손의 손가락을 점자 타자기로 인식해 마치 키보드를 두드리는 것처럼 손가락을 두드리죠.

이걸 처음 발명하신 분은 일본인인 후쿠시마 레이코라는 분인데, 그분의 아들인 후쿠시마 사토시 씨는 농맹인으로서 세계 최초로 대학 전임 교수가 됐고 현재는 도쿄대학에서 교수로 재직하고 계십니다. 저서도 다수 나와 아는 분도 계실 거라 생각합니다.

태어날 때부터 약시로 태어난 사토시 씨는 성장하면서 시력을 완전히 잃었고 고등학생 때는 청력까지 잃게 됐습니다. 그러던 어느 날 사토시 씨가 의사 전달이 어려워 답답해하고 있을 때 레이코 씨가 아들의 손을 잡고 위에서 두 손의 손가락을 가볍게 툭툭툭 두드렸다고 합니다.

사토시 씨는 순간 그게 점자인 것을 깨달았습니다. 그렇게 '손가락 점자'가 탄생한 겁니다. 전 이 이야기를 헬렌 켈러의 '워터' 이야기만큼이나 좋아한답니다. 어머니의 깊은 사랑도 감동적이지만, 어떤 난관에 부딪혔을 때 실의와 체념을 겪으며 수없이 좌절하면서도 언젠가 돌파구를 찾아내는, 그런 인간의 무한한 가능성을 강하게 느끼게 해 주기 때문입니다'."

언제부터인가 행사장 안이 고요해졌다. 나도 나카가와 씨의 말 한마디 한마디에 귀를 기울였다. 단상에 선 나카가와 씨는 허공을 응시하며 온 세상을 향해 말을 거는 것처럼 최선을 다해 손가락을 움직였다.

"'저 역시 지금껏 '불가능'하다고 생각한 것들을 '할 수 있다'로 바꾸기 위해 부단히 노력해 왔습니다. 이 도시에서는 또 어떤 '할 수 있는 것'이 저를 기다리고 있을지 정말 기대하고 있죠. 또 이곳은 인간의 가능성을 넓히는 창의적인 아이디어로 가득 찬 곳입니다. 다른 도시에서는 '불가능'한 것이 이곳에서는 '할 수 있는 것'으로 바뀌는, 그런 마법이 도시 전체에 걸려 있는 겁니다.

'불가능'을 '할 수 있는 것'으로. 전 이 도시가 장애 유무와 관계없이 모든 이들에게 희망이 되기를 기원합니다. 이상, 나카가와 히로미였습니다. 제 이야기를 경청해 주셔서 정말 고맙습니다'."

3

드론 쇼는 무사히 끝났다. 마지막 테이프 커팅식 후 우레 같은 박수로 개막식이 마무리됐고 관악부의 신나는 연주에 맞춰 참가자들이 삼삼오오 흩어졌다.

"아까 그 사람, 유명한 분인가요?"

나는 관계자들에게 인사하고 돌아오는 하나무라 선배를 기다렸다가 물었다.

"응? 나카가와 히로미 씨? 그런 것 같네. 나도 잘 모르지만."

하나무라 선배는 부스 설계도를 확인하며 말했다.

"그 여자, 유튜버야."

드론 쇼에서 자기 일을 마치고 합류한 가몬 선배가 컵에 든 얼음을 와작와작 씹으며 말을 보탰다.

"'나카가와의 별 볼 일 없는 일상'이라는 채널에 일상을 찍어서 올리고 있지. 구독자가 10만이 넘는다고 해."

"흐음. 10만이면 대단한 수준이야?"

"대단하죠. 이 프로젝트가 시민들의 지지를 얻은 것도 그 여자의 인기 덕분이라는 이야기도 있어요.

최근에는 지상파 방송에도 진출했다고 하는데 아마 오늘 밤도 그 여자가 생방송으로 출연하는 프로그램이 있을걸요? WANOKUNI의 홍보를 겸한 지역 방송국 토크쇼. 그리고 그 여자가 현 도지사의 조카딸이어서 일각에서는 지사가 프로젝트를 실현하려고 장애인 친인척을 동원했다는 소문도……. 아, 그리고 이건 헛소문인지 진짜인지 모르겠지만 그녀의 인기에 편승해 선거 출마를 타진하는 정당도 있다고 하네요."

"오, 그렇구나."

이야기가 뭔가 심상치 않은 방향으로 흘러서 나는 조금 전 느낀 감동에 찬물 세례를 받은 기분이었다. 하지만 그 여자도 생계를 유지하려면 어느 정도 영리 활동은 필요할 것이다. 장애인이라고 해서 선량한 성인군자 같은 이미지를 강요하는 건 이기적이다. 인간은 누구나 이슬만 먹고 살 수 없다.

그나저나 '불가능을 할 수 있는 것으로'라니.

머릿속에 자연스럽게 형의 얼굴이 떠올랐다. 그녀의 말과 형의 얼굴을 함께 반추하고 있자 문득 옆에서 밀어내듯 또 다른 얼굴이 나타나 경멸 섞인 눈빛으로 날 쳐다봤다.

니라사와다.

"다카기, 고생 많았어."

그때 실제로 옆에서 니라사와의 목소리가 들려서 가슴이 철렁했다. 잘못 들은 줄 알았지만 고개를 드니 눈앞에는 누가 봐도 확실한 니라사와 본인이 서 있었다.

환각? 아니, 진짜다.

"아, 응⋯⋯."

"별문제 없이 잘 끝나서 다행이야. 드론 쇼."

니라사와는 한 걸음 더 다가와 친근하게 손을 흔들었다. 덧붙이자면 행사장 출구는 지금 우리가 있는 곳과 다른 방향에 있다. 돌아가는 길에 우연히 나를 보고 말을 건넨 것은 아닌 듯했다.

니라사와 옆에는 어린 여동생도 함께 있었다. 아홉 살이라고 들었는데 가까이서 보니 키가 작고 마른 탓에 더 어려 보였다. 아이는 나를 보고 몸을 숨기려고 했지만 니라사와는 동생의 손을 붙잡고 조금 억지로 끌어당겼다. 주뼛거리는 동생의 어깨를 두 손으로 누르더니 눈을 가늘게 뜨고 미소 지었다.

"동생도 좋아했어. 그 쇼도 네가 맡은 거야?"

"아니. 난 그냥 옆에서 조금 도왔고 실제로 맡아서 한 사람은 여기 있는 선배⋯⋯."

"그렇구나. 근데 어차피 같은 회사잖아. 대단해. 아, 그러고 보니 대단하다고 하면 그전에 있었던 연설도 대단했지. 그⋯⋯ 나카가와 히로미 씨랬나? 이 도시의 '아이돌'."

니라사와는 감정이 거의 느껴지지 않는 목소리로 일방적으로 떠들었다. 나는 어떻게 반응해야 좋을지 몰라 말없이 들었다.

"다카기, 너 그런 거 좋아하지?"

니라사와는 능청스럽게 미소 지으며 물었다.

"'불가능을 할 수 있는 것으로' 같은 말이나 '난관에 맞서다' 같은 말. 너희 형이 입버릇처럼 했다는 그 말과 비슷하잖아. 그, 뭐였더라⋯⋯. '불가능하다고 생각하면 거기까지다'였나. 그날 바닷가에서도 여러 번 강조했지."

"아니⋯⋯ 그건⋯⋯."

"정말 멋진 말인 것 같아."

숨 돌릴 새도 없이 니라사와의 말이 이어졌다.

"왜냐하면 그게 사실이니까. 포기하지 않는 한 실패가 아니다. 불가능하다고 믿지 않는 한 할 수 있다. 도박처럼 베팅을 계속하는 한 패배가 아니다. 언젠가 큰 승리를 거둬 그전까지의 패배를 단숨에 만회할 수도 있다."

그제야 니라사와가 내 쪽을 보고 있지 않은 것을 깨달았다. 니라사와의 시선은 내 머리 위를 넘어 먼 곳을 응시하고 있다. 돌아보니 행사가 끝난 단상에는 여전히 인파가 모여 있었다. 그 중심에는 '아이돌'이 팬처럼 보이는 사람들의 악수와 사인 요청에 응하고 있었다.

"하지만 솔직히…… 곤란하기는 해."

갑자기 니라사와의 목소리에 탁한 기운이 섞였다.

"저 여자처럼 너무 열심히 사는 사람이 옆에 있으면. 저런 사람이 있으면 저 사람이 기준이 돼 버리잖아. 저 여자를 봐. 난 말이지, '저렇게 심각한 장애가 있는데도 긍정적으로 사는 사람이 있으니 너도 열심히 해라'라는 식으로 모두가 저 여자처럼 될 수 있을 거라고 생각하지 않았으면 좋겠어. 물론 존경스럽기는 해도 저런 사람은 정말 특별한 사례니까. 대부분의 사람들에게는 그야말로 '아이돌'인 거야. 그러니까, 다카기."

니라사와는 한 걸음 더 다가와 내게 얼굴을 가까이했다.

"불가능한 건 불가능해."

그러더니 얼굴을 뒤로 빼고 웃음을 풋 터뜨렸다. 니라사와는 "가자. 미도리" 하고 동생의 손을 붙잡고 걷기 시작했다.

그동안 나는 한마디도 할 수 없었다. 하나무라 선배와 가몬 선배의 의아해하는 눈빛을 느끼며 자매의 뒷모습을 멍하니 지켜봤다.

"아까 그 여자, 혹시 예전 여자 친구?"

오후부터 시작될 드론 박람회를 위해 부스에서 전시품을 확인하고 있을 때 하나무라 선배가 못 참겠다는 듯이 물었다.

"아뇨……. 그런 사이는 아니에요."

"흐음. 그럼 그냥 친구? 뭔가 사연이 있는 것 같던데……. 아."

하나무라 선배는 붉은 볼펜의 끝부분을 내게 향했다.

"혹시 그 '짜증 난다'라고 했다는 게 그 여자야?"

"아, 그게…… 네."

"그렇구나. 외모는 예쁘장하던데 기가 좀 세 보이기는 하더라. 불쑥 다가가서 연락처라도 물었어? 그럼 안 돼. 그런 타입한테는 너무 집요하게 굴기보다는 조금 더……."

"하나무라 선배. 이거 어디에 두면 되나요?"

옆에서 가몬 선배가 끼어들어 물었다. 손에 든 드론으로 하나무라 선배의 주의를 끌며 나를 향해 '얼른 가'라는 눈빛을 보낸다. 드물게도 날 도우러 나서 준 것 같다. 다행이다 싶어 화장실에 가는 척하며 부리나케 그곳을 빠져나갔다. 떠날 때 선배가 자랑스럽게 엄지손가락을 치켜든 게 조금 거슬렸지만 도움을 받은 건 맞으니 좋게 생각하기로 했다.

걷는 내내 머릿속에서는 니라사와의 말이 반복 재생됐다.

—네가 제일 짜증 났어.

—불가능한 건 불가능해.

민폐였을까.

그렇다. 민폐였을 것이다. 오래전 일이라 잘 기억나지 않지만 그때 나는 분명 그 바닷가에서 '포기하지 않으면 다시 뛸 수 있어' 같은 무책임한 격려를 내뱉었을 게 뻔하다.

짜증이 나는 것도 당연하다. 왜냐하면 그건 니라사와를 진심으로 걱정해서 한 말이 아니었기 때문이다.

그것은 나 자신을 향해서 한 말이었다.

자책하며 화장실로 향하고 있을 때 마침 나카가와 씨가 눈에 들어왔다. 여자 간병인과 함께 지하철 승강장으로 직행하는 엘리베이터를 타려고 기다리고 있다. 가몬 선배가 언급한 오늘 밤 생방송 프로그램을 촬영하러 가는 길일까.

나카가와 씨는 활기찬 표정으로 옆에 있는 간병인과 즐겁게 '대화'를 나누고 있었다. 그 모습을 보며 니라사와의 '저런 사람은 정말 특별한 사례니까'라는 말이 무겁게 가슴에 내려앉았다.

부스로 돌아가니 하나무라 선배가 보이지 않았다. 가몬 선배 혼자 리셉션 데스크에 앉아 전시용 드론에 컴퓨터를 연결해 뭔가를 조작하고 있었다.

"……여자들은 참 어렵다니까."

옆에 있는 간이 의자에 앉자 선배가 말을 걸었다. 놀란 얼굴로 쳐다보자 선배는 어색하게 미소 지었다. 웃음에서 전과 다른 친근감이 느껴졌다. 아무래도 동료 의식 같은 게 생긴 듯했다.

"남자와 여자는 사고방식의 회로 자체가 다른데 뭐든 자기들한테 맞추라는 식이잖아. 그건 남녀 불평등 아닌가?"

"글쎄요……."

"여자들은 알까? 술자리에서 옆에 앉으려고 하면 노골적으로 사이에 가방을 두는 모습을 지켜봐야만 하는 남자의 비참한 심정을. 아, 미안, 다카기. 기체를 조금만 기울여 줄래? 자이로스코프를 확인해야겠어."

"네."

뭔가 뿌리 깊은 트라우마라도 있는 듯하다. 평소보다 말이 많은 선배 앞에서 나는 괜히 긁어 부스럼을 만든 기분으로 조정 작업을 도왔다. 선배가 현재 세팅 중인 드론은 올해 우리 회사에서 출시 예정인 'ARIADNE' 시리즈의 최신 모델이다. 재난 구조에 특화된 타입으로 뛰어난 성능의 다양한 센서를 장착했으며 나도 테스트 파일럿으로 개발에 참여했다. 백 퍼센트 주문 제작이라 제품으로 완성된 모델은 현재 전 세계에 이 한 대밖에 없다.

"그나저나 다카기. 너 혹시 만남 앱 같은 거 써 본 적 있어? 사실 말이지. 전에 한번 시험 삼아서 앱을 깔아 봤는데 거기서 지금 연락 중인 여자가 왠지 수상한 느낌이 물씬 풍겨서……. 응? 아, 아직 조정 중이라서요. 죄송합니다."

갑자기 선배가 데면데면한 태도로 말했다. 창구에 누가 찾아온 듯했다. 고개를 돌리니 티셔츠를 입은 젊은 남자가 창구 앞을 막 떠나는 참이었다. 얼굴에서 왠지 불만스러운 느낌이 묻어났다.

"뭐래요?"

"드론을 날려 달래. 드론이 비행하는 모습을 찍고 싶다고."

"어느 회사 소속이죠?"

"유튜버야."

선배는 차갑게 내뱉고 말을 이었다.

"아마 구독자가 백 명도 안 되는 개인 채널 유튜버겠지. 저런 애들은 카메라만 들면 이상하게 용감해져. 박람회에서 뭘 살 생각도 없으면서 자기 채널을 위해 드론을 날려 달라니. 엄연한 업무 방해잖아."

손님이 아니었나. 말이 나온 김에 행사장을 한번 둘러보니 회사원스럽지 않은 캐주얼한 차림새의 남녀가 눈에 띄었다. 모두 하나같이 스마트폰을 손에 들고 뭔가를 중얼거리며 돌아다니고 있다.

"저런 녀석들이 몰려드는 것도 이해는 돼."

선배는 드론에 뭔지 모를 코드를 갖다 붙이며 말했다.

"WANOKUNI 프로젝트는 지금 인터넷에서 다른 측면으로도 주목받고 있으니까."

"다른 측면요?"

"말했잖아. 도지사가 장애인 친척을 동원했다는 소문이 돈다고. 그것 말고도 어떤 정당이 이권에 얽혀 있다거나, 장애인 지원을 가장한 악덕 단체가 평범한 사람에게 장애인을 사칭하게 해서 지원금을 가로채고 있다거나…… 뭐 이것저것."

그런 소문이 돈다니. 기가 막혔다. 성실하게 활동하는 사람들에게는 그야말로 민폐천만한 이야기겠지만 안타깝게도 인간의 선의를 악용하는 이들이 항상 있는 것도 사실이다.

"그러니 저런 녀석들도 방송 소재를 찾아 온 거겠지. 박람회 같은 데는 관심도 없어. 그리고 보니 조금 전 그 개막식 행사장에도 유명 유튜버가 보이던데. 이름이 뭐였지? 그 폭로계 채널. 이름이 '네시'인가 뭐였는데. 어이, 다카기."

갑자기 선배가 가시 돋친 목소리로 말했다. 나는 조심스레 대답했다.

"네?"

"여자 문제로 안절부절못하는 건 이해해도 다리는 떨지 마. 센서 수치가 흐트러지잖아."

"네? 안 떨었는데요."

"떨고 있잖아. 이것 봐. 기체가 흔들리고 있어."

"저 때문이 아니에요. 아니, 잠깐만요. 이건……."

그러다가 퍼뜩 깨달았다.

주변 사물이 미세하게 진동하고 있다는 걸.

무심코 자리에서 벌떡 일어났다. 주변을 둘러보니 눈에 보이는 모든 것이 흔들리고 있었다. 부스 칸막이, 입간판, 천막과 조명을 떠받친 철제 기둥이 마치 한꺼번에 경련이라도 하듯 덜컹거리고 있다.

책상에 있는 문구류 따위도 우수수 바닥에 떨어졌다. 뒤따라 떨어지기 일보 직전인 드론을 재빨리 손으로 떠받쳤다.

"뭐야, 지진인가?"

"이런. 위험해!"

선배가 소리친 다음 순간, 엄청난 충격이 밀려왔다.

강력한 수직 흔들림. 여기저기서 비명과 지진 경보가 울려 퍼졌고, 나도 제대로 서 있지 못하고 드론을 들고 그 자리에 웅크렸다.

이후 찾아온 수평 흔들림은 수십 초 정도 지속됐을까. 체감상으로는 몇 분 정도 이어진 느낌이다. 잠시 후 진동이 가라앉자 가까운 곳에서 "아야야" 하는 소리가 들렸다. 노트북을 품에 안은 선배가 아픈 듯이 뒤통수를 문지르며 몸을 일으켰다. 동료인 나보다 더 소중한 노트북을 몸을 던져 지킨 듯했다.

뒤이어 일어선 나는 무심코 눈이 휘둥그레졌다.

행사장은 처참했다. 여기저기 쓰러진 칸막이와 받침대가 보이고 신음과 도움을 요청하는 외침이 들렸다. 피를 흘리는 사람도 보였다.

"저기요! 제발 누가!"

입구 쪽에서도 누군가가 외치는 소리가 들렸다. 눈높이 정도 오는 나무 울타리 너머로 연기가 피어오르는 게 보였다.

사고일까. 선배와 나는 얼굴을 한 번 마주 보고 각자 손에 든 장비를 내려놓고 뛰어갔다.

행사장 밖으로 나가니 도로에 뒤집혀 있는 버스가 보였다. 뒤에서 연기가 피어오르는데 안에 아직 승객이 남아 있었다. 위험해. 그들을 도우려고 뛰어가려는데 선배가 "기다려!" 하고 내 어깨를 붙들었다.

"저것 좀 봐. 다카기. 저기."

선배가 가리키는 곳으로 눈길을 향하고 소스라치게 놀랐다.

도로에 엄청난 균열이 나 있었다.

ll

—금일 오후 12시 41분, 도카이 지역에서 최대 진도 6강의 지진이 발생했습니다.

—진원지는 X현 동부로 진원 깊이 54킬로미터, 매그니튜드 약 7.2로 추정됩니다.

"들것! 들것 지나갑니다! 길을 터 주세요!"

—각 지역의 진도는 다음과 같습니다. 진도 6강 X현 S시. 진도 6 X현 M시, R시, T시, Y현 N시, B시, C시…….

"현재 기온이 31도를 넘어섰습니다. 온열 질환에 주의하시기 바랍니다. 음료수와 보냉제는 초등학교 체육관 앞 텐트에서 배포하고 있습니다."

뜨거운 열기로 가득한 체육관 안에는 뉴스와 고함, 안내 방송 소리가 쉴 새 없이 오갔다.

체육관은 꼭 야전 병원을 방불케 했다. 바닥에 매트를 깔아서 만든 간이 병상이 널려 있고 완장을 찬 직원들이 그 사이를 분주하게 뛰어다녔다.

WANOKUNI에는 최신 설비를 갖춘 병원도 있지만 건물이 일부 무너졌고 응급 환자가 너무 많은 탓에 제대로 수용하지 못했다. 구조 인력도 부족해 우리 탈랄리아사의 3인방도 자원봉사자로 현장에 긴급 투입됐다. 매트를 아무리 깔아도 소화 못 할 만큼 쏟아지는 환자의 행렬을 보며 사태의 심각성을 실감했다.

"다친 사람이 너무 많네요."

무심코 중얼거리자 하나무라 선배가 굳은 얼굴로 이마에 난 땀을 닦았다.

"특히 지하 쪽 피해가 컸다고 해. 곳곳이 붕괴되고 화재도 발생했대."

"지하에는 지진 대책이 없었나요?"

"있기는 하겠지만……."

"활단층."

가몬 선배가 대신 대답했다.

"지하는 의외로 지진에 강해. 건물이 지반과 함께 움직이니까. 그런데도 피해가 커진 건 아마 이번 지진이 지반 자체를 파괴하는 이른바 '활단층 지진'이기 때문일 거야. 지면이 미끄러지듯 갈라지며 지하 구조물들이 붕괴했어. 마치 벽돌이 쪼개지는 것처럼."

도로에 생긴 균열이 떠올랐다. 그러고 보니 WANOKUNI 계획이 처음 좌초됐던 이유 중에도 활단층 문제가 있었다. 그러나 그 후 다시 오케이 사인이 떨어졌다면 그 문제가 해결되지 않았을까. 역시 무리한 정치 개입이 있었을까.

머리에 붕대를 감은 중년 여자가 부축받으며 체육관에 들어와서 즉시 우레탄 매트를 깔고 여자를 안내했다. 이제 매트와 공간이 얼마 남지 않았다. 앞으로 얼마나 더 버틸 수 있을까.

"……응? 혹시 무슨 소리 들리지 않았어?"

하나무라 선배가 대뜸 목소리를 높였다. 짐 보관소에 있는 내 가방에서 소리가 나는 것을 깨닫고 나는 "제 것 같아요" 하고 손을 들었다. 그곳으로 뛰어가 가방에 든 스마트폰을 꺼내 화면을 확인하고 눈살을 찌푸렸다. 통화와 문자 메시지 애플리케이션에 수많은 알림이 떠 있었다.

"누구야? 회사?"

"아뇨……. 가족이요. 어머니가 걱정돼서 전화하신 것 같아요."

"응? 아직 연락 안 드렸어? 그럼 안 되지. 빨리 연락드려."

"네. 죄송합니다."

나는 부랴부랴 자리를 벗어났다. 걸어가며 집에 전화를 걸려다가 마음을 바꿔 문자만 보내기로 했다. 아직 상태가 불안정한 어머니와 통화하다가 자칫 불필요한 자극을 줘서 더 큰 패닉을 낳을 수 있다. 문자를 보니 집은 무사한 듯했고 지금은 나도 그쪽에 신경을 기울일 수 없는 상황이었다.

체육관으로 돌아가는 길에 내 시야에 짙은 감색 원피스 차림의 여자가 들어왔다.

니라사와다. 다행히 다친 것 같지는 않다. 다만 왠지 조급한 표정으로 주변 사람들을 세워서 뭔가를 묻고 있었다.

"죄송합니다. 혹시 제 동생 못 보셨나요? 녹색 머리띠를 한 초등학생 여자아이예요. 그런가요. 알겠습니다. 감사합니다. 저, 죄송합니다. 혹시 제 동생 못 보셨나요? 녹색 머리띠를 한 초등학생 여자아이예요. 그런가요. 알겠습니다. 죄송합니다. 혹시 제 동생 못 보셨나요?"

"니라사와!"

다가가서 말을 건네자 니라사와가 고개를 돌렸다. 나를 알아보고는 불안한 걸음걸이로 빠르게 다가왔다.

"다카기. 혹시 미도리 못 봤어?"

"미도리? 네 여동생? 아니, 못 봤는데……."

"그래."

니라사와가 홱 돌아서서 황급히 팔을 붙잡았다.

"잠깐만. 동생을 잃어버린 거야? 어디서?"

"모르겠어."

니라사와는 당장에라도 울음을 터뜨릴 듯이 말했다.

"계속 손을 붙잡고 있는 줄 알았는데. 지진이 일어났을 때 엄마랑 함께 뛰다가 갑자기 사라졌어. 지진 때문에 사고 당시 기억이 되살아난 것 같아. 내 잘못이야. 내가 조금 더 단단히 붙잡고 있어야 했는데……."

"진정해. 혹시 찾을 수 있는 다른 방법은 없어? 스마트폰의 GPS 기능이라든가."

"미도리는 스마트폰이 없어. 주면 금세 잃어버려서 일부러 안 줬거든. 대신 GPS가 내장된 손목시계를 채우는데, 어디 실내 같은 곳에 있는지 반응이 없어서."

그때 주변에서 비명이 터졌다.

발밑에서 느껴지는 진동. 여진이다. 니라사와가 몸을 휘청거려서 나는 붙잡은 손에 힘을 넣었다.

이번 흔들림은 다행히 10초 정도 만에 잦아들었다. 안도하는 분위기가 퍼지는 와중에 어디선가 어린아이 울음소리가 들렸다.

와아앙.

반사적으로 그쪽을 봤다. 여자아이다. 아이가 머리띠를 하

고 있는지 확인하려다가 문득 묘한 미소를 짓고 있는 니라
사와가 눈에 들어왔다.

"미도리는 저렇게 크게 못 울어."

가슴이 덜컥했다. 그렇다. 실성증.

"비명도 못 지르는 건가?"

"응. 울 때도 기껏해야 '휴우, 휴우' 같은 소리만 낼 수 있
어. 말을 못 하는 게 아니라 목소리 자체가 나오지 않아. 그
래서 실성증이야."

실어증과 다른 걸까. 둘의 차이 같은 건 지금껏 생각해 본
적도 없었다. 그나저나 **목소리를 낼 수 없다니**. 지금 같은 상
황에서 그것이 얼마나 큰 핸디캡이 될지 비로소 실감했다.

만약 잔해 밑에 깔려 있다면? 어딘지 모를 밀폐된 공간에
서 몸을 다쳐 움직이지 못하고 있다면?

아이는 자신의 존재를 주변에 알릴 수 있을까. 내 형 때와
는 정반대다. 목소리가 닿지 않는 게 아니다. 목소리 자체를
내지 못한다. 설령 어디선가 자신을 부르는 소리가 들려도
그 자리에서 가만히 도움을 기다릴 뿐이다. 그런 건.

"도움이 될 수 없잖아……."

"뭐?"

내가 중얼거리는 소리를 듣고 니라사와가 의아한 표정으
로 되물었다.

"아니."

나는 말끝을 흐리며 하나무라 선배 쪽으로 고개를 돌렸다.

"죄송합니다. 저, 잠시만."

"응. 들었어. 괜찮아. 다녀와."

하나무라 선배는 "의료 센터 쪽에 가 보는 게 어때?"라고 조언했다. 나는 고맙다며 고개를 숙이고 니라사와를 따라나섰다. 니라사와는 나를 힐끗 보고 나직이 "고마워"라고 했다. 고개를 끄덕이고 스마트폰에 니라사와의 여동생 사진을 전송받은 후 니라사와와 함께 수색을 시작했다.

니라사와의 여동생은 20여 분 만에 발견됐다. 어느 젊은 부부가 건물 안에서 웅크리고 있는 아이를 발견해 병원 주차장에 마련된 의료 센터에 데려다줬다. 접수 담당자가 이름을 확인하려고 했지만, 말을 한마디도 하지 않아서 지진 충격 때문에 의식이 흐려진 것으로 판단하고 회복될 때까지 지켜보려 했다고 했다.

친절한 사람들에게 발견돼서 다행이다. 니라사와가 울먹이며 동생을 껴안는 모습을 지켜보다가 조용히 그 자리를 떴다. 체육관으로 돌아가니 매트가 어느새 단상 위까지 올라와 있었다. 슬슬 한계가 가까워진 듯 보였다.

단상에 있던 가몬 선배가 나를 보며 물었다.

"어떻게 됐어?"

"무사히 찾았어요."

"그렇구나. 다행이네. 하나무라 선배님. 다카기가 돌아왔어요."

무대 옆으로 말을 건네자 장막 뒤에서 하나무라 선배가 얼굴을 내밀었다. 그녀는 스마트폰으로 누군가와 통화하며 난감한 표정으로 말했다.

"타이밍이 좋네. 다카기, 잠깐 이리 좀 와 볼래?"

하나무라 선배가 나와 가몬 선배를 데려간 곳은 초등학교 교사 건물 1층이었다.

1학년 3반이라 적힌 교실 문에는 '긴급 재난 대책본부'라는 거창한 팻말이 붙어 있다. 안에 들어가니 정장 차림의 남녀와 제복을 입은 소방관, 경찰관 등 다양한 사람들이 모여 북적거리고 있었다. 현장이 아직 혼란스러워서인지 좁은 교실 이곳저곳에서 고함이 들렸다.

하나무라 선배는 그들 사이를 가로질러 화이트보드로 구분된 안쪽으로 향했다. 그곳에는 열 명 남짓한 사람들이 화이트보드에 비치는 구조도 같은 것을 보며 뭔가를 논의하고 있었다. 대부분 소방복을 입었고 경찰서 로고가 새겨진 헬멧을 쓴 몇 사람과 사무직원으로 보이는 양복을 입은 사람도 있다. 우리가 다가가자 그들은 일제히 고개를 돌려 우리를 위아래로 훑어봤다.

주눅 들어 있을 때 문득 한 소방관과 눈이 마주쳤다. 그는

싱긋 웃더니 한 손을 들고 "안녕하세요" 하고 가볍게 인사
했다.

"오랜만이네요. 다카기 **교관님.**"

"아" 하고 그를 보며 멈춰 섰다.

"안녕하세요, 히노 씨. 오랜만이네요. 드론은 잘 쓰고 계시
나요?"

"아아, 네. 뭐 그럭저럭."

남자의 이름은 히노 마코토.

S시 소방서에서 근무하는 날카로운 인상의 30대 소방장
이다.

우리 회사 드론은 산학 협력으로 개발된 국산 드론이라는
점 때문에 전국 소방서에서 널리 쓰여서 강좌를 들으러 오
는 소방관도 많다. 히노 씨도 그중 한 명이었는데 지난달 내
강의를 듣고 얼마 전 민간 드론 자격증을 취득했다고 했다.

그가 입은 주황색 소방복 가슴에는 'S시 중앙 소방서
WANOKUNI 출장소'라는 로고가 있다. 개막식에 맞춰 이
곳에 배치된 듯했다. 아는 사람이 있다는 점에 안도하며 그
들에게 다가갔다.

평균 연령대가 높아서 나와 가몬 선배를 제외하면 젊은 사
람은 히노 씨, 그리고 같은 주황색 소방복을 입은 몸집이 작
은 여자 소방관 정도였다. 이상하리만큼 분위기가 무거웠다.

"무슨 논의 중인가요?"

"응? 못 들으셨어요?"

히노 씨가 턱을 들어 가리켰다.

"저 녀석을 어떻게 데뷔시킬지 논의하는 중이에요."

그제야 대열 한가운데에 있는 구릿빛 물체의 존재를 알아차렸다.

아리아드네 시리즈 3세대인 SVR-Ⅲ.

박람회에 출품 예정인 그 기체다.

깜짝 놀랐다. 세상에 한 대뿐인 물건이 왜 지금 이곳에. 지진 이후 도난 방지를 위해 회사 차에 보관하고 있었을 텐데.

"지금부터 설명할게."

당황하는 나를 보며 하나무라 선배는 짧게 말하고 눈앞에 있는 사람들을 돌아봤다.

"여러분. 기다리게 해서 죄송합니다. 조금 전 말씀 드린 저희 회사의 다카기 하루오입니다. 입사한 지 몇 년 되지 않았지만 1급 무인 항공기 조종사 국가 자격증을 보유하고 있어 저희 드론 강좌의 강사로도 일하고 있습니다."

순식간에 모든 사람의 시선이 쏠려 나는 당황하며 고개를 숙였다. 뭘까, 이 소개는. 고개를 갸웃거리는 내 귀에 누군가의 질문이 들렸다.

"그럼 이 기체도 조종하십니까?"

"네, 그렇습니다. 이분이 아마 제일 잘할 겁니다. 개발기 테스트 파일럿을 맡기도 해서."

내가 아리아드네 시리즈 기체를 처음 접한 건 대학생 때였다.

'재난 구조'라는 단어가 눈에 띈다는 이유만으로 인턴에 지원한 나는 체험 강습에서 드론 조종에 대한 감을 인정받아 테스트 파일럿에 발탁됐다. 그렇게 아르바이트생으로 개발기 테스트에 참여했고 이런저런 일을 돕다 보니 어느새 입사로 이어졌다. 가몬 선배를 알게 된 것도 그 무렵이었다. 적어도 아리아드네 시리즈의 조종만큼은 사내에서도 톱이라는 자부심이 있었다.

"참고로 제 지도 교관님도 이분입니다."

히노 씨가 뒤에서 내 어깨를 주무르며 말했다. 히노 씨의 상사로 보이는 하늘색 와이셔츠에 슬랙스 차림의 50대 남자가 나를 지그시 바라봤다. 체구가 작고 온화해 보이는 인상이지만 눈빛이 날카로웠다.

"알겠습니다. 그럼 조종은 히노 소방장과 이분 콤비에게 맡기는 게 낫겠군요."

"네."

하나무라 선배가 대답했다.

"이제 곧 저희 회사 법무팀에서 면책 사항 확인 서류가 도착할 테니 사인 부탁드립니다. 자, 그럼 앞으로 체재는"

"잠깐, 잠깐만요."

도무지 시작될 기미가 없는 '설명'에 나는 결국 참지 못하고 물었다.

"그러니까…… 아리아드네를 사용한다는 건, 즉……."

"그래. 네가 상상한 대로야."

내가 상상한 대로.

아리아드네 시리즈는 재난 구조 활동, 그중에서도 **조난자 발견**에 중점을 둔 기체다.

산, 바다, 화재와 수해. 그런 사고와 재난 현장에서는 찾기 어려운 조난자나 실종자가 높은 확률로 나온다. 이때 활약하는 것이 바로 드론이다. 지상에서는 보이지 않는 고지대나 차폐물 안쪽, 파도가 몰아치는 해상, 2차 재해 위험이 있는 붕괴 현장 등 인간이 접근하기 어려운 곳에 접근해 수색 활동을 펼치는 것이 아리아드네 시리즈의 개발 콘셉트였다.

따라서 아리아드네에는 고성능의 다양한 센서 시스템이 탑재돼 있다. 전면과 하단부에 8K 고해상도와 줌 기능을 갖춘 '광학 줌 카메라' 두 개. 마이크 여러 대로 소리를 수집하고 음원의 위치도 파악할 수 있는 '마이크로폰 어레이'. 조난자의 체온을 감지해 야간이나 어둠 속에서도 수색 활동을 가능케 하는 '적외선 열화상 카메라'. 레이저 신호로 물체의 위치를 측정하고 3D 지도를 생성해 드론의 현재 위치를 파악할 수 있는 'LiDAR SLAM'.

인체에 비유하자면 '광학 줌 카메라'는 눈, '마이크로폰 어레이'는 귀, '적외선 열화상 카메라'는 온도 감각, 'LiDAR

SLAM'은 공간 인식 능력이라 할 수 있다. 물론 입이 될 '스피커'도 있고 조명용 LED 라이트와 충돌 방지 기능, 페일세이프✣ 등 드론의 표준 기능들은 모두 구현돼 있다.

또 SVR-Ⅲ에는 괄목할 만한 기능이 하나 더 있는데 일단 그건 나중에 언급하기로 하고, 이제야 비로소 내 머릿속에도 지금의 상황 흐름이 대략이나마 파악됐다. 최상급 수준의 기체를 활용해 안위가 확인되지 않는 구조자를 수색하려는 듯했다.

"지금 지하는 일분일초를 다투는 상황입니다."

하늘색 와이셔츠를 입은 중년 남자가 차분히 말을 꺼냈다.

"WANOKUNI는 지하 5층까지 있는데, 이번 지진으로 거의 모든 층이 파괴된 상태입니다. 전 지역에서 건물이 무너져 내렸고 지하 1층인 상업층과 2층 사무층에서는 화재가 발생했습니다. 최하층인 교통층에서는 지하수로 인한 침수도 시작되고 있고요. 지하 3층인 생산층과 4층 인프라층은 현재 붕괴 피해만 발생했지만 발전소, 가스탱크, 공장 같은 주요 시설이 있어 위층 화재와 아래층 침수가 그곳에 도달하면 더 큰 피해를 낳을 수 있습니다. 2차 재해가 발생하는 것도 시간문제입니다."

✣ 전파 두절 시 기체의 폭주를 방지하는 기능.

"아래는 큰 물, 위는 큰 불✢인 거죠."

히노 씨가 장난스럽게 말을 보태자 옆에서 소방복을 입은 여자가 "분위기 파악 좀 하세요" 하고 핀잔을 줬다.

"물론 지금도 지상에서 구조 작업을 펼치고 있지만."

여름용 경찰복을 입은 험악한 남자가 옆에서 끼어들었다.

"솔직히 말씀드려 어려운 상황입니다. 경찰과 소방이 총출동했지만 여러모로 난항을 겪고 있죠. 조금 전 마침내 도지사의 출동 요청이 떨어져 자위대의 재난 파견 부대가 곧 도착할 예정이지만, 지상 입구 잔해 제거 작업이 진행되더라도 지하의 화재가 잡히지 않는 한 구조대를 투입할 수 없는 상황입니다."

그 정도였나. 나는 새삼 사태의 심각성을 느끼며 몸을 부르르 떨었다. 피해자 수와 피해 액수는 얼마나 될까. 도시 계획을 추진한 도지사도 책임 문제를 회피하기 어려울 것이다.

"그런데 듣자 하니 이 지하에는 '드론 전용 통로'가 있다고 합니다."

하늘색 와이셔츠를 입은 남자가 설명을 이어 갔다.

"'튜브'라고 부른다더군요. 부임한 지 얼마 되지 않아 아직 도시 구조를 전부 파악하지 못해 송구할 따름입니다. 아

✢ 아궁이로 목욕물을 덥히던 시절 일본에서 유행한 '위는 큰 물, 아래는 큰 불인 게 무엇일까?'라는 난센스 퀴즈를 빗댄 말. 정답은 '욕조'다.

무튼 알아보니 다행히 이 '튜브'는 아직 살아 있다고 합니다. 물론 무너진 부분도 있지만 지하 전체에 그물망처럼 촘촘히 깔려 있어서 안전한 부분만 잘 통과하면 모든 층으로 갈 수 있다고…… 이런 걸 구조물 견고성✢이라고 하나요."

설명을 듣고서야 마침내 계획의 전모를 짐작할 수 있었다. 즉, 잔해와 화재 때문에 지하에 진입하지 못하는 구조대 대신 드론으로 지하를 수색해 달라는 요청인 듯했다.

"알겠습니다. SVR-Ⅲ로 '튜브'에 들어가 지하를 수색해 달라는 말씀이시군요. 응? 그런데 드론이라면 아마 그쪽 소방서에도……."

"이미 세 대가 현장에 투입된 상황입니다만."

하늘색 와이셔츠를 입은 남자가 히노 씨에게 눈을 흘겼다.

"세 대 모두 도중에 기체가 사라졌습니다. 조종사의 실력이 영 시원찮아서."

히노 씨가 시치미를 떼듯 웃더니 장난스럽게 삑 휘파람을 불었다. 조금 전 드론을 잘 쓰고 있냐고 물었을 때 반응이 미지근했던 것도 그래서였을까.

"알겠습니다."

나는 고개를 끄덕였다.

✢ 구조물이 지진 등 충격 하중에 손상될 경우에도 급격한 전체 붕괴에 이르지 않는 성질을 뜻하는 말.

"실내에서는 드론을 조작하기 어려워서 아마 일반 기체면 저도 힘들었을 겁니다. 다만…… 지하 3층 아래는 그렇다 쳐도 화재가 발생했다는 지하 1, 2층 수색은 아무리 SVR-Ⅲ여도 어려울 수 있어요. 이 모델은 열에 강한 사양이 아니라."

"수색 장소는 거의 정해졌어."

하나무라 선배가 내 말에 대답했다.

"지하 5층의 지하철 'WANOKUNI' 역 승강장 부근. 이 일대에 있는 것으로 추정되는 실종자 한 명을 찾아 줬으면 해."

"네? 한 명뿐인가요?"

"응, 한 명. 이 도시 주민과 방문객의 정보는 모두 ID로 일괄 관리되고 있거든. 스마트폰이나 스마트 워치의 통신 기능을 활용해 사상자나 잔해에 깔려 구조를 기다리는 사람 등 거의 모든 이들의 소재를 확인할 수 있어."

내심 놀라면서도 '그렇구나' 하고 납득했다. 역시 스마트 시티다운 면모라 할 수 있다.

"지금 연락이 닿지 않은 사람은 지하 5층에 있는 그 한 사람뿐이야. 함께 있던 사람이 말하기로는 지진 직후 일어난 붕괴와 침수 때문에 그 사람만 지상으로 올라가는 엘리베이터를 놓쳤다고 해. 역에는 개찰구를 통과하면 얼굴 인식으로 자동으로 요금이 계산되는 무인 개찰구가 있는데, 문의해 보니 역 밖으로 나간 기록은 확인되지 않았어. 그러니 구조자가 현재 승강장 안에 있는 게 거의 확실한 상황이야.

그리고 또 하나, 우리의 목적은 구조자 발견이 아니야. 발견한 다음 구조자에게 구호 물품을 전달하고 안전한 곳으로 유도하는 게 목적이야."

하나무라 선배가 화이트보드 앞으로 다가갔다. 화이트보드에는 프로젝터로 컴퓨터 화면이 투사되고 있었다. 5층으로 나뉜 지하 평면도가 백화점의 층별 안내도처럼 비스듬한 시점으로 세로로 나열돼 있었다.

"현재 구조자가 있을 것으로 추정되는 곳이 바로 여기야. 지하 5층 지하철 승강장."

하나무라 선배는 지도의 최하층을 가리켰다.

"여기서 구조자를 무사히 발견하면 다음으로 향할 곳은 여기, 지하 3층에 있는 비상 대피소. 이 대피소는 지하 화재 등에 대비해 피난처로 만든 곳인데 일단 이곳에 피신하면 화재와 침수 피해에서 벗어날 수 있어. 식량 등도 비축돼 있어서 구조대가 도착하기 전까지 얌전히 기다리면 돼."

뒤이어 하나무라 선배는 화이트보드 옆에 있는 노트북으로 손을 뻗었다. 익숙하게 키보드와 마우스를 두드려서 지도 일부를 확대한다. 선배는 이공계 출신이라 이런 프레젠테이션에 익숙하다고 했다.

"역에서 대피소까지 거리는 약 2킬로미터. 유도 순서는 면

유도 경로(전체 지도에서 발췌)

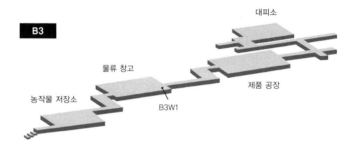

B3

대피소

물류 창고

제품 공장

농작물 저장소

B3W1

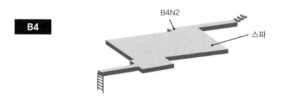

B4

B4N2

스파

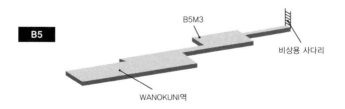

B5

B5M3

비상용 사다리

WANOKUNI역

저 이 역 근처에 있는 충전 포트에서 출발해 비상용 사다리를 타고 4층으로 이동. 온수 설비를 갖춘 스파 시설을 지나 그 앞 계단으로 3층으로 이동. 그 후 수경 재배 구역의 농작물 저장소, 유통 구역의 공동 물류 창고, 공업 구역의 제품 공장을 경유해 대피소로 이동하는 흐름이야."

해설과 함께 지도에 초록색 선이 속속 그려졌다. 유인 경로도 이미 정해진 듯하다. 나는 감탄하면서도 문득 떠오른 의문을 입에 담았다.

"더 가까운 곳에는 대피소가 없나요?"

"이곳이 역에서 안전하게 갈 수 있는 가장 가까운 대피소야. 아니, 그걸 떠나 정찰 드론으로는 이 경로밖에 확인할 수 없었어."

그러고 보니 소방용 드론 세 대를 잃어버렸다고 했다. 지하는 현재 제대로 된 통로를 찾을 수 없을 정도로 처참한 상태인 듯하다. 오히려 드론을 잃어버리기 전에 경로를 찾은 게 다행일지 모른다.

"중요한 게 하나 더 있습니다."

하늘색 셔츠를 입은 남자가 차분하게 끼어들었다.

"이번 구조 작업에는 시간 제약이 있다고 생각해 주십시오. 지금의 지하수 수위 상승 속도로 추산컨대 앞으로 여섯 시간 정도면 3층 바닥까지 물이 들어찰 것으로 예상됩니다."

"여섯 시간 만에…… 바닥까지?"

"물론 바닥에 물이 차더라도 당장 익사하지는 않습니다. 하지만 물이 바닥에서 30센티미터까지 차오르면 수압 때문에 대피소 문을 열 수 없게 되죠. 그래서 일단 여섯 시간을 목표로 구조에 임해 주셨으면 합니다."

시간 제한까지 있다니. 당황해서 잠시 머뭇거렸지만 냉정하게 분석하니 그리 큰 제약은 아닌 것 같다는 생각도 들었다. 일반적으로 인간이 걷는 속도는 대략 시속 3킬로미터에서 4킬로미터. 목표 지점까지 거리가 약 2킬로미터라면 천천히 걸어도 한 시간이면 충분하다.

설명을 듣고 나니 어깨가 조금 가벼워진 느낌이었다. 구조자가 특정됐고 수색 장소도 정해져 있다. 하물며 인원은 단한 명. 그리 어렵지 않게 찾을 것이고 구조자가 크게 다치지만 않았다면 시간 내 유도도 어렵지 않을 것이다.

하지만…… 그런데도 지금 여기 모인 사람들의 표정이 하나같이 어두운 이유는 뭘까.

문득 신경 쓰여서 물었다.

"그런데 지금 우리가 구조해야 하는 사람이 대체 어떤 분인가요?"

그렇게 묻자 순식간에 교실이 묘한 침묵에 휩싸였다.

모두가 내 시선을 피하는 와중에 히노 씨가 쓴웃음 지으며 턱을 긁적였다. 눈빛으로 하나무라 선배에게 묻자 그녀는 한동안 손에 든 서류를 읽더니 대답 대신 깊은 한숨을 내

쉬었다.

　"우리가 구조해야 할 사람은."

　잠시 후 대답이 들렸다.

　"나카가와 히로미 씨야."

Ⅱ

첫 번째 접촉

순식간에 주변 풍경이 바뀌었습니다.
태양은 온기를 잃었고,
세계는 빛과 같은 열기도 대기에서
완전히 자취를 감췄으며
하늘이 캄캄해졌다는 걸 알 수 있었습니다.
흙에서 풍기는 기이한 냄새가
천둥의 전조임을 알기에 이루 말할 수 없는
공포에 숨이 막힐 지경이었습니다.
저는 완벽한 외톨이였고 친구나 지인,
그리고 단단한 대지와도 단절되었다고
느꼈습니다.

— 『헬렌 켈러 자서전 – 나의 청춘시대』, 헬렌 켈러

1

B5

현 위치?

현 위치: 지하 5층 WANOKUNI역(상세 불명)
대피소까지 거리: 2,000미터 이상
3층 침수까지 남은 시간: 5시간 50분

영상 속에서 여자가 즐겁게 음식을 만들고 있다.

생활감이 물씬 느껴지는 좁은 주방. IH 인덕션 위에서 간장에 절인 돼지고기를 프라이팬에 볶고 있다.

영상 밖에서 촬영자로 추정되는 여자의 목소리가 들렸다.

—나카가와 씨. 오늘도 참 맛있어 보이네요. 그런데 요새 통 고기만 드시던데 녹색 채소도 챙겨 드셔야 하지 않을까요?

목소리와 함께 화면 가장자리에서 촬영자의 손이 나타나 요리 중인 여자의 등을 손가락으로 문질렀다. '녹색 채소?'라고 쓰는 것 같다. 그러자 여자는 미소 지으며 한 손을 들어 뭔지 모를 제스처를 취했다. 촬영자가 키득키득 웃는 소리.

―눈이 안 보이니 녹색이든 뭐든 상관없다고 하시네요.

뒤이어 요리 중인 여자의 입이 움직였다. 무슨 말을 한 것 같은데 목소리가 들리지 않는다. 촬영자도 웃으며 "뭐라고요?"하고 되묻고 등 뒤에 물음표 마크를 그렸다.

―멜론? 아, 지난번 시청자님께서 선물해 주신 그거 말이죠? 맛있었어요. 응? 설마 나카가와 씨. 지금 멜론을 녹색 채소라 하시려는 건 아니겠죠? 멜론은 그냥 디저트예요.

촬영자의 목소리가 왠지 귀에 익었다. 개막식 행사에서 나카가와 씨의 통역을 맡은 여자다. 두 사람은 평소에도 사이가 좋았는지 비즈니스 파트너를 넘어선 친밀감이 느껴졌다.

―방금 시청자님께서 '나카가와 씨는 말을 할 수 있나요?'라는 댓글을 올려주셨습니다. 네, 말씀하실 수 있습니다. 나카가와 씨는 말을 배우기 전에 농맹인이 되는 바람에 손가락으로 목의 진동을 느끼며 발음을 배우셨다고 합니다. 그런 나카가와 씨가 입버릇처럼 하는 말은…….

촬영자가 또다시 등 뒤에 글씨를 썼다. 그러자 요리 중인 여자가 빙긋 웃으며 주먹을 불끈 쥐었다.

―에이, 에이, 오!

이번에는 발음이 또렷했다.

—히라가나의 '아 행' 단어들이죠. 아무래도 모음은 발음하기 수월하니 좋아하시는 것 같습니다. 반대로 싫어하는 건 '사 행' 단어들인데.

대화 화제가 자연스럽게 발음으로 옮겨 갔다. 또 다른 시청자의 댓글을 계기로 아 행 단어 찾기가 시작됐다. '오오이✠', '에이아이ᴬᴵ', '이아이✠✠', '아오이에✠✠✠'.

"다카기. 음성 입력 끝났어."

목소리가 들려 퍼뜩 정신을 차렸다. 고개를 드니 예민한 성격의 가몬 선배가 눈앞에서 언짢은 표정을 짓고 있었다.

"음원이 도움이 될까요?"

"글쎄. 일단 애플리케이션 인식률이 몇 퍼센트 정도 오른 것 같기는 한데."

우리가 보고 있던 것은 이번 작전의 구조자, 즉 나카가와 히로미 씨가 인터넷에 올린 영상이었다.

나카가와 씨는 유튜브에 '나카가와의 별 볼 일 없는 일상'이라는 채널을 만들어 자기 일상을 적나라하면서도 흥미롭게 풀어내고 있었다.

✠ 多い, '많다'라는 뜻.

✠✠ 居合. 앉아 있다가 재빨리 칼을 뽑아 적을 베는 검술.

✠✠✠ 青い 絵, '파란 그림'이라는 뜻.

그곳에 올라온 영상 속 음성을 샘플로 수집하자고 제안한 사람은 하나무라 선배였다.

앞서 언급하다 만 아리아드네 시리즈의 최신형 SVR-Ⅲ의 괄목할 만한 기능. 그것이 바로 이 '음성 분석' 기능이다.

SVR-Ⅲ에는 '소리'를 통해 조난자를 찾기 위한 다양한 분석 기능, 즉 음원의 위치를 파악하는 '3차원 음원 위치 추정', 음원이 무엇인지 예측하는 '음원 식별', 특정 음원을 분리, 추출하는 '음원 분리' 등의 기능이 있는 전용 소프트웨어가 탑재돼 있다. 환경 소음 속에서 인간의 목소리만 추출할 수도 있는데, 원본 음성 데이터를 입력하면 인식 정확도가 향상돼서 우리는 인터넷 영상에서 그녀의 음성을 추출해 컴퓨터에 입력, 학습시킨 것이다.

재난 구조 현장에서 '소리'는 매우 중요하다.

예를 들어 '사일런트 타임'이라 해서 지진이나 산사태가 발생했을 때 헬리콥터의 프로펠러나 자동차의 시동을 꺼서 일시적으로 주위를 무음으로 만드는 경우가 있다. 그렇게 현장 소리에 귀를 기울여서 잔해 밑에서 들리는 희미한 신음이나 도움을 요청하는 소리를 감지하는 것이다.

그런 방식을 최첨단 기술로 실현한 것이 바로 SVR-Ⅲ다. 덧붙이자면 '아리아드네'라는 이름은 그리스 신화에 등장하는 아리아드네라는 여성의 이름에서 따왔다. 신화 속 영웅 테세우스는 그 유명한 괴물 '미노타우로스'를 퇴치할 때 자신을 흠모하던 크레타섬의 공주 아리아드네에게 받은 실타래를 써서 괴물이 사는 미궁에서 탈출한다. 어려운 상황에 처했을 때 해결의 실마리가 되는 것을 '아리아드네의 실'이라 부르는 것도 이 이야기에서 유래했다.

그리고 SVR-Ⅲ는 바로 그런 '실' 대신 구조자가 내는 '소리'나 '목소리'를 길잡이 삼아 구조에 나서는, 말하자면 '아리아드네의 실'이 아닌 '아리아드네의 목소리'인 것이다.

인턴 때 기체 개발 계획을 듣고 이건 운명이라고 느꼈다.

형의 목소리를 듣지 못한 내가 세상에서 할 수 있는 유일한 속죄와 진혼법. 탈랄리아사에 입사한 데는 그런 이유도 있었다.

원본 음성을 입력해서 인식률이 높아졌지만 선배의 대답은 왠지 찜찜했다. 몇 퍼센트의 인식률 향상에 얼마나 큰 의미가 있을지 의심하는 듯했다.

아니, 그전에 그 기능을 활용할 기회가 올지도 의문이다.

애초에 구조자는 지금 목소리를 낼 수 있는 상태일까.

조금 더 명확히 말하면, 그녀는 지금 **생존해 있을까.**

지진 발생 당시 나카가와 씨와 함께 있던 통역사 겸 간병인(이름은 덴다 시호 씨)의 말에 따르면, 두 사람은 TV 방송 녹화를 위해 시외로 나가려고 지하철역으로 향했다. 승강장에서 지하철을 기다리고 있을 때 지진이 일어나 패닉에 빠진 두 사람은 서로 떨어지고 말았다. 덴다 씨는 나카가와 씨를 찾으려 했지만 대피를 유도하는 역무원에 의해 강제로 엘리베이터에 탑승해 그대로 지상에 올라왔다고 했다.

즉, 덴다 씨도 나카가와 씨의 마지막 상황은 알지 못한다. 그녀의 장애를 고려하면 상당히 위험한 상황인 것만은 틀림없지만 그렇다고 무조건 절망적이라고 단언할 수도 없다. 우리는 지금 지하가 어떤 상황인지 파악조차 못 하고 있기 때문이다.

소방서 구조대는 드론 여러 대를 지하에 투입했지만 수색 중에 모두 분실했다. 지하 곳곳에 설치된 CCTV도 붕괴와 침수 영향으로 대부분 무용지물이 돼 버렸다.

"그 여자, 삼중 장애라고 들었는데."

출발 준비가 늦어져 초조해하고 있을 때 가몬 선배가 화면을 보며 말했다.

"말은 할 수 있는 것 같네."

"아, 네."

나도 다시 영상을 봤다.

"발음을 어려워하는 게 아닐까요? 그래서 의사소통을 '손가락 점자'로 하는 것 같고요."

"그럼 그것도 '말을 못 하는' 범주에 들어가는 건가? '말을 못 한다'라고 하면 보통 입에서 말이 나오지 않는 상태가 연상되는데 말이야. 실어증이라든가, 치매라든가."

"그야 뭐……. 그런데 발음이 잘 전달되지 않는 건 의사소통 시 큰 단점이기도 하니 일반적으로 알기 쉬운 단어를 쓴 거 아닐까요? 삼중 장애라고 하면 뭔가 더 와닿기도 하고."

"결국 과장을 조금 섞었다는 뜻인가?"

과장이라는 표현이 거슬렸지만 선배의 말이 아예 이해되지 않는 건 아니었다. 문득 니라사와의 여동생이 떠올랐다. 엄밀히 따지면 '말을 못 한다'라는 건 그 아이 같은 상태를 뜻하는 게 아닐까. 그것에 비하면 분명 과장이 조금 섞였을 수도 있다.

어쨌든 나카가와 씨가 목소리를 낼 수 있다는 건 지금 같은 상황에서는 좋은 일이다. 아리아드네의 '음향 분석' 기능을 활용할 수 있다. 적어도 니라사와의 여동생이 사라졌을 때 느낀 '도움이 될 수 없다'라는 무력감이 이번에는 들지 않았다.

"뭐, 인간은 원래 알기 쉬운 낙인을 찍어 편 가르는 걸 좋아하니까."

선배가 비아냥거리듯 말했다.

"인사이더니 아웃사이더니, 뉴비✢니 고인물✢✢이니……. 새삼 비판할 것도 아니지."

어떻게 반응해야 할지 고민하고 있을 때 교실 문이 열렸다.

✢ ✢✢ 각각 인터넷이나 게임을 시작한 지 얼마 안 되는 사람과 오랫동안 활동한 사람을 일컫는 신조어.

주황색 소방복을 입은 여자가 들어와 단호히 입을 열었다.

"다카기 씨, 가몬 씨. 출발 준비를 마쳤습니다."

지금 내 눈앞에는 우물 같은 구멍이 뻥 뚫려 있다.

초등학교 급식실 주방과 가까운 교내 부지 일각. 사방에는 안전 철조망이 달린 울타리가 설치돼 있다.

드론 전용 지하 통로, 즉 '튜브'의 지상 반출입구.

이 '튜브'를 통해 지하에서 생산된 물자가 도시 구석구석에 배송된다. 말하자면 WANOKUNI의 '혈관'이다. 옆에 있는 가몬 선배의 컴퓨터에는 지금 입체 미로 같은 튜브의 3D 지도가 표시돼 있다. 그 안에 형광 녹색으로 칠해진 경로가 보이는데 지하철 승강장으로 가는 최단 경로라고 했다.

"마지막으로 적재 물품을 확인하겠습니다. 식수, 확인. 휴대 식량, 확인. 구급용품, 확인."

주황색 소방복을 입은 키 작은 여자가 노란 구호 물품 상자 속 물품들을 가리키며 말했다.

나는 가몬 선배, 히노 씨와 함께 먼발치에서 점검을 지켜보고 있었다. 뒤쪽 울타리 밖에 설치된 백야드 특설 텐트에서는 하나무라 선배와 소방, 경찰, 시청 공무원 등 관계자들의 따가운 시선이 느껴졌다. 조금 전만 해도 그 안에 도지사와 시장도 보였다. 구조자가 도지사의 친인척인 만큼 상황을 살피러 온 것 같았다.

전체 인원이 그리 많지는 않다. 백야드와 구조팀을 합치면 총 십여 명 남짓이다. 도시 전체에서 구조 활동이 이뤄지는 탓에 어디든 일손이 부족하다. 이곳에만 인력을 집중 투입할 수 없는 상황이었다.

"손난로, 확인. 발열제, 확인. 방화복, 확인."

우리 구조팀도 최소 인원으로 구성됐다. 우선 메인 파일럿은 나, 서브 파일럿과 카메라 등 주변기기 담당은 히노 소방장이 맡았다. 가몬 선배는 정보 분석 등의 지원을 맡았고, 지금 물품을 점검 중인 여성 소방관 사에키 마리 씨가 진행 상황 보고 및 기타 잡무를 맡았다.

전체 작전을 지휘하는 사람은 하늘색 와이셔츠 차림에 온화한 인상의 중년 소방관 나가이 사다하루 소방경. WANOKUNI 출장소의 부소장이자 히노 씨의 직속 상사다.

그리고 우리 회사의 책임자로 하나무라 선배가 백야드에 남았다. 덧붙이자면 회사에도 따로 지원 요청을 했지만 지진 때문에 도로가 막혀 오도 가도 못하는 상황이라고 했다. 대신 조금 전 사내 메신저로 현재 미국에 출장을 나가 있는 사장에게서 격려 메시지가 도착했다. 작은 벤처 기업이라 나도 몇 번인가 만난 적이 있는데 그야말로 '열혈'의 에너지가 느껴지는 사람이었다.

"공기 호흡기, 확인. 방연 마스크, 확인. 점자 카드, 확인."

점검은 계속 이어졌다. 사전 준비와 확인에 시간이 걸리는 건 어쩔 수 없다. 특히 이번 구조자에게는 특별한 사정이 있었다.

평범한 구조자의 경우 구호 물품만 전달하면 자력으로 어느 정도 버틸 수 있겠지만 이번 구조자는 다르다. 앞서 말했듯 SVR-Ⅲ에는 마이크와 스피커가 있지만 구조자와 음성을 통한 의사소통이 불가능하다. 따라서 물품을 전달한 후 구조 계획을 설명하려면 별도로 점자 카드를 준비해야 했다.

물자의 양도 꽤 많았다. 지하 화재 때문에 아래층에 유독 가스가 머물러 있을 가능성이 있어서 공기 호흡기, 방연 마스크, 방화복은 필수다. 또 지하수는 온도가 낮고 지금은 공조기도 중단된 상태다. 만약 구조자가 물에 빠졌거나 스프링클러 물을 맞았을 경우 체온 저하가 우려되니 손난로와 발열제도 준비해야 했다.

SVR-Ⅲ의 적재 가능 중량은 약 10킬로그램. 산소통이 달린 공기 호흡기는 경량 모델도 무게가 4킬로그램은 되기 때문에 여유가 별로 없었다.

"물품 점검 완료. 구호 상자를 기체에 장착합니다."

사에키 씨가 상자 뚜껑을 닫고 드론의 다리 부분에 고리를 걸어 고정했다. 다음으로 기체 내부에 있는 자기 나침반의 편차를 재설정하는 '보정' 작업을 해야 하지만, 이번에는 지하의 무선 표지 정보와 'LiDAR SLAM'으로 생성되는 지도 정보를 기반으로 비행하기 때문에 따로 나침반이 필요 없어서 생략했다(또 철골이 널린 재해 현장처럼 자기장의 영향을 받는 곳에서는 보정 작업을 하지 않는다).

준비를 마친 사에키 씨가 드론을 땅에 내려놓고 조금 떨어져서 나를 쳐다봤다.

침을 꿀꺽 삼켰다. 그녀에게 눈짓으로 오케이 사인을 보내고 좌우에 있는 히노 씨와 가몬 선배와 눈빛을 주고받은 후 앞으로 한 발짝 나갔다.

백야드에서 시선이 느껴졌다. 애써 의식하지 않으려 하지만 그 안에는 도저히 무시할 수 없는 시선도 있었다. 덴다 시호 씨. 즉 나카가와 씨의 간병인이다.

고개를 돌리니 덴다 씨의 핼쑥한 얼굴이 눈에 들어왔다. 눈이 마주치자 덴다 씨는 울어서 퉁퉁 부은 눈 앞에서 손가락을 깍지 끼고 기도하듯 고개를 숙였다.

문득 그녀의 모습에서 예전 내 모습이 겹쳐 보였다. 나는 고개를 끄덕이고 다시 앞을 봤다. 드론의 컨트롤러✢를 들고 센서와 설정, 스틱 감도를 점검한 후 소리 내어 주변 안전을 확인했다.

모든 준비를 마치고 고글을 썼다. SVR-Ⅲ의 메인 카메라 영상이 고글에 비쳤다. 원래는 헬멧도 착용해야 하지만 이번에는 드론이 비행하는 곳이 지하여서 머리 위로 드론이

✢ 프로포셔널 시스템, 줄여서 '프로포'라 부른다.

떨어질 위험이 없다. 더위와 무게가 부담되니 안전 운항 관리자[+]인 하나무라 선배의 특별 지시로 헬멧을 쓰지 않기로 했다.

나는 크게 심호흡을 하고 선언했다.

"SVR-Ⅲ, 이륙합니다."

조종기의 좌우 두 개 스틱을 V자 모양으로 밀었다. 이륙 입력이다. 잠시 시차를 두고 드론의 프로펠러가 돌기 시작했다. 부우웅 하고 바람을 가르는 소리를 내며 기체가 서서히 허공에 떠올랐다.

사에키 씨의 나직한 안내 방송 소리가 들렸다.

"작전 개시. 금일 8월 7일 13시 58분. SVR-Ⅲ 이륙했습니다."

드론 조종에는 두 가지 방식이 있다.

하나는 시야 비행이다. 외부에서 드론을 눈으로 보며 무선 조종기처럼 기체를 움직이는 방식이다. 다른 하나는 비시야 비행이다. 드론을 눈으로 보지 않고 탑재된 카메라 영상과 GPS 등의 위치 데이터를 기반으로 기체를 조종하는 방식이다.

이번에는 눈으로 볼 수 없는 지하에 들어가야 해서 필연

[+] 드론 업무의 안전한 수행을 감독하는 기능 자격자.

적으로 후자가 됐다. 지금 내가 쓴 고글에는 기체의 메인 카메라가 촬영 중인 드론 시점 영상이 실시간으로 전송되고 있다. 이른바 FPV^First Person View, 즉 1인칭 시점이다.

디지털 회선을 이용한 FPV 영상 전송에는 보통 지연이 발생하지만, SVR-Ⅲ는 최신 고속 통신망과 고속화 알고리즘에 따른 저지연 전송 시스템이 구현돼 있어서 거의 실시간으로 조종할 수 있다. 또 시야 한가득 영상이 보이니 꼭 드론 조종석에 앉아 있는 듯한 느낌을 받는다. 그러나 가속도나 기체 기울기 등은 판단할 수 없어서 그 부분은 익숙해져야 했다. 주변 원근감을 잘못 판단하면 나도 모르게 과속하는 경우가 종종 있었다.

"기체 기본 동작 확인 완료. 지상 반출입구로 하강합니다."

그렇게 선언하고 마침내 드론을 지상 반출입구로 향했다.

목적지는 지하 5층에 있는 지하철 'WANOKUNI'역 승강장.

지상과 달리 지하에는 당연히 위성과 통신 전파가 닿지 않는다. 그러나 '튜브'에는 대체 전파와 위치 정보를 전달하는 안테나가 설치돼 있고, SVR-Ⅲ에도 주변 형상을 보며 지도상의 위치를 측정하는 'LiDAR SLAM'이라는 시스템이 탑재돼 있어서 중간에 전파가 끊기거나 길을 잃을 염려는 없다.

"좋아, 다카기. 그대로 전진. 거기서 감속…… 잠깐, 스톱. 오른쪽으로 너무 붙었어. 왼쪽으로 30센티미터 이동."

선배의 지시에 맞춰서 비행한다. 취미용 드론과 달리 상업용 드론은 혼자보다는 팀을 이뤄서 조종하는 경우가 많다. 드론 조종에는 기체 조작 외에도 카메라 같은 주변 기기 조작, 안전 확인, 배터리 관리, 비행경로 책정 등 신경 쓸 요소가 많기 때문이다. 혼자서는 감당하기 힘들다.

"스톱. 여기서 50센티미터 위로 이동. 히노 씨, 아래쪽 카메라를 줌아웃해 주세요. ……네, 좋습니다. 개구부 위치를 매핑했습니다. 조명을 켜 주십시오. 다카기, 하강 시작. 흔들리면 안 돼."

지시에 맞춰 드론을 조심스럽게 하강시켰다. 컨트롤러에 달린 좌우 스틱으로 드론을 조종하는데, 이 스틱은 유격이 거의 없어서 손가락을 조금만 삐끗해도 바로 코스를 이탈한다.

시야에서 천천히 자연광이 사라졌다. 대신 기체가 발산하는 LED 조명이 투박한 '튜브' 속 콘크리트 벽면을 비췄다. 위에서 아래로 이어지는 부드러운 명도의 그러데이션. 마치 심해로 잠수하는 느낌이 들었다.

잠시 후 옆으로 뚫린 구멍 앞에 도달했다. 통로는 여전히 캄캄하다. 튜브를 타고 다니는 물류 드론은 기본이 자동 운전이라 내부에 조명이 따로 있지 않았다.

"다카기, 앞쪽에 통로 보이지? 거기서 직진. 약 1분 후 분기점에 도달 예정. 어이, 너무 빨라. 감속, 감속."

급하게 스틱을 반대 방향으로 틀었다. 앞서 자동 운전을 언급했는데 사실 SVR-Ⅲ도 수동 조작 없이 목적지까지 자동 프로그래밍 비행을 할 수 있다. 그렇게 하지 않는 이유는 지진으로 통로가 무너져 안테나 등 설비의 신뢰도가 저하한 것이 하나, 다른 하나는 나 스스로 조종에 익숙해지기 위해서였다.

모든 드론은 기체 고유의 특징이 있다. 또 이번에는 무거운 물품도 싣고 있어서 관성력까지 전부 계산해 조작해야 하니 감각을 익히려면 연습 비행이 필요했다. 물론 SVR-Ⅲ에는 충돌 방지 기능이 있어서 속도를 크게 높이지 않는 한 충돌할 위험이 없지만 드론 실습 교관으로서 히노 씨 앞에서 서툰 모습을 보일 수 없었다.

드론은 직진, 선회, 하강을 반복하며 조심스럽게 지하로 내려갔다. 중간에 지진 때문에 추락해 움직임을 멈춘 물류 드론이 곳곳에 보였지만 튜브 구경이 넉넉히 설계된 덕에 비행에 방해되지는 않았다. SVR-Ⅲ를 제외한 다른 드론들이 나는 상황도 아니어서 이동은 수월했다.

다만 폐쇄된 튜브 안에 있어서 그런지 쾌적한 느낌은 없었다. 꼭 하수구 속 쥐가 된 기분도 들었다.

잠시 후 전방에 녹색 불빛이 보였다. 비상구 불빛일 것이다. 나는 가몬 선배의 감속 지시를 받아 전후 이동을 제어하는 스틱을 뒤로 기울였다.

드론이 튜브 밖으로 나갔다. 불현듯 시야가 탁 트이며 아래쪽으로 골판지 상자가 쌓인 창고 같은 공간이 보였다. 바닥에 고인 지하수 수면으로 드론이 비추는 LED 조명이 거울처럼 반사됐다.

사에키 씨의 안내 방송 소리가 들렸다.

"14시 18분. SVR-Ⅲ, 지하 5층 'WANOKUNI'역 앞 튜브 반출입구 B5M3에 도착했습니다."

2

현 위치: 지하 5층 WANOKUNI역(상세 불명)
대피소까지 거리: 2,000미터 이상
3층 침수까지 남은 시간: 5시간 02분

컨트롤러에서 한 손을 떼고 가볍게 위아래로 흔들었다.

드디어 도착했지만 여기서 끝이 아니다. 지금부터가 시작이다.

"배터리 53퍼센트 감소. 충전을 위해 입구 포트에서 5분

20초간 대기합니다. 1, 2, 3……."

사에키 씨의 카운트가 시작됐다. 배터리 소모가 빠른 드론의 약점을 보완하기 위해 튜브 곳곳에는 무선으로 초고속 충전이 가능한 충전소가 설치돼 있다.

SVR-Ⅲ의 연속 비행시간은 무부하 상태로 약 60분. 가몬 선배는 지하 5층에 도달했을 때 적재 무게를 고려한 SVR-Ⅲ의 예상 배터리 용량을 40퍼센트 남짓으로 계산했다. 하지만 그보다 10퍼센트 정도 더 소모했다. 그만큼 내 조작에 낭비가 많았다는 뜻이다.

잠시 숨 돌리는 틈을 타 고글을 벗고 얼굴에 흐른 땀을 닦았다. 아직 시작한 지 30분도 지나지 않았는데 풀코스 마라톤을 달린 것처럼 온몸이 땀으로 범벅됐다. 무더위 탓이다. 그늘에 서 있기는 하지만 전파에 방해될 만한 물건을 최대한 주변에 두지 않으려다 보니 완전히 그늘에 들어가지는 못했다. 쨍쨍 내리쬐는 햇볕이 원망스러웠다.

"역시 다카기 **교관님.**"

생수를 마시며 수분 보충을 하고 있을 때 히노 씨의 장난 섞인 목소리가 들렸다. 나는 쓴웃음 지으며 고개를 흔들었다.

"아뇨. 예상 배터리 소모량보다 10퍼센트를 더 넘겼습니다."

"저 같으면 20퍼센트가 넘었을걸요. 아, 그나저나 교관님. 잠깐 휴식하실래요? 화장실 다녀오시겠어요?"

"아뇨. 아직 괜찮습니다. 그건 그렇고 히노 씨."

"네? 교관님?"

"교관님 호칭은 빼 주실래요? 영 마음에 걸려서요."

"왜죠?"

히노 씨가 씩 웃었다. 30대인 히노 씨는 소방관답게 체격
이 건장하다. 사회 경험이 부족한 나에게는 인생 선배나 마
찬가지인데 그런 사람에게 교관님 소리를 듣는 게 편치 않
았다.

"5분 20초 경과. 충전이 완료됐습니다."

다시 고글을 쓰고 컨트롤러를 들어 드론을 이륙시켰다. 직
원용 출입구를 지나 지하 5층 지하철 역사 안으로 진입했다.

고글에 비치는 영상을 보다가 문득 소름이 돋았다.

승강장은 폐허가 돼 있었다. 곳곳에서 천장이 무너졌고 잔
해가 길을 가로막고 있다. 자판기는 쓰러졌고 선로는 비틀
렸으며 벽과 바닥에서는 지하수가 분수 쇼처럼 뿜어져 나오
고 있었다.

다행히 사망자 등이 보이지 않는 것은 지진 발생 당시 역
이용객이 거의 없었던 덕분이다. 듣자 하니 이 지하철은 주
로 신칸센 등 도시 외부와 연결하기 위한 것으로 평소 주민
이용객은 적었다고 했다. 또 개막식이 열린 날이라 인파 대
부분이 지상과 지하 1층의 상업층에 몰려서 지하 2층 아래
로는 사람이 거의 없었다. 만약 지진이 귀가 시간과 겹쳐 발

생했다면 어땠을지를 상상하니 아찔했다.

"다카기. 조금만 낮게 날아 줘. 가스 농도를 측정해 보고 싶어."

가몬 선배의 요청에 따라 드론 고도를 낮췄다. SVR-Ⅲ에는 가스 농도 측정 장치를 옵션으로 장착할 수 있지만 사실 드론은 부분 가스 농도 측정에 적합하지 않다. 프로펠러가 일으키는 바람이 공기를 휘저어서 균일하게 만들어 버리기 때문이다.

그래도 평균 농도를 조사하면 참고는 될 것이다. 바닥 쪽에서 한참 드론을 비행하고 있을 때 가몬 선배가 중얼거리는 소리가 들렸다.

"이산화탄소 농도가 1만ppm이 넘는다니. 왜 이리 높지?"

그러자 히노 씨가 나보다 먼저 "네?" 하고 반응했다.

"이산화탄소가 1만ppm을 넘는다고요? 그건 위험한데."

"네. 그렇죠. 거기에 평균 수치라 장소에 따라서는 더 높은 곳이 있을지도……."

ppm은 1백만 분의 1을 나타내는 단위라고 하니 1만 ppm은 곧 1퍼센트다. 이산화탄소가 1퍼센트를 넘으면 건강에 해를 끼치고 10퍼센트를 넘으면 의식을 잃고 목숨도 위험해질 수 있다. 프로펠러가 공기를 휘젓는 상황에서 이 정도라면 장소에 따라 농도가 더 높은 곳도 있을 것이다.

"그런데 가몬. 왜 이산화탄소가?"

백야드에서 하나무라 선배가 물었다.

"역 주변에서는 화재가 발생하지 않았잖아. 아니면 화재 전에 소화제라도 뿌렸을까?"

"그럴지도 모르죠. 다만……."

가몬 선배는 잠시 고민하고서 덧붙였다.

"가장 유력한 건 설비 중 어딘가에서 이산화탄소가 새고 있을 가능성 아닐까요. 그러고 보니 WANOKUNI에는 지하에서 발생한 이산화탄소를 회수하는 장치가 있다고."

나도 그런 홍보 문구를 본 적이 있었다. 그렇다면 지금 바닥 부근에는 상당한 농도의 이산화탄소가 쌓여 있을 것이다. 걱정거리가 하나 더 늘었다. 구조자가 안전한 곳에 피신해 있으면 좋을 텐데. 그렇게 생각하며 나는 드론이 보내 주는 승강장 영상에 시선을 고정했다.

"……응? 저건 또 뭐야?"

또다시 가몬 선배의 목소리가 들려서 덩달아 조명 끝에 보이는 노란 물체를 발견했다. 역 승강장과 개찰구 사이를 가로막고 서 있는데 거대하지만 왠지 푹신푹신해 보이는 물체였다.

가까이 다가가고서야 그것이 커다란 풍선 인형임을 알 수 있었다. 높이 약 2미터, 색은 노란색이고 귀여운 두더지 얼굴을 하고 있다. 노란 두더지?

"'모구노스케'입니다."

사에키 씨가 가장 먼저 정체를 알아차렸다.

"WANOKUNI의 마스코트 캐릭터죠. 노란색은 '지하 발전 버전'인데 저도 저 인형을 가지고 있어요."

말을 마치고 "앗" 하고 조금 부끄러워하는 소리가 들렸다. 내 입가가 살짝 올라갔다. 뒷부분은 굳이 언급하지 않아도 될 정보였지만 현장 분위기가 조금은 누그러지지 않았을까.

그걸 떠나 이런 참혹한 상황에서도 풍선이 터지지 않은 건 그 자체로 다행스러운 일이었다. 눈에 들어오는 피해에 비해 의외로 안전한 구역이 남아 있을 가능성이 있다.

아직 희망이 있다. 나는 불안을 떨치고 구조에 집중하며 주변을 훑듯이 기체를 이동했다.

승강장 절반 정도를 수색해도 사람은 보이지 않았다.

전망이 트인 곳이라 누군가가 쓰러져 있으면 금세 알 수 있을 텐데 가방이나 신발 같은 소지품도 보이지 않았다. 시신이 보이지 않는다는 건 어찌 보면 희소식이지만, 잔해에 파묻혔거나 지하수에 휩쓸렸을 가능성도 있어 속단할 수 없는 상황이었다.

"……위층으로 이동할까요?"

하나무라 선배의 목소리가 들렸다. 백야드에서 상의 중인 듯하다. 실제 드론 조작은 나를 비롯한 구조팀 네 사람이 맡고 있지만 전체 계획은 백야드에 있는 사람들이 세운다. 특설 텐트와 가몬 선배 앞에 있는 탁자에는 대형 모니터가 설치돼 있어 SVR-Ⅲ가 전송하는 영상을 확인할 수 있었다.

"앗."

히노 씨의 목소리가 들려서 나는 반사적으로 물었다.

"무슨 일이죠?"

"아, 그게…… 아까 전파가 두절돼서 사라진 녀석이 저기에."

불빛 너머로 또 다른 드론이 보였다. 잔해 속 철골에 걸려 있다. 그러고 보니 소방서 드론을 이미 여러 대 분실했다고 들었다. 'LiDAR SLAM'으로 주변 지도를 자동 생성하는 SVR-Ⅲ와 달리 추락한 드론들은 카메라 영상만으로 조종하는 타입이었다. 오로지 직감에 의지해 비행해야 하므로 정확한 추락 위치를 알 수 없었을 것이다.

주의해야 한다. 드론이 추락했다는 것은 전파가 잘 닿지 않는 영역이라는 뜻이다. 비시야 비행 중인 드론에 가장 무서운 상황이 바로 '전파가 끊기는 상황'이다.

"나가이 소방경님. 전파 중계기를 투하해도 될까요?"

전파 감도가 낮은 수치를 가리키자 히노 씨가 백야드 쪽에 물었다. 드론이 사용하는 무선 전파는 크게 2.4기가 헤르츠 대역과 5.7기가 헤르츠 대역 두 종류가 있다. 드론 특구인 WANOKUNI에는 5G와 WiFi6 등 최신 고속 통신 환경이 구축돼 있어 간단한 절차만 거치면 해당 무선 전파를 드론 업무에 활용할 수 있다. 실제로 지금 SVR-Ⅲ는 지하철

역사 안에 있는 와이파이 전파를 쓰고 있었다.

다만 이 주파수 대역은 차폐물에 취약해 와이파이 전파 범위에 있어도 통신이 계속 안정적일 거라는 보장이 없다. 또 지진 때문에 무선 라우터 기기가 고장 나거나 잔해에 가려져 전파가 닿지 않는 구역이 생길 가능성도 있다.

그러니 만약의 사태에 대비해서 중계기를 미리 준비했다. 다만 한 대뿐이라 한번 투입하면 장소를 바꾸거나 회수할 수 없어서 투하 지점을 신중하게 고려해야 한다(참고로 자력 주행형 중계기 투입도 검토됐지만 무게와 통로 상황 때문에 포기했다).

백야드에서 또다시 논의하는 소리가 들렸다. 잠시 후 나가이 소방경이 말했다.

"투하를 허가합니다."

"알겠습니다. 전파 중계기, 투하합니다."

순간 시야가 위로 흔들렸다. 중계기를 투하해 무게가 가벼워진 만큼 기체가 상승한 것이다.

하지만 곧 다시 원래 고도로 내려와 안정화됐다. 이는 조종이 아닌 드론의 자율 움직임이다. 이 자율 자세 제어 기능이야말로 단순 무선 조종 기기와 차별화되는 드론의 가장 큰 특징이다.

고글 화면 속 오른쪽 위 안테나 강도 표시가 금세 최대치로 회복됐다. 역시 전파가 강할수록 든든하다. 나는 의기양양하게 드론의 사체들을 지나 앞으로 나아갔다.

그러나 그 너머에 있는 잔해의 장벽을 넘은 순간 위기가 찾아왔다.

상황을 목격한 모두가 한마음 아닐까. 잔해로 나뉜 승강장 안쪽 끝은 앞쪽과는 전혀 다른 양상을 보이고 있었다.

한마디로 '생존 불가능 지역'.

안쪽 승강장 전체가 물바다였다.

활단층 지진으로 인한 지면 뒤틀림의 영향인지 중간쯤부터 승강장이 나무처럼 꺾여 절반이 비스듬하게 물에 잠겨 있다. 경사면에는 물이 콸콸 흘러 마치 워터 슬라이드를 연상케 했다.

또 선로 터널은 토사에 가로막혀 있어 어디에도 탈출할 길이 없었다.

이런 상황에서는 시신을 찾기도 어렵겠다는 생각이 머리를 스쳤다. 아리아드네에는 조난자의 체온을 감지하는 적외선 열화상 카메라가 있지만 물속 물체의 온도까지 감지할 수는 없다. 또 차가운 물 때문에 체온을 잃은 시신은 주변 무기물과 구분도 되지 않는다.

"역시 불가능한가……."

히노 씨의 절망 섞인 중얼거림이 들렸다.

순간 내 안에 있는 뭔가가 히노 씨의 말에 저항했다. 나는 지시를 기다리지도 않고 드론을 낙하했다.

수면 가까이에 다가서며 눈을 크게 떴다. 어딘가 사람이

서 있을 만한 곳이 없는지, 부유물 같은 것을 붙잡은 채 떠 있는 사람이 없는지 살폈다. 내 머릿속은 '불가능'이라는 단어에 대한 반발심으로 가득했다. 싫다. 불가능하다고 생각하고 싶지 않다. 불가능하다고 생각하면 거기까지다. 사람들은 지나친 기대로 치부할지 모르지만.

"다카기."

헤드폰에서 가몬 선배의 목소리가 들렸다.

"조금 전 그거, 뭐야?"

"네? 어디 말이죠?"

"영상 말고 소리. 소리에 귀 기울여 봐."

소리.

내심 무릎을 쳤다. 아리아드네 시리즈 최신형인 SVR-Ⅲ의 가장 큰 특징인 음향 분석 기능. 지금껏 강력한 그 무기를 잊고 있었다. 지금 활용하지 않으면 언제 활용한다는 말인가.

"볼륨 높인다."

선배의 말이 들린 후 헤드폰의 볼륨이 높아졌다. 부우웅 하는 프로펠러 소리와 지하수가 찰랑이는 소리가 고막을 때렸다.

하지만 그뿐이다. 그런 환경 소음을 제외한 소리는 내 귀에 닿지 않았다.

"잘못 들었나?"

선배가 그렇게 자문한 직후 내 고막이 뭔가를 포착했다.

"선배. 방금……."

"뭐야?"

"무슨 소리 들리지 않았나요? 희미하게, 꼭 절에서 종을 치는 듯한 소리가."

침묵의 시간. 잠시 후 키보드를 탁탁 두드리는 소리가 들렸다.

"……이거?"

헤드폰의 음질이 달라졌다. 소리에 필터를 씌운 것이다. 프로펠러 소리와 물소리가 작아지는 대신 라디오 잡음 같은 노이즈가 강조됐다.

그 안에서 희미한 소리가 들렸다.

댕…… 댕…….

무심코 고글을 들어 선배를 봤다. 선배도 눈을 크게 뜨고 키보드와 마우스를 만지작거렸다.

잠시 후 잡음이 사라진 대신 쇳소리 같은 게 또렷이 들렸다. 단단한 무언가로 금속을 두드리는 듯한 소리.

누군가가 외쳤다.

"흰 지팡이✛ 소리예요!"

통역사 겸 간병인인 덴다 씨의 목소리였다. 그녀는 텐트에

✛ 시각장애인이 보행할 때 사용하는 지팡이를 일컫는 말.

설치된 마이크에 달려들어 호소했다.

"나카가와 씨가 소지한 흰 지팡이! 나카가와 씨는 지금 어딘가에 살아 계세요!"

순식간에 온몸에 소름이 돋았다.

재빨리 다시 고글을 썼다. 낮은 흥분이 온몸을 감쌌다. 살아 있다. 그녀는 지금 이 공간 어딘가에 살아 있다.

하지만, 대체 어디에……?

좁은 터널 안에서 소리가 울려 퍼지는 탓에 방향이 불분명했다. 곧장 드론을 띄워 기수를 기울여서 360도 회전했다. 그와 동시에 히노 씨가 LED 조명을 주황색에서 주광색으로 바꿨다. 빛의 연색성, 즉 조명 색조에 따라 사물이 달라 보이는 점을 고려한 것이다.

한낮과도 같은 주광색 불빛이 물에 잠긴 승강장 구석구석을 비췄지만 사람은 보이지 않았다. 수면과 젖은 벽면이 공허하게 빛을 반사했다.

"다카기, 위!"

그때 들린 가몬 선배의 목소리.

"소리가 위에서 들리고 있어! 천장 근처를 찾아봐!"

위?

아리아드네에는 마이크 여러 대로 소리를 입체적으로 포착하는 '마이크로폰 어레이'가 탑재돼 있어 소리뿐만 아니라 음원의 위치도 파악할 수 있다.

선배는 그 '3차원 음원 위치 추정 기능'을 사용한 것 같았다. 일단 지시에 맞춰 드론을 띄웠지만 속으로 반신반의했다. 이런 천장 근처에 사람이? 설마 박쥐처럼 매달려 있는 것도 아닐 테고.

그러나 고도를 높이자 천장 근처에도 구조물이 있는 게 보였다.

빛을 반사하는 은빛 철골.

터널 유지 보수용 통로다. 사람 한 명이 겨우 지날 정도의 가설 통로가 천장 바로 아래에 설치돼 있었다.

그것을 보고 더 섬뜩해졌다. 통로는 대부분 천장과 함께 무너져 내렸고 남은 부분도 몇 개의 와이어로 아슬아슬하게 매달려 있을 뿐이었다.

정상적인 판단력을 가진 사람이라면 애초에 이런 곳에 올라갈 생각을 하지 않을 것이다. 정말 이런 곳에 사람이 있다고? 나는 의구심을 품은 채 드론을 가설 통로에 갖다 붙였다.

통로 높이까지 고도를 높여 조명 불빛으로 철골을 훑었다. 사다리가 있는 층계참에 빛이 도달했을 때 깜짝 놀라 숨을 멈췄다.

있었다.

그곳에는 마치 잠든 것처럼 기둥에 몸을 기댄 채 지팡이로 철골을 연신 두드리는 여자의 모습이 보였다.

3

현 위치: 지하 5층 WANOKUNI역(가설 통로)
대피소까지 거리: 2,000미터 이상
3층 침수까지 남은 시간: 4시간 46분

"맞아요! 나카가와 씨예요!"

백야드에서 울부짖는 목소리가 울려 퍼졌다.

온몸이 저릿할 정도의 안도감이 밀려왔다. 살아 있다. 그 녀가 살아 있다. 이런 절망적인 상황에서도 필사적으로 살 아 있었다.

"14시 34분. 구조자를…… 발견했습니다."

사에키 씨의 다소 가라앉은 목소리가 들렸다. 눈물을 참는 게 느껴진다. 누군가가 내 어깨를 토닥였다. 뒤이어 히노 씨 가 활기차게 말했다.

"역시 우리 교관님이라니까."

나는 기쁨을 억누르며 고개를 끄덕였다.

그러다가 가몬 선배의 다음 한마디로 금세 현실로 돌아왔다.

"자, 문제는 지금부터야."

그렇다. 목표는 이게 아니다. 지금부터가 시작이다.

어떻게 하면 이 여자를 무사히 지상으로 데려갈 수 있을까.

난제였다. 평범한 구조자라면 스피커로 안내하든 해서 다음 층으로 이동하면 되겠지만 그럴 수 없는 상황이다. 무엇보다 구조자에게 우리가 도착했다는 사실부터 알려야 한다. 그렇다. 사전 회의에서 나카가와 씨의 구출 작전을 짜며 우리가 가장 먼저 직면한 문제도 바로 이것이었다.

첫 번째 접촉을 어떻게 할 것인가.

나카가와 씨에게 어떻게 구조대의 도착과 구조 계획을 알릴 것인가. 일반적인 구조 활동에서는 도마에 오를 일도 없는 문제가 우리에게는 가장 어려운 과제였다.

그 증거로 이토록 드론이 접근해 있는데도 나카가와 씨는 지팡이로 철골을 계속 두드리고 있다. 조명 불빛, 프로펠러 바람 소리도 그녀의 고립된 세계에는 닿지 않았다.

하지만, 방법은 있다.

"……구조자에게 접근합니다."

나는 그렇게 선언하고 드론을 나카가와 씨에게 더 가까이 접근시켰다. 기체가 다가오자 바람을 느꼈는지 나카가와 씨가 고개를 살짝 들었다. 그러나 이내 다시 자연풍으로 판단했는지 힘없이 고개를 떨궜다.

근처에 터널 환기용 통풍구가 있다는 점도 마이너스였다. 더 가까이 가면 프로펠러 바람으로 인식할 수 있겠지만 충돌 위험이 있고, 그걸 떠나 기체의 충돌 방지 기능이 더 이상의 접근을 허용하지 않는다.

나는 나카가와 씨와 수평으로 1미터 정도 떨어진 위치에 드론을 정지시키고 그대로 호버링✛을 했다. 기수를 그녀 쪽으로 향한 채 가만히 기다렸다.

잠시 후 작전 회의에서 계획한 대로 나가이 소방경의 지시가 들렸다.

"향수 분사."

"퍼퓸을 분사합니다."

히노 씨가 대답했다. 푸슛 하는 소리가 들리더니 빛 속으로 연무가 퍼졌다.

나카가와 씨의 머리 위에서 꽃가루가 흩날리듯 미세한 물방울이 쏟아져 내렸다. 나는 숨죽인 채 그 광경을 지켜봤다. 연무는 서서히 빛을 잃다가 잠시 후 허공에 녹아드는 것처럼 사라졌지만, 한참을 기다려도 그녀의 움직임에는 변화가 없었다.

안 되는 건가. 그렇게 생각한 다음 순간.

나카가와 씨가 불현듯 고개를 팍 치켜들었다.

"~~~~……~~?"

발음을 알아들을 수 없다. 그러나 낯선 거리에서 지인을

✛ 제자리에서 정지한 채 비행하는 것을 뜻한다.

맞닥뜨린 듯한 그녀의 작은 몸짓을 보며 계획이 성공했다는 것은 알 수 있었다.

알아차렸다, 드론을.

처음 아이디어를 제시한 사람은 간병인인 덴다 씨였다.

"냄새…… 같은 건 어떨까요?"

회의에서 우리가 나카가와 씨에게 접촉할 방법을 궁리하고 있을 때 덴다 씨가 조심스럽게 말을 보탰다.

"냄새?"

"향수 냄새 같은 거요. 나카가와 씨는 눈앞의 상대가 아는 사람인지 아닌지를 대부분 냄새로 판단한다고 했거든요. 아마 익숙한 냄새를 맡으면 지인이 왔다고 생각해 안심할 수도……."

덴다 씨는 설명하면서 분주하게 자신의 화장품 파우치를 뒤졌다. 내용물 중에서 작은 병 하나를 꺼내 우리에게 내밀었다.

"제 향수예요. 나카가와 씨는 사람이 많은 곳에서 저와 떨어지면 가장 먼저 이 냄새를 찾는다고 했어요. 그러니 가급적 향수를 바꾸지 말아 달라고 해서 지난 10년간 향수 브랜드를 바꾸지 않고 있답니다."

들고 보니 덴다 씨는 나카가와 히로미 씨와 이미 10년 이상 알고 지낸 사이라고 했다.

신뢰의 힘을 새삼 느끼며 감탄했다. 나카가와 씨가 주변을 두리번거리며 손으로 뭔가를 찾기 시작해서 그녀에게서 조금 떨어진 층계참 위로 드론을 이동해 다시 호버링을 했다. 나가이 소방경의 다음 지시를 기다렸다가 이번에는 구호 물품이 담긴 상자를 투하했다.

착지할 때의 진동으로 알아차렸을까. 향수를 다시 분사하지 않아도 나카가와 씨는 떨어진 상자 쪽으로 다가갔다. 손끝으로 상자를 더듬어서 뚜껑을 연다. 손가락이 상자 맨 위에 있는 점자 카드 뭉치에 닿자 나카가와 씨는 그것을 집어들어 손바닥으로 정신없이 쓰다듬기 시작했다.

중간에 카드로 얼굴을 가린 건 울음이 터져서일까. 그러나 그녀는 곧 다시 굳은 표정으로 상자 내용물을 하나하나 꺼내서 확인했다.

곧장 공기 호흡기를 쓰는 것을 보니 구조 계획이 잘 전달된 듯했다. 그녀가 조금 전 읽은 점자 카드에는 구호 물품 목록 및 상황 설명 외에도 구조 계획의 세부 사항, 이를테면 다음과 같은 내용이 적혀 있었다.

• 대피 경로 및 목적지
의사소통을 위한 각종 신호(허벅지를 한 번 치면 '멈춤', 두 번 치면 '출발' 신호 등)

- 드론을 이용한 유도 방법

카드에는 체력 유지를 위해 음식물을 섭취하라고도 적혀 있었지만 나카가와 씨는 생수만 한 모금 마시고 나머지 식료품은 상자에 든 배낭에 넣었다. 지금 같은 상황에서는 좀처럼 음식물이 목구멍을 넘어가지 않을 것이다.

나카가와 씨가 준비하는 모습을 지켜보던 가몬 선배가 입을 열었다.

"다카기. 어떡해야 저 여자를 여기서 끌어내릴 수 있을까?"

"사다리로 직접 내려오게 하는 수밖에 없을 것 같아요. 한 번 올라갔으니 내려올 수도 있지 않을까요."

"그래. 문제는 저 여자한테 어떻게 그걸 전하는가인데……"

"일단 조금 기다려 보죠."

나카가와 씨를 유도할 대책은 이미 마련됐다. 사다리 같은 이동 수단을 활용하는 방법을 염두에 뒀고 이를 위한 신호도 점자 카드에 설명했다.

그러나 그 신호를 보내려면 일단 나카가와 씨가 어떤 행동을 하기까지 기다려야 했다. 그녀가 배낭을 짊어지고 준비를 마치기를 기다렸다가 천천히 드론을 그녀의 머리 위로 이동했다. 고글 화면 속 오른쪽 아래, 즉 하단 카메라 영상이 비치는 작은 창에 윤기 있는 검은 머리카락과 가마가 보였다.

프로펠러의 바람을 느꼈는지 나카가와 씨의 얼굴이 카메라 쪽을 향했다. 한쪽 팔을 들어서 손바닥으로 허공을 더듬는다.

좋아. 이 정도면 괜찮겠지. 나카가와 씨의 손을 주시하며 조심스럽게 호버링을 계속하고 있을 때.

"앗!"

누군가가 목소리를 높였다.

갑자기 나카가와 씨의 몸이 휘청거리더니 기우뚱했다. 허리가 젖혀지는 모습이 슬로모션처럼 보인다. 그녀는 필사적으로 균형을 잡을 것처럼 뒤로 물러섰고 결국 하단 카메라의 화면 속에서 사라졌다.

잠시 후 풍덩, 하는 소리가 들렸다.

무슨 일이 일어났는지 바로는 이해할 수 없었다.

그러나 몸으로 전해지는 진동으로 깨달았다. 여진이다. 강하지는 않아도 확실히 체감되는 지진이 다시 일어나고 있다.

사에키 씨가 비명에 가까운 목소리로 외쳤다.

"나카가와 씨가, 구조자가 물에 빠졌습니다!"

Ⅲ

유도

흥분은 순식간에 공포로 바뀌었습니다.
바위에 발이 닿는 순간 저의 머리 위로
물이 솟구쳤기 때문입니다.
손을 뻗어 의지할 만한 것을 붙잡으려 했지만
집히는 것이라고는 물,
그리고 파도가 제 얼굴에 날리는
해초뿐이었습니다.

— 『헬렌 켈러 자서전 – 나의 청춘시대』, 헬렌 켈러

1

현 위치: 지하 5층 WANOKUNI역(물에 빠짐)
대피소까지 거리: 2,000미터 이상
3층 침수까지 남은 시간: 4시간 41분

순식간에 머릿속이 새하얘졌다.

그러나 이내 다시 정신을 차리고 컨트롤러의 스틱을 기울였다.

여진 때문에 나카가와 씨가 서 있던 발판이 흔들리거나 기울어졌을 것이다. 드론을 가설 통로 층계참을 지나 수면 바로 위까지 내렸다. 하단 카메라 화면에는 LED 조명을 반사하는 어두운 수면이 비쳤다.

"가몬 선배! 추락 지점이?"

"바로 아래! 그런데, 잠깐…… 모습이…….”

지하수 수면은 사람이 떨어진 직후로는 보이지 않을 만큼 잔잔했다. 귀를 기울여도 들리는 것이라고는 프로펠러와 물소리뿐이다. 누군가가 허우적거리는 소리는 들리지 않았다.

설마, 물속에 가라앉았나?

수심이 얼마나 되는지 정확히는 알 수 없다. 그러나 승강장이 기운 정도와 수량으로 미루어 깊은 곳은 아마 2, 3미터는 되지 않을까. 발이 바닥에 닿을 깊이가 아니다.

심지어 주변 벽면에서는 지금도 지하수가 콸콸 흐르고 있다. 깊은 곳에서는 물줄기가 소용돌이치고 있을 테니 물살에 휩쓸려 떠오르지 않는 것일 수도 있다.

"히노 씨!"

나는 소리쳤다.

"물속에서도 공기 호흡기를 쓸 수 있나요?"

"물속에서? 아뇨, 그 호흡기는 다이빙용이 아니라. 아, 그런데 수면과 가까운 곳이면 괜찮을 겁니다. 추락할 때 충격으로 마스크가 벗겨지지만 않았다면.”

다이빙을 견딜 정도는 아니지만 수압이 낮은 수면 근처에서는 괜찮다는 뜻일까. 나카가와 씨는 떨어지기 직전에 공기 호흡기를 착용했다. 그것이 벗겨지지만 않았다면 물속에 가라앉았어도 숨을 쉴 수 있다. 아직 포기하기 이르다.

"선배, 열화상 카메라는?"

"확인 중이야."

시급한 과제는 나카가와 씨의 현재 위치를 파악하는 것이다. 그러나 어둠 속에서는 시야가 충분히 확보되지 않아 열화상 카메라도 물체의 표면 온도 정도만 포착할 수 있다.

포기하지 말자고 스스로 되뇌었다.

불가능하다고 생각하지 말자. 불가능하다고 생각하면 거기까지다. 가능성이 조금이라도 있는 한 나카가와 씨를 찾고야 만다. 그녀가 이 물속 어디에 잠겨 있든 간에.

찰랑.

그때 내 고막이 나직한 물소리를 포착했다.

찰랑, 찰랑.

"구조자 발견!"

내가 소리치기 전에 가몬 선배가 먼저 외쳤다.

"왼쪽 후방 8시 방향! 다카기, 열화상 카메라 영상을 전송할게!"

시야 속으로 무지갯빛 광채가 떠올랐다. 광학 카메라 영상에 열화상 카메라의 무지갯빛 온도 분포도를 겹친 것이다. 수온을 나타내는 암갈색의 그러데이션 속으로 유난히 붉게 빛나는 둥근 점이 보였다.

생명이 발산하는 열기.

다행이다. 또다시 안도감이 온몸을 휘감았다. 나카가와 씨는 물 위에 떠올라 주었다.

그러나 동시에 조바심도 들었다.

과연 여기서 어떻게 나카가와 씨를 구출할 수 있을까.

해난 구조가 아니니 이런 사태까지 예상하지는 못했다. 앞을 보지 못하는 그녀를 물 없는 승강장 바닥까지 헤엄치게 할 수 있을까. 적어도 뭔가 붙잡을 만한 것이라도 있다면.

"……모구노스케!"

그렇게 소리친 사람은 사에키 씨였다.

"마스코트 캐릭터 모구노스케 인형이요! 튜브 대신 쓸 수 있을 거예요!"

그렇다. 조금 전 역 개찰구에서 본 풍선 인형이 떠올랐다.

"소방경님."

"허가합니다. 바로 출발하세요."

히노 씨가 허락을 구하자 나가이 소방경이 승낙했다. 나는 곧장 드론의 기수를 돌려 개찰구로 향했다. 부서진 입간판 사이에서 기적적으로 터지지 않고 남아 있는 두더지 풍선 인형을 발견해 접근했다. 툭 튀어나온 코 부분에 드론의 다리를 걸어서 들려고 시도했다.

그러나 미끄러운지 잘되지 않았다. 어떡해야 할까. 드론의 몸체로 쳐서 날려 보낼까.

그러려면 충돌 방지 기능을 꺼야 하고, 강도가 어느 정도

되는지도 알 수 없다. 기체에는 프로펠러를 보호하는 '프로펠러 가드'가 달려 있지만 이는 예상치 못한 충돌을 위한 설비다. 고의로 몸체를 부딪치는 상황 같은 건 상정되지 않았다.

"젠장. 또 풍선 릴레이를 해야 하는 건가."

히노 씨가 화난 것처럼 중얼거렸다.

"풍선 릴레이?"

"저희 유치원 아이 운동회 때 풍선을 옮기는 게임이 있었습니다. 두 사람이 한 조가 되어 부채 사이에 풍선을 넣고 옮기는 게임인데……."

문득 머릿속이 번뜩였다.

"히노 씨, 바로 그거예요!"

"네? 뭐, 뭐가?"

"2인 1조! 조금 전에 봤던 그 드론을 다시 쓸 수 있을까요? 전파가 끊겨서 추락한 드론이요!"

히노 씨가 화들짝 놀라 "사에키!"라고 외쳤다. 이곳 지하 5층에는 소방대가 한번 날려 보냈다가 전파가 끊긴 바람에 추락한 드론이 있다. 전파 중계기를 투하한 지금은 그 드론에도 전파가 닿을 것이다.

사람들이 분주하게 움직이는 소리가 들렸고 잠시 후 사에키 씨가 입을 열었다.

"될 것 같습니다. 비행 가능합니다!"

"좋아! 컨트롤러를 갖다줘!"

얼마 지나지 않아 고글 속 시야에 또 다른 드론이 등장했다. 아리아드네보다 크기가 작고, 붉은 날개가 네 개 달린 드론이다. 히노 씨가 조종하는 듯했다.

"교관님, 이쪽에서 끼우면 될까요?"

"네, 부탁드려요."

우리는 드론 다리를 풍선 인형 머리 좌우에 끼우고 호흡을 맞춰 드론을 들어 올렸다. 이번에는 목표 지점까지 인형이 떠올랐다. 도중에 몇 번 떨어뜨릴 뻔했지만 가까스로 구조자가 기다리는 곳까지 풍선 인형을 옮길 수 있었다.

나카가와 씨는 드론의 LED 조명이 비치는 어두운 수면에서 놀라울 정도로 침착하게 떠 있었다. 몸을 대자로 하고 얼굴만 물 밖에 내민 이른바 '백 플로트' 자세다.

나카가와 씨의 침착한 면모에 감탄하며 인형을 근처에 떨어뜨렸다. 나카가와 씨는 물의 흔들림으로 뭔가가 떨어진 것을 알아차리고 손으로 인형을 붙잡았다. 뒤이어 드론을 수면 가까이 내리자 바람을 느꼈는지 인형을 수영 연습용 널판처럼 쓰며 기체 쪽으로 헤엄쳐 왔다.

그대로 나카가와 씨를 승강장의 홈까지 유도했다. 목표 지점에 도착하자 나카가와 씨는 인형을 놓고 요령 있게 잔해를 기어올랐다. 그녀가 무사히 승강장 홈에 올라서는 모습을 끝까지 지켜보고서야 온몸에서 힘이 풀렸다.

"고생 많으셨습니다, 교관님."

휴식 공간으로 마련된 교실에서 부채질을 하고 있을 때 히노 씨가 다가와 말했다. 나는 힘없이 미소 지었다.

"히노 씨도 고생하셨습니다. 나카가와 씨는 좀 어떤가요?"

"괜찮은 것 같습니다. 지금 잘 쉬고 있습니다. 손난로와 발열제로 몸을 덥히고 수분과 음식물도 섭취했다고 하네요."

"다행이네요."

우리는 드론 배터리를 충전하면서 구조자의 체력이 회복되기를 기다렸다.

나카가와 씨에게 전달한 점자 카드에는 중간에 한 번씩 드론 배터리를 충전해야 한다는 설명이 적혀 있었다. 이를 위한 신호도 정했다. 또 나카가와 씨는 차가운 지하수에 빠졌기 때문에 손난로와 발열제로 데운 음료를 마시며 체온을 높이고 열량도 보충해야 한다. 몸을 닦고 옷도 말려야 하니 사생활 보호 차원에서 우리는 잠시 자리를 비우기로 했다.

"교관님, 패스!"

히노 씨가 뭔가를 던져서 얼굴에 부딪히기 직전에 붙잡았다. 우유 팩이다. 손에 전해지는 느낌 때문에 흠칫했다.

"차갑네요."

"방금 급식실에서 가져왔습니다. 아주머니들께서 호의를 베푸셔서."

WANOKUNI는 지금 절전 체제에 돌입해 있다. 지진 때문에 외부 송전선이 끊겨 지하와 지상 곳곳에 있는 비상 전원으로 전력을 충당하는 상황이었다.

따라서 선풍기도 제대로 못 켜고 있지만 듣자 하니 이곳 초등학교에는 식료품을 보관하는 냉장고가 있어 전력을 우선 공급받을 수 있다고 했다.

햇볕이 여전히 쨍쨍 내리쬐는 탓에 바깥 공기는 마치 오븐 같은 열기를 머금었다. 이런 무더위에는 시원한 것이라면 무엇이든 감사하다. 나는 우유 팩을 열어 우유를 마셨다.

"실은 저희 집 꼬맹이가 내년부터 이 학교에 다닙니다."

히노 씨가 다 마신 우유 팩을 찌그러뜨리며 중얼거렸다. 조금 전 들은 '풍선 릴레이' 이야기가 떠올랐다.

"아들인가요? 딸인가요?"

"**사내자식**이죠."

"조금 전에는 아드님의 도움을 받은 셈이네요."

"아니, 방법을 떠올리신 건 교관님이죠. 전 그냥 생각나는 대로 지껄였을 뿐입니다. 창피하지만 저와 아들 팀은 그때 꼴등이었습니다. 부자간의 체격 차이가 너무 컸고, 뭐랄까…… 제 의욕이 너무 앞서는 바람에."

히노 씨가 수줍은 듯 고개를 갸웃거렸다.

"아빠이자 소방관으로서 멋진 모습을 보여 줘야 할 것 같아 지나치게 열을 올렸죠. 그날 이후 왠지 아들이 절 바라보는 눈빛이 차가워진 것 같습니다."

반면 허공을 응시하는 히노 씨의 눈빛은 온기를 머금고 있었다. 집에서는 분명 좋은 아버지일 것이다.

"나중에 소방 훈련을 한번 보러 오라고 하세요. 한 방에 만회하실걸요."

"그랬으면 좋겠네요. 그건 그렇고, 나카가와 히로미 씨는 정말 놀랍네요."

"네?"

"보통 조난 상황에서는 그렇게 침착하기가 힘든데."

히노 씨는 표정이 어느새 업무 모드로 바뀌어 있었다.

"운동회에서 허둥대는 것과는 차원이 다르죠. 대부분 패닉에 빠져 소방대원의 말조차 제대로 듣지 못하는 경우가 많습니다. 물에 빠지면 당황해서 익사하는 경우도 있고요.

그런데 이번에는 심지어 빛도 없는 지하 속 암흑세계잖습니까. 저희가 도착할 때까지 혼자 정말 잘 버텨 줬구나 싶더라고요."

동감이었다. 추락 이후 대응도 완벽했지만 그전에 역에 있는 가설 통로로 대피한 선택도 옳았다. 물론 바닥에 이산화탄소가 가득 찬 상황에서 탈출구는 그곳밖에 없었겠지만, 당장에라도 무너질 듯한 그 철골 통로를 찾았다고 해도 보통 사람은 두려운 나머지 좀처럼 오르지 못할 것이다.

"그건."

그때 누가 옆에서 끼어들었다.

"눈이 보이지 않아서……."

목소리가 들린 쪽으로 고개를 돌렸다. 교실 입구에 누군가가 서 있다. 깃이 없는 흰색 블라우스와 통 좁은 베이지색 바지. 긴 머리를 뒤에서 하나로 묶었고 얼굴에는 화장기가 없다. 나카가와 씨의 통역사 겸 간병인인 덴다 시호 씨였다.

덴다 씨는 나에게 다가와 정중히 고개를 숙였다. 그 향수일까. 나카가와 씨를 구조할 때 도움이 된 은은한 민트 향이 풍겼다.

"늦게 인사드려 죄송합니다. 나카가와 히로미 씨의 통역 등을 맡고 있는 덴다 시호라고 합니다."

"아…… 탈랄리아의 다카기입니다."

"S시 소방서의 히노입니다."

히노 씨가 한 손을 내밀었다.

"유튜브, 잘 보고 있습니다."

그러자 덴다 씨는 얼굴을 살짝 붉히며 손을 맞잡았다.

"감사합니다. 이번 일은 정말 면목이 없네요. 제 부주의 때문에 이런 일이 벌어져서……."

덴다 씨는 떨리는 목소리로 나카가와 씨와 헤어졌을 당시 상황을 한 번 더 설명했다. 설명은 지금까지 들은 이야기와 거의 일치했다. 두 사람은 개막식 행사 후 TV 방송 녹화를 위해 역에서 지하철을 기다리다가 갑작스러운 지진 때문에 떨어지게 됐다. 덴다 씨는 급히 열차 승강장으로 돌아가려

했지만 승객 대피를 유도하는 역무원에게 붙잡혀 강제로 엘리베이터에 탔다.

"정신을 차려 보니 어느새 엘리베이터 문이 닫힌 상태였어요. 지상까지 직통으로 올라가는 엘리베이터라 결국 어쩔 수 없이……. 지상에 도착해 바로 다시 돌아가려고 했는데 이번에는 또 정전으로 엘리베이터가 멈춰서……. 다 제 잘못입니다. 제 책임이에요. 제가 좀 더 나카가와 씨 옆에 잘 붙어 있어야 했는데……."

한마디 한마디에서 자책하는 느낌이 묻어났다. 나는 누구보다 그녀의 아픈 심정을 이해했다. 과거 나의 실패. 동생을 잃어버린 니라사와의 초조한 모습. 구할 수 있는 사람을 구하지 못했을 때의 후회는 평생 지울 수 없는 상처가 된다.

"그건 그렇고."

히노 씨가 달래는 것처럼 말했다.

"'눈이 보이지 않아서'라는 건 무슨 뜻일까요?"

"아, 네."

덴다 씨는 눈가에 손수건을 대고 말했다.

"나카가와 씨에게는 똑같으니까요. 지상이든 지하든."

똑같다.

그 말의 의미를 떠올리고 있을 때 어딘가에서 "다카기"하고 부르는 소리가 들렸다. 돌아보니 교실 입구에서 누군가가 내 쪽을 보고 있었다.

하나무라 선배다. 나를 보며 손짓하고 있다. 무슨 일일까. 복도로 나간 나는 하나무라 선배 옆에 어색하게 서 있는 사람을 보고 깜짝 놀랐다.

"니라…… 사와?"

정작 니라사와를 데려온 하나무라 선배는 "그럼 난 이만" 하고 곧장 자리를 떠났다. 둘만 남게 되자 어색한 분위기가 감돌았다.

잠시 후 니라사와가 입을 열었다.

"미안. 일하고 있었어?"

"아니, 휴식 시간이기는 한데……. 무슨 일이야? 동생한테 또 무슨 일이라도 생겼어?"

니라사와는 고개를 흔들었다. 머뭇거리다가 이내 마음먹은 것처럼 나를 향해 고개를 푹 숙였다.

"고마워."

느닷없는 감사 인사에 당황했다.

"어? 그, 그게 무슨……."

"아까 동생을 찾는 걸 도와줬는데도 고맙다는 말 한마디 못 하고 헤어졌잖아. 정말 고마웠어. 그런 곳에 의료 센터가 생긴 줄도 전혀 몰랐고."

나는 "아, 그렇구나" 하고 겸연쩍게 턱을 긁적였다. 하나무라 선배가 가 보라고 해서 갔을 뿐이다. 별로 감사하다는 말을 들을 일이 아니었다.

"나도 그냥 회사 선배가 가 보라고 해서……. 그보다 동생은 좀 어때? 괜찮아?"

"응. 보기에는 괜찮아. 말을 안 해서 속마음까지는 모르겠지만."

"그렇구나."

또다시 침묵. 졸업 후 소원해진 사이라 공통된 화제도 없었다.

"나야말로……."

잠시 뜸을 들이고 입을 열었다.

"미안."

"뭐가?"

"짜증 났지? 그때…… 내가 했던 말."

그러자 니라사와는 "아" 하고 쓴웃음을 지었다.

"그때는 내가 좀 꼬여 있었던 것 같아. 미안. 충동적으로 한 말이니 잊어 줘."

"하지만……."

"그건 그렇고."

니라사와는 자연스럽게 화제를 돌렸다.

"교실에 있는 그분은 나카가와 씨의 간병인?"

"응? 아, 맞아."

"그럼 소문이 사실인가?"

"소문?"

"나카가와 씨가 지하에서 실종돼 지금 드론으로 수색 중이라는 소문. 인터넷이 떠들썩하거든. '보이지 않고 들리지 않고 말할 수도 없는 삼중 장애 여자를 어떻게 구출할 수 있을까' 하고."

이번에는 내가 쓴웃음을 지을 차례였다. 나카가와 씨는 이 도시의 '아이돌'이니 언젠가 소문이 퍼질 거라고 예상하기는 했다. 그렇지만 어떻게 이렇게 빨리, 그리고 어디서 정보가 유출된 걸까.

"미안. 지금으로서는 설명해 주기 곤란해."

"그렇겠지. 신경 쓰지 마. 그보다 어때? 현실에서 정말 그런 일이 일어난다면 그런 사람을 구할 수 있어? 불가능하지 않아?"

반사적으로 내 입이 열렸다.

"불가능하다고 생각하면……."

퍼뜩 다시 입을 다물었다. 난감한 얼굴로 니라사와를 본다. 니라사와는 눈을 가늘게 뜨고 묘하게 미소 지으며 말했다.

"그럴 줄 알았어."

2

현 위치: 지하 5층 WANOKUNI역 앞 튜브 반출입구 B5M3
대피소까지 거리: 2,040미터
3층 침수까지 남은 시간: 4시간 15분

"배터리 충전 완료. 이륙 준비 완료."

사에키 씨의 안내 방송 소리가 들려 심호흡을 한 번 하고 컨트롤러를 들었다. 히노 씨, 가몬 선배와 눈빛을 주고받으며 고글을 썼다.

"SVR-Ⅲ, 이륙합니다."

"15시 5분. SVR-Ⅲ, 이륙."

기체를 띄우자 최대 시야각인 기체 하부 카메라 화면에서 나카가와 씨가 황급히 일어나는 모습이 보였다. 졸고 있었던 모양이다. 무의식적으로 손으로 주변을 휘젓는 그녀를 보며 흐뭇해졌다. 촉각식 손목시계를 찾는 걸까.

메인 카메라가 비추는 전방의 암흑을 보고 마음을 가다듬었다.

지금부터가 고비다.

보이지도, 들리지도 않는 사람을 어떻게 콕 집은 지점까지 유도할 것인가.

인터넷이 떠들썩해지기 전부터 우리가 고민한 과제였다. 당초에는 유도가 어렵다는 의견이 지배적이었다. 내가 불려가기 전까지만 해도 생존에 필요한 물품을 전달한 후 구조대가 올 때까지 그 자리에서 대기시키는 것으로 방침이 정해졌다고 했다.

그러나 지하수 침수, 유독 가스, 위층 화재, 잔해 제거 작업 등에 상당한 시간이 소요될 것 같다는 현장 정보가 속속 전해지면서 과연 제시간에 맞출 수 있을지 우려하는 목소리가 나오기 시작했다.

그때 타개책이 된 것이 바로 여성 소방관 사에키 씨의 한마디였다.

"하네스…… 같은 건 어떨까요?"

"하네스?"

"안내견에게 씌우는 하네스요. 그런 걸 드론에 연결해서 유도할 수 있다면……."

사에키 씨는 전에 시각장애인 안내견 협회에서 주최한 소방 훈련을 받은 적이 있다고 했는데, 거기서 아이디어를 떠올린 듯했다. 기발했다. 작전 팀은 곧장 드론에 하네스 대신 와이어를 장착한 후 WANOKUNI의 다른 시청각 장애인들의 도움을 받아 테스트를 했다.

결과는 양호했다. 안내견만큼은 아니어도 진행 방향을 알려 주는 정도로는 충분히 사용 가능하다고 판단해 작전을 실행하기로 했다.

따라서 현재 SVR-Ⅲ의 바닥 쪽에는 유도용 와이어가 한 가닥 뻗어 있다. 너무 가늘어서 영상에는 보이지 않지만 아마 나카가와 씨가 끝부분을 잡고 있을 것이다. 그 증거로 드론을 앞으로 진행하려고 하면 와이어의 저항을 알리는 수치가 오르면서 기체가 위아래로 약간 흔들렸다.

"다카기, 괜찮겠어?"

"네. 문제없습니다."

사실 드론에 전원 공급용 케이블을 장착하거나 폭주 방지용 와이어를 매단 채 비행하는 경우가 있어서 이런 유선 조종이 그리 드문 일은 아니었다.

나도 와이어가 장착된 드론을 조종하는 훈련을 받았다. 와이어 릴 길이에 약간 여유가 있고, 무엇보다 드론 자체에 자세 제어 기능이 있어서 극한까지 잡아당기지 않는 한 통제력을 잃을 염려도 없다.

"……안내견이 아니라 안내 드론이네, 이건."

히노 씨가 가볍게 중얼거리는 말을 듣고 미소 지었다.

지금 내 고글에는 카메라가 전송하는 실사 영상에 내비게이션의 화살표가 겹친 풍경이 비치고 있다.

이른바 증강 현실(AR)이라는 것이다. 처음에 설명 들은 대로 유도 경로는 작전 회의에서 검토를 마쳤다. 지금 우리가 있는 곳은 지하 5층 WANOKUNI역 앞 튜브 반출입구인 'B5M3' 충전 포트. 여기서 비상용 사다리를 타고 지하 4층에 오른 후 중간에 있는 스파 시설과 계단을 거쳐 지하 3층으로 이동한다. 그 후 창고와 공장 등을 거쳐 최종적으로 북서쪽 구역의 '긴급 피난 대피소'로 가는 경로였다.

지하 1층과 2층에 화재가 발생한 탓에 그 위로 올라갈 수는 없다. 하지만 일단 3층 대피소까지만 가면 침수와 화재, 유독 가스 피해는 막을 수 있다. 식료품 등 비축 물자도 있어서 구조대가 도착할 때까지 버티기만 하면 된다.

덧붙이자면 한 번 추락했다가 부활한 소방대 드론은 안타깝게도 충전 포트에 도착하기 직전 배터리가 방전돼 다시 추락하고 말았다. 전우를 잃은 기분이 들었지만, 드론이 여러 대 있으면 나카가와 씨에게 혼동을 줄 수 있고 전파 간섭도 우려돼 어차피 같이 갈 수 없었다. 나는 동료 기기의 명복을 빌며 와이어가 달린 SVR-Ⅲ를 붕괴된 통로 안쪽으로 날려 보냈다.

나카가와 씨는 훌륭하게 버텼다. 익숙하지 않은 방화복을 입고 등에는 짐을 가득 실은 배낭을 메고 있어도 4층으로 올라가는 비상 사다리를 용케 기어올랐다.

한 손에는 예의 그 흰 지팡이를 쥐고 있다. 물에 떨어졌을 때도 재빨리 지팡이에 달린 스트랩을 손목에 감아서 놓치지 않았다고 했다. 또 지하철 승강장을 벗어나자 이산화탄소 농도가 안정권에 접어들어서(아마 터널로 가스가 유입됐을 것이다) 지금은 공기 호흡기 대신 방연 마스크를 쓰고 있다. 무거운 공기 호흡기의 산소통에서 해방된 것도 발걸음이 가벼워진 요인인 듯했다.

나카가와 씨의 의기양양한 모습에 나도 용기를 얻어 내비게이션의 화살표를 잘 쫓아 드론을 비행했다.

잠시 후 통로가 확 넓어졌다.

드론의 LED 불빛이 닿는 공간에 굵은 기둥이 같은 간격으로 세워져 있었다. 그 사이사이에 광고 전광판과 편의점 등이 있고 안쪽에는 어떤 시설의 입구처럼 보이는 자동 개찰구가 보였다.

내비게이션은 그곳을 가리켰다. 시설 안에서 꼭 우리를 유인하는 듯한 밝은 빛이 새어 나왔다.

설마, 지상……?

입구에 들어서자마자 그런 착각이 들었다. 꼭 따뜻한 남쪽 섬의 리조트 호텔을 연상하게 하는 우아한 현관홀이었다. 주변에는 관엽 식물 화분이 빼곡하고 천장으로는 빛이 한가득 쏟아져 들어왔다. 빛의 양과 색감을 보면 도무지 인공조명 같지 않았다.

"광덕트야."

내가 놀랄 걸 예상한 것처럼 가몬 선배가 설명했다.

"지상 햇빛을 거울 덕트로 반사해 지하에 보내는 장치지. 인공조명이 아닌 순수한 태양광이라는 말이야. 거울 소재를 뭐로 하느냐에 따라 자외선 비율도 조절할 수 있다고 해."

햇빛. 지하에서는 결코 볼 수 없을 거라 예단한 존재와의 조우에 나는 적잖은 감동을 느꼈다.

홀린 것처럼 빛을 바라보는 내 귀로 현재 위치를 알리는 사에키 씨의 담담한 목소리가 들렸다.

"15시 15분. SVR-Ⅲ, 지하 4층 서쪽 온천 시설 구역인 스파 리조트 '언더그라운드 파라다이스'에 도착했습니다."

3

현 위치: 지하 4층 스파 '언더그라운드 파라다이스'
대피소까지 거리: 1,680미터
3층 침수까지 남은 시간: 4시간 05분

지하 4층은 전력, 가스, 수도, 폐기물 처리 시설 등 생활에 필수적인 기반 시설이 주를 이루는 곳이다.

그중 유일한 오락 시설이 바로 이 대형 스파 시설이었다. 지하 댐의 수력 발전과 폐기물 처리 시설에서 발생하는 배기열을 효율적으로 활용할 목적으로 만들었는데, 스파 외에도 온수를 쓰는 열대어 수족관, 아열대 식물원도 있다고 했다.

주민들 사이에서 평판이 좋아 평소에 이용객이 많은 곳이다. 다만 앞서 언급했듯 지진 당시에는 지상과 지하 1층에 사람들이 모여 있어 이용객이 적었다. 지하철처럼 이곳도 운이 좋았던 셈이다.

구역에 있던 몇 안 되는 사람은 모두 자력으로 지상에 대피했는지 시설이 텅 비어 있었다. 인적 없는 횅한 곳에서 잔해 더미 사이에 빛기둥이 서 있는 모습은 천국이 아닌 종말 이후 세상을 연상케 했다. 나는 마음을 다잡고 가몬 선배와 다른 구조팀의 도움을 받아 가며 나카가와 씨가 젖은 바닥에서 넘어지지 않게 조심조심 드론을 움직였다.

남자 목욕탕의 포렴을 지났다. 안쪽의 직원용 통로가 지름길이라고 했다. 탈의실과 대욕장을 지나자 광덕트에서 햇빛이 쏟아지는 암반욕장이 나왔다. 노천탕을 연출하려고 한 걸까.

찰싹.

그때 뭔가를 치는 소리가 내 고막을 때렸다.

이건…… '멈춤' 신호다.

즉시 드론을 급정거했다. 만약의 사태에 대비해 점자 카드로 나카가와 씨에게 몇 가지 신호를 전달해 뒀다. 그녀가 허벅지를 한 번 치면 '멈춤', 두 번 치면 '출발'이라는 신호다.

방금 건 분명 '멈춤' 신호였다. 나카가와 씨에게 무슨 일이라도? 급히 하단 카메라 화면을 확인했지만 위에서 보이는 그녀에게 별다른 이상 징후는 없었다.

……내가 잘못 들었나?

찰싹.

기체를 다시 출발하려고 하자 또다시 허벅지를 치는 소리가 들렸다.

당황해서 기체를 멈춰 세웠다. 뭘까. 무슨 일일까.

"다카기, 왜 그래?"

가몬 선배가 물어서 나는 작게 고개를 흔들었다.

"모르겠어요. 별다른 이상은 없는 것 같은데."

"내가 봐도 그래. 히노 씨, 혹시 뭐 눈치채신 거라도?"

"아뇨. 저도 전혀……."

모두 당황하는 분위기였다. 나는 기체를 앞으로 기울여 천천히 기수를 선회했다. 메인 카메라를 사방에 향하며 대나무 등의 식물이 드문드문 있는 암반욕장 구역을 꼼꼼히 관찰했다.

대나무 가운데에서 폭포수가 흐르는 암반욕탕에 기수를 향했을 때 나는 화들짝 놀라 "앗!" 하고 소리쳤다.

"가몬 선배. 저기 좀 보세요."

"뭐야?"

"물고기예요. 죽은 물고기가 떠 있어요."

암반욕탕에는 물고기가 허연 배를 까뒤집은 채 떠 있었다. 한 마리가 아니다. 열 마리 이상은 돼 보인다.

가몬 선배가 키보드를 두드리는 소리가 들렸다.

"……암반욕탕 벽 너머에 수족관 수조가 있대. 지진으로 벽이 쪼개져서 물고기가 그곳에 흘러간 것 같아."

"그런데 왜 죽었을까요?"

"열대어잖아. 수조 밖은 수온이 낮으니 죽은 게 아닐까?"

"이 암반욕탕의 물 온도가 얼마나 되죠?"

잠시 후 대답이 들렸다.

"……25도. 마냥 낮지만은 않네. 발전 시설에서 온수가 유입되는 건가?"

말문이 막혔다. 과연 25도가 열대어가 죽을 정도의 수온일까.

"혹시 피라냐라도 있는 걸까요……?"

사에키 씨가 농담인지 진담인지 알 수 없는 말을 중얼거렸다.

그때 기체가 위아래로 조금씩 흔들렸다. 나카가와 씨가 와이어를 잡아당기는 듯하다. 기체 하단 카메라 화면을 확인하니 한 손을 필사적으로 움직이며 뭔가를 전하려 하는 나카가와 씨의 모습이 보였다. 목소리도 내는 것 같지만 방연 마스크 때문에 잘 들리지 않고 발음 자체도 명료하지 않았다.

나는 드론을 내려 나카가와 씨가 수화하는 모습을 메인 카메라에 담았다. 가몬 선배가 백야드에 있는 덴다 씨에게 통역을 부탁했다.

"물…… 아파…… 이상……."

물이 아프다?

"혹시 지진 때문에 온천물의 수질이 바뀌어서 산성도가 높아지기라도 한 걸까?"

백야드에서 하나무라 선배가 마이크에 대고 말했다.

"여기, 천연 온천인가요?"

가몬 선배에게 물었다.

"아니. 홈페이지 설명을 보면 그냥 지하수를 끓인 거라고……."

점점 더 혼란스러웠다. 나카가와 씨는 대체 무슨 말을 전하고 싶은 걸까.

지하에 의식을 집중하는 동안 어느새 지상에 있는 내 몸에 따가운 햇볕이 내리쬐고 있었다. 해의 각도가 바뀐 듯하다. 나는 그늘로 옮겨 가며 무심코 열기가 느껴지는 헤드폰에 손을 뻗었다. 눈이 보이지 않으면 귀로. 그런 발상이 머리를 스쳤다.

그게 효과를 발휘한 걸까. 나는 프로펠러와 목욕탕 물소리

사이에서 들리는 희미한 소리의 정체를 알아차렸다.

"선배, 이 소리."

"소리?"

뒤이어 탁탁탁 키보드를 두드리는 소리. "이거?"라고 묻는 선배의 목소리가 들린 후 헤드폰의 음질이 달라졌다. 내가 포착한 소리가 선명하게 귀에 꽂혔다.

파직…… 파지직…….

"이런, 큰일이야!"

그렇게 외친 사람은 히노 씨였다.

"이건 스파크 소리잖아. 어디선가 누전이 된 것 같습니다."

나를 비롯한 구조팀이 모두 얼어붙었다.

누전.

그 가능성을 예상하지 않은 것은 아니다. 적어도 구조 계획을 세울 당시에는 의제에 올랐다. WANOKUNI 지하 4층에는 지하 댐의 수력과 쓰레기 처리 시설의 화력을 이용한 발전 시설이 있다. 설비 자체는 지진 직후 자동 정지됐지만 NAS 배터리라는, 나트륨과 황을 사용한 메가와트급 축전지의 전력 저장 시스템이 아직 살아 있어 비상 전원으로 현재도 도시에 전력을 공급하고 있었다.

그래서 누전 화재의 위험성을 경계했다. 대피 경로 또한 정찰 드론과 남은 CCTV 영상으로 안전성을 최종 확인한 후 수립했을 것이다.

그럼에도 불구하고 놓친 것은 아마 이 **밝기** 때문이다.

만약 이곳이 캄캄한 어둠 속이라면 방전 불꽃이 눈에 잘 띄었을 것이다. 그러나 천장의 광덕트에서 쏟아지는 햇빛이 불꽃을 가렸다. '밝아서 더 보이지 않는 상황'이라니, 이런 아이러니한 경우가 있을까.

그래도 원인이 밝혀지자 백야드에서 대책 마련을 위한 논의가 시작됐다. 나는 보냉제로 열이 오른 몸을 식히며 뒤에서 들리는 소리에 귀를 기울였다.

"나가이 소방경님. 어떻게 할까요? 경로를 바꿀까요?"

"이보다 더 안전한 경로는 없습니다. 현재 지하 5층에도 침수가 진행 중입니다."

"절연 장화를 전달해서 신게 하는 건 어떨까요?"

"전달하기까지 또 시간이 걸립니다. 그리고 절연 장화를 신어도 넘어지거나 물에 빠졌을 때 위험성은 똑같습니다."

질문을 주도하는 사람은 하나무라 선배, 대답하는 사람은 나가이 소방경일 것이다. 진퇴양난인 상황. 그렇다고 한자리에 계속 머물러 있기도 위험하다. 시시각각 침수 위험이 다가오고 있고 발밑에는 욕조에서 넘친 물이 흐르고 있다. 수위와 전압 변화로 언제 감전돼도 이상하지 않은 상황이었다.

"전기를 끊읍시다."

잠시 후 나가이 소방경이 결심한 것처럼 말을 꺼냈다.

"전력 회사에 공급을 일시 중단해 달라고 하는 겁니다. 그 방법밖에 없습니다."

"하지만……."

하나무라 선배가 대답했다.

"전력 공급을 중단한다고 해도……."

"아닙니다. 지하 비상 전원의 송전을 잠깐만 전면 중단해 달라고 요청하는 겁니다."

전면 중단. 나는 그 판단의 무게감에 적잖이 놀랐다. 현재 WANOKUNI는 외부 송전이 끊긴 상황이라 각 구역의 비상 전원에 전력을 의존하고 있다. 그중에서도 지하 발전 시설의 비상 전원이 공급 대부분을 차지해서 전면 중단은 거의 도시 전체의 정전을 의미했다.

"해당 층의 송전만 멈출 수는 없을까요?"

가몬 선배가 물었다.

"그건 어려워."

하나무라 선배가 대답했다.

"설계도를 보면 발전 시설의 거의 모든 송전망이 스파 시설 구역을 지나 각지에 뻗어 있어. 누전 지점을 특정 못 하는 상황에서 송전을 일부만 중단하는 건 무의미해. 중단하려면 전면 중단밖에……."

하나무라 선배는 고민하듯 잠시 머뭇거리다가 나가이 소

방경에게 물었다.

"병원은요? 그리고 대피소 에어컨도 멈추면 이 폭염에 온열 질환자가 생기지 않을까요?"

"병원에는 자체 발전 설비가 있습니다. 대피소 쪽은……참고 견디는 수밖에 없겠죠."

나가이 소방경은 짧게 대답하고 마음먹은 것처럼 선언했다.

"이제 시간이 없습니다. 제가 직접 윗선과 담판 짓고 모든책임을 지겠습니다."

"15시 23분. 송전이 중단됐습니다."

사에키 씨의 안내 방송을 기다렸다가 나는 드론을 출발했다.

우리에게 주어진 시간은 30분. 병원 자체 발전 설비 공급에는 한계가 있고, 무더위 때문에 열사병 환자가 나올 우려도 있다. 나가이 소방경이 관계자와 협상 끝에 받은 시간이최대 30분이었다.

그걸 떠나 드론의 비행 가능 시간도 그리 길지 않다. 아리아드네는 야외 장거리 이동에 대비해 대용량 배터리를 탑재했지만 무게 부하가 없는 상태에서 연속 비행시간은 60분정도다. 경로도 그에 맞춰 정했기 때문에 예정대로라면 스파 시설 통과까지 비행 시간은 20분 남짓. 일단은 충분히통과할 수 있다.

덧붙이자면 튜브에서 나온 이후부터는 지하 시설의 무선 LAN 전파를 쓰고 있다. 이곳은 무정전 전원 장치(UPS)라는 전원 백업 시스템이 도입돼 있어 정전 이후에도 특별히 전파 문제를 걱정할 필요가 없었다.

괜찮아. 늦지 않았어. 나는 마음을 다잡고 컨트롤러 스틱을 움직이는 손끝에 정신을 집중했다.

나카가와 씨가 와이어 움직임에 기민하게 반응해 주는 덕에 이동은 예상보다 순조로웠다. 사람 없는 대욕장에는 움직이는 장애물이 없고 광덕트 때문에 주변이 땅 위처럼 밝았다. 그렇게까지 두려워할 일도 아니었나.

좋아. 이 정도면 괜찮다. 슬슬 마음의 여유가 생기기 시작할 무렵.

투둑.

갑자기 헤드폰에서 뭔가가 떨어져 내리는 듯한 잡음이 들렸다.

뭐지?

그렇게 생각한 순간 "첨벙!" 하고 뭔가가 물에 떨어진 굉음이 귓전을 때렸다.

뒤이어 퍼퍽 하고 큰 물체가 무너지는 듯한 소리. 물보라가 일어나더니 드론의 메인 카메라 렌즈에 물방울이 맺혔다.

바로 그 직후 시야가 흐려졌다.

풍경이 엄청난 속도로 옆으로 흘렀다. 스핀. 미처 인식할 새도 없이 눈앞 욕조의 타일이 빠르게 다가와 시야를 가득 메웠다.

쿠웅! 쾅! 빠직!

시야가 블랙 아웃됐다. 나는 잠시 아연실색해 있다가 정신을 차리고 고글을 들어 가몬 선배에게 급히 물었다.

"선배! 방금 그게 뭐죠?"

가몬 선배는 굳은 얼굴로 노트북 화면을 응시하고 있었다.

"추락."

"추락?"

"천장에서 뭔가가 떨어졌어. 아마 광덕트 부품 같은 거겠지. 그걸 피하려다가 나카가와 씨가 균형을 잃고 와이어를 확 잡아당겼어. 그래서 기체가 추락한 거야."

"네? 그럼 지금 나카가와 씨는……."

"모르겠어. 기체는 움직이고 있나?"

가몬 선배의 질문을 듣고 화들짝 놀랐다. 그렇다. 기체 상태는? 드론 조종사의 가장 큰 실수는 기체를 '추락'시키는 것이다. 고장 위험이 있고 무엇보다 추락한 장소와 자세에 따라 자력으로 다시 뜨지 못하는 경우도 있다.

제발.

고글을 쓰고 기도하는 심정으로 스틱을 브이 자로 밀었다.

부우웅 하는 프로펠러 소리가 들렸다. 한 박자 늦게 시야 오른쪽 상단에 표시되는 고도 수치, 즉 바닥에서 수직 거리를 알리는 수치가 상승했다.

한숨을 내쉬고 어깨에서 힘을 뺐다. 백야드에서도 안도하는 소리가 들렸다.

그러나 나카가와 씨를 찾으려는 순간 내 몸은 금세 다시 굳어 버렸다.

"가몬 선배."

저절로 목소리가 커졌다.

"화면에…… 아무것도 보이지 않아요."

"그렇겠지."

선배는 냉정하게 대꾸했다.

"메인 카메라뿐만 아니라 하단 카메라도 반응이 없어. 둘 다 고장이군. 조금 전 추락 충격으로 고장 났겠지."

"그건, 곧……."

순식간에 장내가 숙연해졌다. 입을 다문 선배 앞에서 나는 손가락이 싸늘하게 식는 걸 느꼈다.

모두가 말문이 막혀 있는 상황에서 감정을 억누른 사에키 씨의 안내 방송 소리가 차갑게 울려 퍼졌다.

"15시 28분. SVR-Ⅲ, 추락으로 인해 전면 카메라와 하단 카메라가 파손. 시야를 잃었습니다."

현 위치: 지하 4층 스파 '언더그라운드 파라다이스'
대피소까지 거리: 1,500미터
3층 침수까지 남은 시간: 3시간 52분

등줄기에 오싹한 한기가 스쳤다.

시야를, 잃었다.

시야 상실. 있어서는 안 될 최악의 상황이다. 농맹인을 구하러 왔다가 이쪽 눈까지 실명하다니. 질 나쁜 농담 같은 상황 아닌가.

"예비기를!"

곧장 하나무라 선배가 외쳤다.

"대체 드론을 준비해 주세요! 기기를 교체합니다!"

"불가능합니다!"

비명에 가까운 사에키 씨의 고함이 들렸다.

"당장 투입할 드론이 한 대도 없어요! 어딘가에서 빌려 오려면 시간이 들고, 와이어 같은 것도 준비하려면……."

"그럼 아까 추락한 드론은? 그거라면 거리도 가까워서 괜찮지 않⋯⋯."

"그것도 불가능합니다! 배터리가 이미 방전됐어요!"

백야드가 소란스러워졌고 나는 조각상처럼 몸이 굳었다. 하지만 그렇게 혼란에 빠진 우리 중에서 단 한 명, 가몬 선배만은 침착하고 빠르게 사태에 대응했다.

캄캄했던 고글 속 화면이 갑자기 전환됐다.

검정 바탕에 작은 흰 점 이미지. 꼭 오래전 3D 게임 속 캐릭터처럼 거친 입체 이미지다.

"다카기, 보여?"

"네⋯⋯. 근데 이게 뭐죠?"

"LiDAR의 계측 점을 모델링 소프트웨어로 표시한 점군 데이터야."

카메라 대신 센서로 계측한 데이터를 시야에 합성한 듯했다. SVR-Ⅲ에는 레이저 펄스를 쏴서 대상과 거리를 측정하는 LiDAR라는 계측 레이저가 장착돼 있다. 이 기능으로 장애물 접촉을 피하고 주변 지도를 작성해 드론의 현 위치를 추정하는데(후자가 앞서 언급한 'LiDAR SLAM' 기능) 그 측정값인 '점군 데이터'라는 점들의 집합을 그대로 3차원 좌표에 투영한 듯했다. 이를 실시간으로 표시하려면 기기 성능이 받쳐 줘야 하는데, SVR-Ⅲ에는 전용 그래픽 엔진이 탑재돼 있어 실현할 수 있었다.

"수면 때문에 정확도는 신뢰하기 어렵지만 대략적인 지형과 장애물은 확인할 수 있어. 어때, 이대로 진행할까?"

"……네. 할 수 있을 것 같아요."

점군 데이터는 말하자면 '점묘' 같은 것으로 고성능 3D 레이저 스캐너를 사용하면 실사와 비슷한 정밀 3D 모델을 만들 수 있다. 그러나 SVR-Ⅲ에 탑재된 것은 어디까지나 구조 활동을 위한 보조적 기능이고, 불안정하게 비행하며 실시간으로 데이터를 표시해야 해서 정확도가 떨어질 수밖에 없다. 또 레이저는 빛 반사와 흡수에 약해 반사율이 높은 수면 근처에서는 정확도가 더 떨어졌다.

실제 지금 눈앞에 보이는 영상은 곳곳이 왜곡되거나 구멍이 뚫려 있다. 측정 오차 때문인지 아니면 실제 무너진 부분인지 판단하기 어렵지만, 아무것도 보이지 않는 것보다야 백만 배 나았다.

그나마 용기를 얻은 내 시야에 무지갯빛이 더해졌다.

"자, 열화상 데이터도 겹쳤어. 나카가와 씨가 물 밖에 있으면 이걸로 확인할 수 있을 텐데……."

영상에 열화상 카메라의 온도 표시도 추가한 듯했다. 이 또한 정확도를 높이면 실사와 비슷한 형상을 얻을 수 있지만 아쉽게도 지금 보이는 건 해상도가 그리 높지 않아 색 덩어리가 뿌옇게 보이는 수준이다. 이는 카메라 성능보다는 열화상 데이터를 전송하는 통신량 때문일 것이다. 속도가 느린 인터넷 회선을 쓰면 영상 화질이 떨어지는 것과 같다.

그래도 움직이는 사물을 알아볼 수는 있다. 나는 선배의 재빠른 지원에 고마움을 느끼며 지그시 화면을 응시했다. 어디일까. 이 밀폐된 공간의 어디쯤 나카가와 씨가 있는 걸까.

"찾았다!"

그렇게 먼저 외친 사람은 히노 씨였다.

"교관님, 왼쪽 대각선 앞! 10시 방향!"

재빨리 드론의 기수를 틀었다. 거친 흑백 영상 속에서 유령 같은 붉은 얼룩이 꿈틀거리는 게 보였다.

"나카가와 씨?"

"······그런 것 같네요."

가몬 선배의 질문에 대답하고 조심스럽게 기체를 접근했다. 유령의 윤곽이 계속 울퉁불퉁 움직이고 있다. 드론을 찾아서 팔을 휘젓고 있는 걸까.

더 가까이 가자 갑자기 유령의 움직임이 급해졌다. 프로펠러의 바람을 느낀 것 같다. 곧이어 유령이 드론 바로 아래의 사각지대에 들어서더니 기체가 위아래로 흔들렸다. 와이어를 붙잡은 듯했다.

"일단은 무사한 것 같네."

가몬 선배가 안도한 듯이 말했다.

"그러네요. 그런데 바닥에 있는 저 주황색 물체는 뭘까요?"

"배낭 아닐까?"

"온도가 조금 높지 않나요?"

"발열제겠지. 배낭이 물에 빠지자 발열제가 반응했을 거야."

조금 전 휴식 시간에 나카가와 씨는 몸을 덥히기 위해 발열제를 썼다. 그때 개봉한 팩의 일부가 물에 젖어서 반응을 일으킨 걸까. 그렇다면 나카가와 씨는 역시 물에 한 번 빠진 걸까. 배낭을 내려놓은 건 구급 세트를 꺼내 응급처치를 하기 위해서였을지도 모른다.

그렇다면 나카가와 씨는 물에 빠지면서 다쳤다는 뜻일까.

새로운 걱정거리가 생겼다. 심각한 부상이 아니어야 할 텐데. 나카가와 씨의 상태를 확인하려고 드론을 조금 움직여 보니 붉은 유령이 드론을 따라왔다. 일단 이동은 할 수 있는 듯했다.

그때 예상치 못한 저항이 느껴졌다.

끼익, 끼익.

기체가 조금씩 위아래로 움직였다. 나카가와 씨가 와이어를 잡아당기는 것 같다.

뭐지……?

일단 기체를 호버링하며 영상과 소리를 확인했다. 그러나 열화상은 해상도가 떨어지고 목소리도 마스크 너머라 잘 들리지 않았다.

덴다 씨에게 음성을 확인해 달라고 부탁했지만 그녀도 알아듣지 못했다. 카메라가 고장 나는 바람에 그전처럼 수화를 읽을 수도 없다. 잠시 후 또다시 찰싹 하고 허벅지를 치는 신호가 들렸지만 이번만큼은 나카가와 씨의 의도를 전혀 짐작할 수 없었다. 혹시나 싶어 나가이 소방경이 전력 회사에 확인하니 송전은 확실히 중단됐다고 했다.

"10분 경과. 송전 재개까지 앞으로 20분 남았습니다."

사에키 씨의 카운트다운 안내 방송이 들렸다. 시간이 없다. 구조팀은 조바심에 휩싸였다.

불안하기는 해도 결국 이동을 우선하기로 했다. 시간 제한이 있는 이상 가만히 멈춰 있을 수만은 없었다.

다시 움직이기 시작한 드론을 와이어로 느끼며 나카가와 씨는 뭔가를 체념한 듯했다. 와이어를 잡아당기는 힘이 멈추더니 붉은 유령이 갑자기 조금 뒤로 물러나 배낭을 짊어지는 듯한 움직임을 보였다. 의사소통이 되지 않는 상황에 갑갑함을 느끼면서도 나도 마음을 다잡고 흰 점으로 구성된 점군 데이터 속 세상을 헤매는 나카가와 씨의 붉은 그림자를 천천히, 한 걸음씩 유도했다.

"죄송합니다, 히노 씨. 드론을 추락시킨 것으로 모자라 시간까지……."

"아뇨. 교관님은 최선을 다하셨으니까요."

결국 나는 제한 시간 안에 누전 구역을 빠져나오지 못했다. 이유는 크게 두 가지. 하나는 익숙하지 않은 점군 데이터 영상을 보며 드론을 조종하는 데 시간이 많이 들어서. 또 하나는 나카가와 씨의 발걸음이 유난히 무거웠기 때문이다.

후자의 원인은 아직 불분명하지만 욕조에 빠졌을 때 발목을 접질리거나 삐었을 수 있다. 어쨌든 지금 같은 속도로는 제한 시간 안에 구역을 통과할 수 없다는 게 확실해졌을 때 나가이 소방경이 관계자와 협상해 정전 시간을 20분 더 연장했다.

그렇게 간신히 스파 시설을 빠져나가 다음 중계점인 지하 4층 온수 설비 구역의 튜브 반출입구 'B4N2' 충전 포트에 도착했다. 지난번처럼 나카가와 씨의 휴식 겸 충전 타임이 시작됐고, 나는 히노 씨와 두 번째 휴식을 취하려고 조금 전 그 교실에 다시 왔다.

교실에 들어가서 놀란 건 교실 안에 시원하게 냉방이 켜져 있다는 점이었다. 정전이 복구됐다고 해도 아직 전력 여유가 없을 텐데 우리의 짧은 휴식을 위해 배려해 준 듯했다. 속으로 감사하며 굳은 몸을 풀려고 기지개를 켰다. 지난번보다 조종 시간이 길어서인지 온몸이 뻣뻣하고 욱신거렸다. 특히 손가락 근육통이 심했다.

"그나저나 정말 놀랐습니다. 나카가와 씨에게."

급식실에서 가져온 음료(이번에는 병에 든 커피 우유)를 마시며 히노 씨가 감탄한 것처럼 중얼거렸다.

"누전을 알아차렸고 욕조에 빠져도 동요하지 않았죠. 저도 여러 재난 현장에 가 봤지만 그렇게까지 침착한 구조자는 보기 드물어요. 평소에 서바이벌 훈련이라도 받은 게 아닐까요?"

히노 씨의 장난 섞인 말을 흘려들으며 문득 덴다 씨의 말을 떠올렸다.

―나카가와 씨에게는 똑같으니까요.

"그건."

자연스럽게 입이 열렸다.

"똑같기 때문…… 아닐까요?"

"똑같다?"

"네. 나카가와 씨에게는 똑같을 거예요. 지하든, 지상이든. 갑자기 물에 빠지든, 이해할 수 없는 상황에 휘말리든."

머릿속으로 상상했다. 언제 누가 도와줄지 모를 지하 깊은 어둠 속에 연락 수단도 없이 홀로 남겨지는 것은 악몽과 같은 상황이 틀림없다. 완전한 고립. 형이 느꼈을 절망감. 어린 시절 내게 그야말로 '공포의 상징'이었던 것.

그러나 나카가와 씨에게는 그것이 일상이다.

그런 상태가 그녀에게는 '보통'인 것이다.

빛이 있든 없든 아무것도 볼 수 없다. 누군가가 알아차려 주지 않으면 스스로 도움을 요청할 수도 없다.

어두운 물 위에 가만히 떠 있는 나카가와 씨의 모습이 눈꺼풀 안쪽에 떠올랐다. 공포에 질려 비명을 지르거나 난동을 부리지 않고 그저 담담히, 마치 주변 자연물의 일부가 된 것처럼. 그녀는 언제부터 그렇게 세상에 맞서지 않는 법을 배웠을까.

"히노 씨."

커피 우유병을 쥔 손에 나도 모르게 힘이 들어갔다.

"나카가와 씨를…… 꼭 구하도록 해요."

"네, 물론이죠."

히노 씨는 빙긋 웃고 내 등을 두드려 줬다.

"불가능하다고 생각하면 거기까지잖아요, 교관님."

순간 '어?' 하고 당황하는 나를 보며 히노 씨는 장난스럽게 미소 지었다.

"강의에서 몇 번이나 강조하셨죠."

히노 씨는 그 말을 끝으로 자리를 떴다. 나도 모르게 쓴웃음이 나왔다. 히노 씨 앞에서도 말했구나. 자각 없는 자신에게 놀라면서도 이제는 적당히 해야겠다고 반성했다. 그러지 않으면 또 모르는 사이 누군가의 불만을 사게 될 수도 있다. 니라사와처럼.

커피 우유를 다 마시고 힘을 내어 교실에서 나가려고 할 때 나와 교대하듯 낯선 남자가 들어왔다. 나이는 40대로 보이고 소방관 유니폼은 입지 않았다. 캐주얼한 폴로셔츠와 면바지 차림을 보니 아마 시청 직원인 듯했다.

남자는 나와 눈이 마주치자 고개를 숙여 인사하고 물었다.

"실례지만 여기서 담배를 피워도 될까요?"

"아, 글쎄요……. 저도 잘."

흡연 장소를 찾는 걸까. 나도 고개를 숙이고 지나치려는데 뭔가에 어깨를 부딪쳤다. 어느새 남자가 내 앞을 가로막는 것처럼 서 있었다.

"당신이죠?"

담배 냄새 섞인 숨결을 풍기며 남자가 대뜸 물었다.

"드론을 조종하는 분이."

불쾌한 말투였다.

"……누구시죠?"

"저요? 전 뭐, 미디어 관계자라고 할까요."

미디어 관계자?

"취재는 재난 대책 본부를 통해서 부탁드립니다."

무뚝뚝하게 말해도 남자는 히죽 웃기만 했다. 뭘까, 이 사람은. 무시하고 다시 지나치려고 하자 남자가 이번에는 노골적으로 막아서며 나가지 못하게 방해했다.

"당신은."

남자는 깔보는 듯한 투로 말했다.

"지금 이 상황을 어떻게 생각하시죠?"

"……어떻게, 라고 하시면?"

"지하는 보통 지진에 강하다고 하잖습니까. 그런데도 엉망

진창으로 무너져 버렸죠. 대체 공사를 얼마나 허술하게 한 걸까요. 컨테이너 가건물도 아니고."

"……활단층 때문이라고 들었습니다만."

"그야 물론 활단층 때문이겠죠. 제 말은 그 활단층 문제에 대해 조사를 제대로 했느냐는 겁니다. 혹시 아시나요? 이 프로젝트는 원래 그 활단층 문제 때문에 전에 한번 중단된 적이 있습니다. 그런데 현 도지사가 당선되자마자 계획이 다시 진행됐죠. 뭔가 냄새 안 나요?"

부정한 데이터 은폐라도 있었을까. 내가 난감해하자 남자는 교활하게 웃어 보였다.

"사실 이 도노야마라는 도지사에게는 그전부터 흉흉한 소문이 끊이지 않았습니다. 국회의원 시절에는 투자 비리 의혹이 불거졌고, 이번 프로젝트도 동생이 하는 IT 컨설팅 회사에 거액이 흘러 들어갔다는 소문이 돌고 있죠. 그런데도 언론사들은 뭐가 그리 겁나는지 보도를 전혀 안 해요. 총 공사비가 수천억 엔 규모의 거대 프로젝트이니 하이에나들이 몰려들었을 게 당연한데."

"……저와는 관련 없는 이야기이니 전 이만."

"그런데 말이죠."

남자는 나를 무시하고 말을 이어 갔다.

"요즘 같은 시대에는 그런 걸 없었던 것으로 하기도 힘든 게, 인터넷이라는 공간이 있잖습니까. 현대는 인터넷이 바로 정의입니다. 그래서 말인데요. 지금 그 인터넷 속 정의의 사도들 사이에서 한 가지 의혹이 제기되고 있습니다. 사칭 의혹이라고 할까요."

"사칭 의혹?"

"그 여자."

남자는 가슴 주머니에서 담뱃갑을 꺼내 한 개비를 입에 물었다.

"도노야마 지사의 조카딸이라는 그 여자요."

"네?"

"지금 당신들이 구하려고 발버둥을 치는, 그 삼중고니 뭐니를 겪고 있는 나카가와 히로미 씨 말입니다. 지사의 친인척이라는 비판이 나온 뒤부터는 자중하는 것 같지만, 선거 때만 해도 도노야마는 적극적으로 그 나카가와 씨의 존재를 어필했습니다. 내 친인척 중에도 중증 장애를 가진 여성이 있다. 그런 사람도 밝게 웃으며 살아가는 사회를 만들고 싶다. 뭐 그런 식으로."

"……."

"한마디로 자기 가족을 가마에 태워서 직접 '아이돌'로 만든 겁니다. 참고로 그 여자가 유튜브를 시작한 시점은 도노야마 지사의 당선 1년 전이었고, 채널 구독자가 10만 명을 돌파한 건 선거 기간 중이었으니 서로 순조롭게 스텝을 밟아 왔다는 뜻이겠죠? 어쨌든 그녀는 '보이지 않고, 들리지 않고, 말할 수도 없는' 삼중고를 겪는 '레이와의 헬렌 켈러'입니다. 어떤 삶을 사는지 모두 궁금해할 수밖에요.

그런데 그런 것에 쉽게 휘둘리지 않는 것도 바로 이 인터넷 속 정의의 사도라는 녀석들의 특징입니다. 모두의 인기를 한 몸에 받는 그녀를 보며 그들은 먼저 이렇게 떠올렸을 겁니다. '과연 그 여자의 장애가 **진짜**일까?'."

순간 반사적으로 내 손이 남자의 폴로셔츠 옷깃으로 향했다.

"어이쿠."

남자는 두 손을 번쩍 들며 시치미를 뗐다.

"제 의견이 아니라 그냥 인터넷상 분위기를 전한 겁니다. 그런데 사실 저도 진실이 궁금해요. 그래서 지금 그분을 구조하는 분들께서는 어떻게 보고 계시는지……."

"다카기 씨. 곧 충전이 완료될 테니 준비를."

사에키 씨가 날 부르러 다가오는 게 보였다. 그녀는 우리 두 사람을 보고 멈춰 서더니 뒤이어 남자의 얼굴을 보며 뭔가를 알아차린 듯했다.

"당신은……."

사에키 씨는 말을 멈추고 남자를 노려봤다.

"여기는 외부인 출입 금지 구역이에요."

"아, 그렇군요. 죄송합니다, 입구에서 막지 않길래."

남자는 시치미를 떼고 담배를 다시 담뱃갑에 집어넣더니

겸연쩍게 고개를 숙였다. 마지막으로 나를 보며 어깨를 한 번 으쓱하고 서둘러 교실을 나갔다.

"아 참. 마지막으로 하나만 더."

문을 지나기 직전, 남자는 어깨 너머로 돌아보며 말했다.

"다카기 씨, 너무 오래 걸리는 거 아닌가요?"

내가 의아해하자 남자는 의미심장하게 미소 짓더니 한 손을 들고 무심하게 사라졌다.

현장으로 향하는 길에 사에키 씨에게 물었다.

"조금 전 그 사람, 아는 분인가요?"

"네? 아, 아뇨……. 그래도 누군지는 알아요."

사에키 씨는 빠르게 대답했다.

"다카기 씨는 모르세요? 그 사람, 유명한 폭로계 유튜버잖아요. '코밧시'라는 채널을 운영하는."

폭로계 유튜버?

"연예인의 비밀을 폭로하거나 누군가의 부정행위 같은 자극적인 소재로 영상을 만들어서 조회 수를 올리는 채널을 뜻해요. 제가 좋아하는 성우도 얼마 전 그런 채널에서 교제 사실이 폭로돼 은퇴를 강요받았죠."

"좋아하는 성우요?"

"아, 그, 그게……. 아무튼 지금 저희 구조 활동에 대해서도 인터넷에서 이런저런 말이 나오고 있으니 확인하러 왔겠죠. 어디서 정보가 유출되고 있는 걸까요?"

"무슨 말이 나오고 있죠?"

"쓸데없는 글이 올라온 것 같더라고요. 다카기 씨는 신경 쓰지 마세요."

사에키 씨의 말을 듣고 오히려 더 걱정됐다. 현장에 가니 히노 씨가 모니터 앞 간이 의자에 앉아 기다리고 있었다. 심각한 얼굴로 손에 든 스마트폰을 내려다보고 있다.

순간 가슴이 덜컥해 일부러 말을 걸지 않고 그의 뒤로 돌아갔다. 놀란 사에키 씨가 나를 제지하러 왔을 때는 이미 히노 씨 스마트폰에 표시된 글자가 내 눈에 들어왔다.

―시간이 너무 오래 걸리잖아. 구조대가 무능한가?

―이러다 열사병 사망자도 나올 것 같은데.

―왜 그 ○○○ 한 명을 위해 우리 같은 정상인들이 희생해야 하는 거야?

―○○○인데 도지사의 친인척이라며. 상류층은 특별해.

―최소 소수의 최대 행복이군.

무심코 입가에 손을 갖다 댔다. 히노 씨가 뒤에 있는 나를 눈치채고 황급히 스마트폰을 무릎에 내려놓았다.

"다들 초조해서 그래요."

히노 씨가 얼버무리듯 덧붙였다.

"무더위 때문에. 게다가 조금 전 정전으로 에어컨도 꺼져서 불쾌지수가 최대로 올라갔겠죠. 에어컨이 다시 켜지면 녀석들의 열기도 식을 겁니다."

―다카기 씨, 너무 오래 걸리는 거 아닌가요?

속으로 '그런 뜻이었나' 하고 이해했다. 정전은 원래 30분 예정이었고 주민들에게도 그렇게 안내됐을 것이다. 그런데 우리의 구조가 늦어지면서 정전 시간이 길어져 사람들의 불만이 커졌다.

"괜찮습니다. 신경 쓰지 않아요."

나는 가볍게 대답하고 컨트롤러와 고글을 가지러 갔다. 그렇다. 신경 쓸 필요 없다. 흔한 소음이다. 누군가가 뭘 하려고 나서면 주변에서 흔히 발생하곤 하는, 무의미하고 거슬리는 소음일 뿐이다.

치미는 불쾌감과 분노를 참으며 헤드폰을 귀에 갖다 댔다. 소리가 들리지 않는 걸 확인하고 고개를 들어 노트북 앞에서 언짢은 표정으로 있는 가몬 선배에게 말을 걸었다.

"선배, 소리가."

"응? 아아, 잠깐만. 미안……."

대답이 영 시원찮아서 고개를 갸웃하고 선배에게 다가갔다. 선배는 한쪽 귀에 다른 헤드폰을 대고 집중해서 뭔가를 듣고 있었다. 앞에 있는 모니터 화면에는 음향 분석 소프트웨어의 파형 그래프가 표시돼 있었다.

"무슨 일이에요?"

"아니, 그냥 좀."

가몬 선배가 나를 힐끗 봤다. 뒤이어 화면에 표시된 시간을 보며 "아직 시간이 남았나?"라고 중얼거렸다.

"다카기. 잠깐 이것 좀 들어 줄래?"

선배는 나에게 나직이 속삭이고 키보드를 두드렸다.

그러자 SVR-Ⅲ가 녹음한 환경 소음이 내 헤드폰에 흘렀다. 아리아드네 시리즈는 구조 활동 검증과 추후 법적 문제에 대비하는 차원에서 기체에서 전송하는 영상과 소리 데이터가 자동으로 저장된다.

귀를 기울이고 있을 때 딸각 하고 뭔가 스위치 같은 것을 누르는 소리가 들렸다.

"들려?"

"네."

"무슨 소리일까?"

"스위치 같은 걸 누르는 소리…… 아닐까요?"

"……역시 그런가."

가몬 선배가 팔짱을 꼈다. 예상보다 선배의 침묵이 길어져 물었다.

"선배, 뭐 문제라도 있는 거예요?"

"……."

선배는 대답 대신 마우스를 두드리며 이번에는 지하 평면도를 화면에 띄웠다.

"현재 나카가와 씨가 있는 곳은 여기야. 지하 4층 온수 설비 구역의 튜브 반출입구인 'B4N2'의 충전 포트. 이곳은 배송 물품을 포장하는 작업실도 겸하고 있어서 드론뿐 아니라 작업자들도 드나드는 곳이야."

"네. 그런데?"

"소리는 정확히 나카가와 씨가 이 작업실에 들어왔을 때 포착됐어. 그때는 그냥 내가 잘못 들은 줄 알고 넘겼는데, 다시 확인하니 역시 나카가와 씨가 이곳에서 뭔지 모를 스위치 같은 걸 누른 것 같아.

자, 다카기. 여기서부터가 본론인데…… 사실 이곳에는 스위치라고 해 봐야 하나밖에 없어."

"하나?"

"그래. 바로 조명 스위치. 센서로 움직이는 드론에는 필요 없어도 인간 작업자들에게는 빛이 필요하니까."

나는 흐음 하고 흘려듣다가 불현듯 몸이 굳었다.

조명 스위치……?

눈을 부릅뜨고 가몬 선배의 얼굴을 응시했다.

"이상하지?"

선배는 고개를 끄덕이며 조용히 내게 물었다.

"눈이 보이지 않는 나카가와 씨가 왜 조명을 켰을까?"

IV

의혹

자상하게 저를 이끌어 주신
애너그노스 선생님께서는
당신이 속았다고 느끼셨는지
제가 아무리 애정과 결백을 호소해도
귀 기울여 주시지 않았습니다.
선생님은 설리번 선생님과 제가
당신의 칭찬을 받기 위해 다른 사람의
훌륭한 발상을 훔쳤다고 믿으셨거나,
적어도 의심하신 것입니다.

— 『헬렌 켈러 자서전 – 나의 청춘시대』, 헬렌 켈러

1

현 위치: 지하 4층 튜브 반출입구 B4N2
대피소까지 거리: 990미터
3층 침수까지 남은 시간: 2시간 52분

눈이 보이지 않는 나카가와 씨가 조명을 켠 이유가 뭘까.

나는 잠시 굳어 있었다. 머리가 혼란스러운 나머지 사고가
멈췄다. 애벌레처럼 길쭉한 파형 그래프를 보면서 필사적으
로 생각을 가다듬었다.

"그냥 우연 아닐까요?"

마침내 입이 열렸다.

"손이 벽에 닿았을 때 우연히 스위치가 눌렸을 수도 있잖아요. 조명 스위치면 손이 닿기 쉬운 입구 근처에 있을 테고."

"뭐…… 그렇기는 하지."

가몬 선배는 스스로 되뇌듯 중얼거렸다.

"미안. 출발 전에 쓸데없는 소리를 해서. 잊어버려."

"네……."

어정쩡하게 대꾸하고 원래 내 위치로 돌아갔다. 허공에 붕 뜬 것처럼 왠지 마음이 진정되지 않는 상태에서 고글과 헤드폰을 쓰고 컨트롤러를 손에 든 채 사에키 씨의 출발 신호를 기다렸다.

기다리는 동안 머릿속에 갖가지 생각이 스쳐 지나갔다.

고개를 흔들고 심호흡을 했다. 그만. 이상한 생각 하지 말자. 지금은 나카가와 씨를 구조하는 것에 집중하자.

"다카기 씨. 출발 시각입니다."

사에키 씨의 발표에 기계적으로 대답했다.

"네. SVR-Ⅲ, 이륙합니다."

"16시 30분. SVR-Ⅲ, 이륙."

드론이 허공에 떠올랐다.

눈앞에 점군 데이터의 조악한 흑백 영상과 열화상 카메라의 무지갯빛 광채가 펼쳐졌다.

처음에는 당황했지만 지금은 많이 익숙해졌다. 다만 드론

하단 카메라가 고장 나는 바람에 아래에서 와이어를 붙잡고 있을 나카가와 씨의 모습이 보이지 않았다. 고글 화면 아래에 표시되는 와이어 장력 수치에 전적으로 의지할 수밖에 없었다.

장력 수치가 일정 범위에 들게 속도를 조절해 가며 드론을 진행했다.

다음 목적지는 지하 3층 서쪽 유통 구역에 있는 '공동 물류 창고'.

그곳에는 모든 배송로의 허브인 대형 튜브 반출입구와 충전 포트가 있다. 우리는 나카가와 씨를 지하 4층에서 3층으로 향하는 계단으로 안내해서 오르게 했다. 뒤이어 북쪽으로 조금 더 나아가자 잠시 후 헤드폰에서 사에키 씨의 안내 방송이 들렸다.

"16시 40분. SVR-Ⅲ, 지하 3층 서쪽 수경 재배 구역, 주식회사 '하베스트 어스'의 농작물 저장소에 도착했습니다."

농작물 저장소.

물류 창고로 향하는 핵심 길목이다. WANOKUNI의 지하 3층은 산업용 구역이라 공장과 창고 등이 있다. 그중 유독 눈에 도드라지는 곳이 바로 살아 있는 식물들을 재배하는 이 '수경 재배 구역'. WANOKUNI 지하에는 농경 사업에 도전하는 벤처 기업이 많아 이곳저곳에 농작물을 생산하는 '식물 공장'이 있다고 했다.

이 '농작물 저장소'는 그런 공장에서 생산한 작물을 보관하는 곳이었다. 내비게이션의 녹색 화살표가 저장소 방향을 가리켰다. 안내에 따라 셔터가 올라간 입구에 들어서자 좌우로 직선형 구조물이 꽉 들어찬 흑백 영상이 나타났다.

선반들이다. 다행히 간격이 넓어서 드론과 사람 한 명은 지나갈 수 있어 보였다.

다만 천장이 낮아서 드론을 너무 높이 띄울 수는 없다. 나는 고도에 주의하며 천천히 드론을 진행시켰다.

찰싹.

그때 허벅지를 치는 소리가 들렸다.

'멈춤' 신호다.

조건 반사처럼 드론을 정지시켰다. 뭘까. 또 무슨 일이 생긴 걸까.

"뭐야? 다카기, 왜 그래?"

"모르겠어요."

여느 때처럼 하단 카메라 화면을 들여다봤다가 혀를 찼다. 현재 SVR-Ⅲ의 카메라는 전부 고장 난 상태다. 시선을 돌려 눈앞의 점군 데이터와 열화상을 주시했지만 둘 다 해상도가 낮아 세밀한 부분까지 확인할 수는 없었다.

고글 화면 위아래에 표시된 각종 센서 수치에 주목했다. 기온, 습도, 가스 농도. 어느 것 하나 특별한 이상은 없다.

"다카기…… 저게 뭐지?"

그때 가몬 선배가 뭔가를 알아차린 듯이 물었다. 동시에 고글 시야 중앙에서 일그러진 원형의 붉은 선이 나타났다. 선배가 직접 마우스로 화면에 선을 그린 듯했다.

그곳을 주시했다. 원의 가운데, 즉 왼쪽 선반 틈새에서 열화상의 붉은 색채가 보였다.

불…… 아니, 뜨거운 물?

의아해하며 드론을 그곳으로 향한 순간 화들짝 놀라 숨을 멈췄다.

선반 너머에는 붉은 얼룩무늬가 펼쳐져 있었다.

작고 붉은 원들이 포도송이처럼 줄줄이 이어져 있다. 전체 모양은 일정하지 않고 각각의 붉은 원이 번갈아 가면서 꿈틀꿈틀 변화하고 있다. 마치 아메바처럼.

무심코 조종을 멈춘 내 귀에 잡음 섞인 불길한 소리가 들렸다.

찍……. 찍…….

녹슨 경첩이 삐걱대는 듯한 소리.

"선배. 이건 혹시……."

한 박자 늦게 가몬 선배가 짜증 섞인 목소리로 대답했다.

"그래. 쥐야."

2

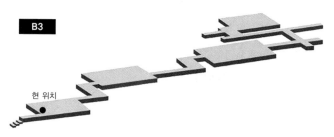

B3

현 위치

현 위치: 지하 3층 '하베스트 어스 농작물 저장소'
대피소까지 거리: 600미터
3층 침수까지 남은 시간: 2시간 37분

"16시 43분. SVR-Ⅲ, 진행 방향에 쥐 떼로 추정되는 무리 확인."

사에키 씨의 발표에 주위가 떠들썩해졌다.

쥐라고?

페트병을 들고 빠르게 수분을 보충하는 동안 나는 판단을 망설였다. 쥐는 과연 위험한 장애물이라 할 수 있을까. 앞이 보이는 여자라면 혐오나 공포를 느끼며 두려워할 수는 있겠지만.

"하필 쥐라니. 내가 쥐를 얼마나 무서워하는데."

애걸하는 듯한 가몬 선배의 목소리가 들렸다. 적어도 선배에게는 위협적인 존재인 듯하다. 나도 몰랐던 선배의 의외의 약점이었다.

백야드 쪽에서도 어떻게 대처해야 좋을지 몰라 곤혹스러운 듯했다. 사전 작전 회의 때 쥐 이야기가 나오지 않았으니 정찰 드론으로 답사할 당시에는 없었을 것이다. 도망칠 곳이나 먹이를 찾아 어디선가 옮겨 온 듯했다.

"쥐 떼에 드론을 접근시키면 알아서 도망치지 않을까요?"

히노 씨가 물었지만 가몬 선배는 "아뇨" 하고 단언했다.

"그렇게 단정 짓는 건 위험합니다. 이 도시의 동물들은 드론이 익숙할 테고, 쥐 같은 것들은 자칫 잘못 자극했다가 인간에게 달려들기도 해요."

"달려들어 봐야 쥐새끼 아닙니까."

"저 녀석들을 우습게 보면 안 됩니다. 교활하고 사나운 동물이에요. 어린아이나 노인처럼 약해 보이는 인간은 가차 없이 공격하고, 실제로 아기를 물어뜯어 죽인 사례도 있습니다. 제 엉덩이에도 유치원 때 물린 상처가 아직 남아 있고요."

실제로 쥐 때문에 고생한 경험이 있는 듯했다. 가몬 선배의 말이 사실이라면 더 곤란한 상황이다. 쥐 떼가 농맹인인 나카가와 씨를 약한 상대로 인식하면 자신들의 먹이터를 침범한 그녀를 쫓아내려고 공격할 수도 있기 때문이다.

"빛은? 빛을 비추면 도망치지 않을까요?"

사에키 씨의 제안에도 가몬 선배는 우울한 목소리로 말했다.

"조금 전 추락할 때 카메라와 함께 LED 조명도 나갔습니다."

그러더니 선배는 갑자기 "앗" 하고 외쳤다. 무슨 묘안이라도 떠올랐나 싶었지만 선배는 한참 입을 열지 않았다. 대체 뭘까.

"큰일이네."

히노 씨가 중얼거렸다.

"한 마리가 이쪽을 알아차린 것 같은데요."

붉은 반점 하나가 덩어리에서 튀어나왔다. 반점은 드론을 향해 빠르게 다가와 조금 앞쪽에서 멈춰 섰다. 드론 또는 나카가와 씨를 관찰하는 걸까.

어떡해야 좋을지 망설였다. 배터리 문제가 있어서 이대로 계속 멈춰 있을 수는 없다. 위험을 무릅쓰고 나아가야 할까.

"저."

그때 누군가가 조심스레 입을 열었다.

"제가…… 벌레를 싫어해서."

벌레?

덴다 씨의 목소리였다. 백야드 텐트에 있는 마이크에 대고 말하는 듯했다.

다시 혼란스러워졌다. 벌레는 또 뭘까. 지금 눈앞에 있는 쥐 떼는 포유류지 벌레가 아니다.

"제가 쓰는 향수가 민트 계열인데 그걸 뿌리는 이유 중에는 사실 벌레를 피할 목적도 있어요. 벌레가 민트 향을 싫어한다고 들었거든요. 그러니 어쩌면 쥐에게도 효과가 있을지 모른다는 생각이……."

대번에 주변이 고요해졌다.

머릿속에서 뭔가가 철컥하고 연결되는 느낌. 나는 즉시 소리쳤다.

"가몬 선배!"

"그래. 가능할지도."

대답은 바로 돌아왔다.

"나도 들어본 적 있어. 쥐는 민트나 박하 향을 싫어한다고."

"히노 소방장."

나가이 소방경의 목소리가 들렸다.

"퍼퓸이 아직 남아 있나?"

"네. 충분합니다."

"바로 진행해."

오케이 사인이 떨어졌다. 나는 드론의 고도를 빠르게 낮춰 붉은 반점이 모인 곳에 접근했다. 프로펠러의 바람을 느꼈는지 반점들이 활발하게 움직이기 시작했다.

"퍼퓸, 분사."

"퍼퓸을 분사합니다."

헤드폰에서 푸슛 하는 소리가 들렸다. 숨죽인 채 화면을 바라본다. 1초, 2초. 변화 없는 영상을 보며 불안과 기대가 뒤섞였다.

잠시 후 움직임이 생겼다. 붉은 반점 하나가 뭉치에서 떨어져 나가는가 싶더니 하나, 또 하나가 연이어 붉은 덩어리에서 멀어졌다.

얼마 지나지 않아 마치 눈사태라도 맞은 것처럼 덩어리가 붕괴하기 시작했다. 붉은 반점이 진공청소기에 빨려 들어가듯 안쪽 공간으로 사라졌고 그 뒤로는 열화상의 푸르스름한 색채만 남았다.

그제야 내 입에서 안도의 한숨이 터져 나왔다.

쥐 떼를 무사히 쫓아낸 후 농작물 저장소를 여유롭게 빠져나갔다. 이제 향할 곳은 지하 3층 서쪽 공동 물류 창고의 튜브 반출입구 'B3W1'이다. 지금 같은 속도로는 예상 소요 시간 대략 십여 분. 반면 배터리 잔량은 아직 40분 이상 남았다. 충분하다.

"어이, 다카기."

의기양양하게 드론을 조종하고 있을 때 헤드폰에서 가몬 선배의 목소리가 들렸다.

"네?"

"조금 전 그 쥐, 어떻게 생각해?"

"네? 어떻게 생각하냐뇨……. 선배에게 뜻밖의 약점이 있다는 걸 알게 됐다?"

"나 말고."

가몬 선배는 짜증이 섞인 투로 말했다.

"나카가와 씨 말이야. 그 여자, 우리가 쥐를 발견하기도 전에 '멈춤' 신호를 보냈지? 그건 역시 먼저 눈치챘다는 뜻 아닌가?"

나는 나직이 앗 하고 내뱉었다.

그렇다. 나카가와 씨는 우리가 쥐 떼를 알아차리기 전에 그 신호를 보냈다. 오히려 그 신호 덕분에 우리가 알게 됐다고 해도 과언이 아니다.

"그 상황에서 어떻게 쥐 떼를 알아챌 수 있었을까?"

"울음소리…… 는 아니겠죠. 귀도 들리지 않으니."

"그래. 그때 나카가와 씨 앞에 다른 한 마리가 있어서 그 녀석이 발에 닿았을 가능성도 검토해 봤지만…… 열화상에 그런 건 보이지 않았고, 만약 그랬다면 더 놀라는 반응을 보이지 않았을까?"

"냄새로 알아챘을까요?"

"나카가와 씨는 지금 방연 마스크를 쓰고 있어."

방연 마스크를 쓴 상태로는 냄새를 맡을 수 없다. 내가 말문이 막혀 있자 선배는 한층 더 몰아붙였다.

"만약 나카가와 씨의 **눈이 조금이라도 보인다면** 간단한 일이기는 해. 평면도를 보면 그 부근에 비상구가 있으니까. 비상등 불빛은 당연히 켜져 있겠지. 그 불빛으로 쥐가 보였다면······."

말없이 이야기를 들었다.

"의혹은 하나 더 있어."

선배는 설명을 이어 갔다.

"나카가와 씨의 걸음이 느려진 이유."

"걸음이 느려진······ 이유?"

"그 뒤로 내 나름대로 정리해 봤어. 과연 드론 추락 전후로 달라진 게 뭘까. 그러다 퍼뜩 어떤 단어가 머리를 스치더군. '빛'이라는 단어가."

"빛?"

"그때 광덕트가 떨어졌잖아. 드론의 LED 조명도 추락 충격으로 고장 났고. 그러면서 나카가와 씨는 빛을 빼앗긴 거야. 주변에서 빛이 사라진 이후부터 나카가와 씨의 발걸음이 느려졌어."

나는 말없이 눈을 부릅떴다. 조금 전 선배가 "앗" 하고 외친 것도 그걸 깨달아서였을까.

"······의심하시는 건가요? 나카가와 씨의 장애가 거짓말일 수도 있다고."

"그런 말은 안 했어. 다만······."

선배는 망설이며 말을 이었다.

"과장했을 가능성은 있다고 생각해."

과장했을 가능성.

"사실 시각장애라고 해도 그 수준은 다양하다고 해. 빛을 전혀 느끼지 못하는 수준부터, 빛의 방향은 느끼거나 형상이 간유리처럼 희미하게 보이는 수준까지. 그리고 살면서 아주 드물게 시력이 회복하는 경우도 있다더군. 그러니 처음에는 거짓말이 아니었어도 시간이 지나면서 장애 정도가 달라졌을 가능성은 있지 않을까? 그런데 다카기, 오해하지는 마. 난 지금 저 여자를 비난하려는 건 아니야. 그저 진실이 궁금할 뿐이지. 만약 진실이 내 말대로라면 구조 방식을 더 폭넓게 검토할 수 있으니까."

당황스러웠다. 나카가와 씨의 시력이 회복되고 있다? 그게 정말 가능한 일일까.

"……덴다 씨에게 확인해 볼까?"

선배가 속삭이듯 물었다. 덧붙이자면 지금 이 대화는 나와 선배의 비공개 음성 채팅이다(음성 입출력 채널은 선배가 컴퓨터로 변경할 수 있다). 따라서 백야드는 물론이고 히노 씨와 사에키 씨에게도 우리의 대화 소리는 들리지 않는다.

나는 뭐라고 대답해야 좋을지 알 수 없었다. 그래도 덴다 씨에게 직접 진실을 묻는 건 최후의 수단으로 남겨 둬야 하지 않을까. 괜히 잘못 물었다가 신뢰 관계가 깨질 수 있고, 무엇보다 무례한 일이다.

그리고 나 또한 아직 '설마' 하는 마음이 앞섰다. 지금껏 우리가 필사적으로 구조한 나카가와 씨는 의심할 나위 없는 농맹인의 모습과 행동을 보였다. 이토록 궁지에 몰린 상황에서 과연 사람이 남을 계속 속일 수 있을까. 위태로운 생사의 갈림길에서 스스로를 위험에 노출할 정도로 완벽한 연기를 할 수 있을까.

그럴 것 같지 않았다. 하지만 그러니 더 마음에 걸렸다.

나카가와 씨는 도대체 어떻게 쥐의 존재를 알아차렸을까.

"교관님."

그때 히노 씨의 목소리가 들려서 깜짝 놀라 헤드폰에 손을 갖다 댔다. 음성 채팅 화면을 보며 선배가 비공개 채팅 모드를 끄기를 기다렸다가 대답했다.

"네. 무슨 일이죠?"

"이 소리 들리세요?"

"무슨 소리요?"

"이거요. 저 멀리서 들리는 듯한, 덜컹 하는 소리."

뒤이어 키보드를 두드리는 소리가 들리더니 헤드폰의 음질이 바뀌었다.

소음이 전부 제거되자 멀리서 선명하게 소리가 들렸다.

우우웅, 덜컹. 우우웅, 덜컹. 삐삐삐.

이건.

"기계 소리?"

헤드폰에서 가몬 선배가 말했다.

"로봇이라도 있나?"

그러자 선배의 질문에 대답하듯 사에키 씨의 안내 방송이 울려 퍼졌다.

"16시 51분. SVR-Ⅲ, 지하 3층 서쪽 유통 구역의 공동 물류 창고에 도착했습니다."

3

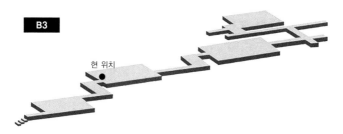

현 위치: 지하 3층 공동 물류 창고
대피소까지 거리: 450미터
3층 침수까지 남은 시간: 2시간 29분

물류 창고.

그 말을 듣고 한 박자 늦게 깨달았다.

"선배. 혹시 이 소리는……."

"그래."

가몬 선배가 대답했다.

"지게차 소리겠지. 자동 운행되는."

WANOKUNI의 물류는 드론 설비를 비롯해 고도로 자동화돼 있다. 창고도 거의 무인화돼서 자동 지게차 중 일부가 현재도 가동 중이라고 했다.

"가몬 씨. 나카가와 씨가 여기를 통과할 수 있을까요?"

히노 씨가 묻자 가몬 선배는 "흐음" 하고 신음했다.

"위험하겠죠. 짧은 거리지만 지게차는 상당히 빠른 속도로 움직이니까요. 무게도 대단해서 만약 부딪히기라도 하면 크게 다칠 겁니다."

나는 고글에 보이는 열화상을 응시했다. 모터 부분의 열기 때문인지 불덩어리 같은 붉은 광점이 단거리 달리기를 하듯 시야를 오가고 있다. 대수는 대여섯 대 정도 될까.

"나가이 소방경님."

하나무라 선배의 목소리가 들렸다.

"창고 관리 회사에 이야기해서 지게차 가동을 멈출 수 없을까요?"

"확인해 보겠습니다."

나가이 소방경이 대답했지만 잠시 후 다소 풀 죽은 듯한 목소리가 들렸다.

"아무래도 어려울 것 같습니다. 물류 센터 시스템이 다운돼 긴급 정지 신호가 안 먹히는 상황이라고 합니다. 지진으로 제어 부분이 고장 나 폭주 중인 것 같습니다."

"그럼 조금 전처럼 전력을……."

"배터리가 탑재돼 있어서 정전 상태에서도 계속 가동된다고 하네요."

곤혹스러웠다. 부지런하고 순종적인 로봇도 이런 상황에서는 성가신 폭주족으로 전락한다.

"그리고 또 하나 달갑지 않은 소식이."

나가이 소방경은 애써 침착하게 말을 이어 갔다.

"위층에서 발생한 화재가 마침내 지하 3층까지 도달했습니다. 불길이 이미 조금 전 농작물 저장소 바로 근처까지 왔다고 하네요."

더 큰 악재를 듣고 나는 무심코 침을 꿀꺽 삼켰다.

지하 3층도 화재라니. 불길은 위로만 번질 것으로 예상했다. 하지만 곰곰이 생각하면 가스 누출이나 누전에 의한 발화, 불 번짐 등 불길이 아래로 향할 요인은 많았다.

"다카기. 고도를 최대한 높여 줘. 구역 전체를 조망해야겠어."

가몬 선배의 지시에 맞춰 기체를 천장 근처까지 들어 올렸다.

그대로 호버링을 하자 가몬 선배가 히노 씨에게 뭔가 말을 건넸다. 적외선 열화상 카메라 등의 방향을 미세 조정하고 있는 듯했다.

잠시 후 시야가 전환됐다. 검정 배경의 평면도 위에 하얀

IV. 의혹

193

점과 열화상이 겹쳤다. 중심에 있는 짧고 붉은 화살표가 드론의 현 위치일 것이다. 꼭 자동차 내비게이션 지도 혹은 부감 시점의 액션 게임 화면처럼 보였다.

"다카기, 보여?"

"네, 보이기는 하는데…… 이게 뭐죠?"

"점군 데이터와 열화상 데이터를 창고 평면도에 투영했어. 이렇게 하면 지게차 움직임이 조금이라도 잘 보일 것 같아서. 어때?"

"네, 맞아요. 잘 보여요. 다만 이건 뭐랄까……."

"응?"

"아뇨……. 꼭 게임 화면 같아서."

그러자 선배가 조용히 웃음을 터뜨렸다.

"그럴 수도 있겠네. 너, 액션 게임 잘해?"

"네? 글쎄요…… 뭐, 그럭저럭."

"난 잘해. 그런 의미에서 지금 같은 상황의 공략법을 알려주자면 핵심은 '적의 움직임 패턴을 읽는 거'야. 지게차들을 관찰하면서 깨달았는데 이 녀석들의 움직임에는 일정한 패턴이 있어. 전진하고, 부딪히고, 방향을 꺾고, 다시 전진하고, 부딪히고의 반복이지. 다섯 대 정도라 각각의 패턴을 파악하기도 그리 어렵지 않아."

"패턴을 파악한다고요? 그럼…… 그 패턴에 맞춰서 나카가와 씨를 유도하라는 말씀인가요?"

"정답."

선배가 키보드를 두드렸다.

"가장 좋은 타이밍은 바로 이때야. 이 제일 서쪽에 있는 지게차가 동쪽 벽에 부딪혀서 유턴하는 순간. 그 타이밍에 드론을 출발하면 다음 지게차가 같은 장소에 돌아올 때까지 약 20초 동안 안쪽 출구까지의 통로가 일직선으로 비게 돼."

"거리는?"

"약 10미터."

20초 안에 10미터. 초속 0.5미터, 시속으로는 1.8킬로미터.

"선배. 현재까지 나카가와 씨의 평균 걸음 속도를 알 수 있을까요?"

"그러지 않아도 방금 계산해 봤어. 직선거리에서 대략 초속 0.6미터였어."

침을 꿀꺽 삼켰다.

"아슬아슬하지 않을까요?"

"그래. 아슬아슬하지."

초속 0.6미터면 20초에 12미터. 거의 여유가 없다. 또 0.6이라는 숫자는 어디까지나 평균치다. 컨디션이 좋지 않으면 더 느려질 수 있다.

"불가능해. 위험해."

백야드에서 곧장 반론이 들렸다. 하나무라 선배였다.

순식간에 격론이 펼쳐졌다. 가몬 선배도 가세해 모두 함께 작전을 검토했다. 무모하다. 가능하다. 다른 우회 경로는? 없다. 다른 대안을 검토하는 건? 불가능하다. 시간이 없다.

논의를 듣는 내 가슴에도 조바심이 들기 시작했다. 곤란하다. 이렇게 입씨름하는 동안에도 드론 배터리는 시시각각 줄고 있었다.

"다카기 씨."

논쟁을 종결한 사람은 나가이 소방경이었다.

"지금 저희 눈에는 이 작전이 몹시 위험해 보이지만, 작전을 직접 실행하실 분은 조종사인 다카기 씨입니다. 그래서 묻겠습니다만, 이번 작전이 가능하다고 보십니까? 아니면 역시 불가능하다고 생각하십니까?"

모두의 시선이 내게 쏠리는 게 느껴졌다. 침을 삼키자 그전까지보다 훨씬 크게 꿀꺽 소리가 났다.

"……괜찮을 것 같습니다. 할 수 있습니다."

내가 대답한 뒤에도 한동안 침묵이 흘렀다. 잠시 후 나가이 소방경의 엄숙한 목소리가 들렸다.

"알겠습니다. 작전을 허가합니다."

햇살은 여전히 따가웠다. 무더위 속에서 고글에 나타나는 미로 같은 화면을 들여다보며 나는 잠자코 타이밍을 기다렸다.

10미터.

만약 나카가와 씨의 눈이 보이기만 한다면 결코 멀지 않은 거리다.

속도가 조금 빠르다고 해도 지게차의 움직임은 직선적이라 피하기 어렵지 않다. 그러나 '시각을 쓰지 않는다'라는 제약이 붙는 순간, 별것 아닌 회피는 단숨에 달성하기 어려운 게임, 이른바 '초고난도 게임'으로 변모한다.

귀가 들리지 않는 것도 큰 핸디캡이다. 소리를 들을 수 있다면 언제든 지시를 내리면 된다. 거기서 왼쪽으로. 거기서 10초 대기 후 앞으로. 그러나 현실 속 우리는 나카가와 씨에게 현 상황을 설명할 수 없다.

조금 전부터 움직이지 않는 드론을 느끼며 나카가와 씨는 무슨 생각을 하고 있을까. 장비 문제로 판단해 걱정할까. 작전 회의 중이라고 생각해 기다리는 걸까. 지금 우리와 나카가와 씨를 잇는 건 와이어 한 가닥뿐이다. 화면을 지켜보는 내 머릿속에서 문득 허무맹랑한 발상이 스쳐 지나갔다. 이런 빈약한 연결 고리로 과연 나카가와 씨를 끝까지 유도할 수 있을까. 그리고 나카가와 씨는 어디까지 우리를 믿고 따라와 줄까.

—아니면 역시 불가능하다고 생각하십니까?

나가이 소방경의 말이 귓가에 맴돌았다.

심호흡을 했다. 아니다. 질문 자체가 잘못됐다. 그 질문은 나에게 통하지 않는다. 불가능하다고 생각하면 거기까지다.

내 사전에 불가능이라는 단어는 없다. 어떤 상황에서도 나는 절대 불가능하다고 생각하지 않는다.

그러면 형의 죽음에서 아무것도 못 배웠다는 뜻이 되니까.

형의 죽음을 무의미하게 만들어 버리니까.

불가능하다고 믿은 내 소심함이 형을 죽게 만들었다. 그날의 후회는 평생 저주처럼 따라다닐 것이다. 죄책감에서 벗어날 방법은 오직 하나, 형의 유지를 이어받는 것뿐이다. 불가능하다고 생각하면 거기까지다. 형의 유지를 이어받아 그 구호를 계속 외치는 것만이 내가 속죄할 수 있는 유일한 방법이다.

형이라면 포기하지 않았을 일을 내가 포기할 수 없다.

그렇지? 형.

"슬슬 준비해, 다카기."

가몬 선배의 목소리에 의식이 현실로 돌아왔다.

타이밍은 가몬 선배에게 맡겼다. 시야도 조금 전 부감 시점이 아닌 평소와 같은 1인칭 시점(FPV)으로 돌아갔다. 이쪽이 더 조종하기 편했다.

"3, 2, 1. 지금이야!"

선배의 고 사인을 들은 나는 컨트롤러 스틱을 천천히 앞으로 기울였다.

"17시 01분. SVR-Ⅲ, 출발했습니다."

사에키 씨의 안내 방송이 시작됐다.

"20초 카운트다운을 시작합니다. 19, 18······."

서두르지 말자. 속도를 높이고픈 충동을 억누르며 일정한 속도로 전진했다.

"잠깐. 나카가와 씨가 늦어."

얼마 안 돼 선배가 나를 제지했다. 나카가와 씨가 늦는 듯했다. 와이어 때문에 드론의 움직임을 따라잡기까지는 약간의 시차가 있다. 선배는 그것도 다 계산해 사인을 보냈을 텐데.

"이건······ 배낭을 줍는 건가? 무거워서 내려놓았나? 어쨌든 타이밍을 다시 재야겠군. 앗, 잠깐. 안 돼, 이미 앞으로 나가 버렸잖아. 지금 돌아오면 옆에서 오는 지게차와 충돌할 거야. 계속해, 다카기. 작전 속행."

선배는 열화상으로 상황을 살피는 듯했다. 배낭은 아직 발열제의 열기가 남았는지 붉은 반점으로 표시돼 있다. 처음 무게는 그리 무겁지 않았어도 물을 흡수해서 무거워졌을 수 있다.

"다카기. 속도를 더 높여. 1초를 잃었어."

1초. 손끝에 긴장이 흘렀다.

드론의 속도를 미세하게 조절하는 것은 쉽지 않다. 풍속, 기류, 프로펠러의 양력과 공기 저항, 관성력 등 다양한 요소가 복합적으로 작용해 비행 속도가 정해지기 때문이다.

게다가 지금 의지할 수 있는 건 점군 데이터와 열화상으로 만든 합성 영상뿐이다. 정확도와 실시간성이 부족해 눈앞을 흐르는 풍경 속도가 참고가 될 수 없다.

그동안 열심히 갈고 닦아 온 조종 감각만을 믿기로 했다. 손끝에 온 신경을 집중해 걸핏하면 경로를 이탈하려는 드론의 움직임을 필사적으로 제어했다.

"11, 10……."

카운트다운이 계속됐다. 선배가 별말 없는 걸 보면 속도는 이 정도로 괜찮을 것이다. 나카가와 씨도 어떻게든 뒤따라오고 있는 것 같다. 그러는 동안 기체가 중간점인 기둥을 넘자 목표인 출구가 눈앞에 나타났다.

괜찮아. 이 정도면 괜찮아.

안심하려고 한 바로 그 순간.

문득 시야가 탁 트이는 느낌이 들었다.

가슴이 덜컥했다. 허둥지둥 고도를 되돌렸지만 기체의 상하 움직임에서 그전과 같은 하강 저항이 느껴지지 않았다.

시야 끝에 표시되는 숫자를 보며 내 얼굴이 하얗게 질렸다.

와이어 장력, 0.

"구조자, 와이어를 놓쳤습니다!"

나는 절박하게 소리쳤다. 순식간에 주변이 소란스러워졌다. "놓쳤다고?", "왜지?" 여기저기서 의아해하는 목소리가 터졌다.

"넘어졌어."

가몬 선배가 침착하게 말했다.

"바로 직전에 나카가와 씨가 넘어지는 듯한 소리가 들렸어. 뭔가에 걸렸을 거야."

"걸려서 넘어졌다고요? 하지만 통로에 다리가 걸릴 만한 장애물은……."

"점군 데이터 영상을 너무 믿지 마. 시간 지연과 해상도 때문에 정확성에 한계가 있을 수밖에 없어. 다카기, 고도를 높여서 나카가와 씨와 지게차 위치를 확인해."

"네!"

곧장 드론을 급상승시켰다. 시야가 또다시 액션 게임의 부감 시점으로 바뀌었다. 기체 바로 아래에서 꿈틀거리는 붉은 점이 아마 나카가와 씨일 것이다. 그 옆에 있는 작은 빨간 점은 넘어지며 떨어뜨린 배낭으로 추정됐다.

그 두 개의 붉은 점을 향해서 한층 더 선명한 붉은 점이 다가오고 있었다. 지게차다. 진행 방향은 나카가와 씨 쪽이다.

이러다가 부딪힌다.

순식간에 온몸에서 핏기가 가셨지만 나는 입술을 꽉 깨물고 화면을 노려봤다. 아직이다. 아직 포기해서는 안 된다. 포기하지 않는 한 방법은 반드시 있다.

그렇다.

굳게 마음먹고 컨트롤러의 상하 이동 레버를 아래로 내렸다.

"다카기, 지금 뭐 하는 거야!"

"드론을 충돌시켜서 막겠습니다! 선배, 시점을 되돌려 주세요! 지게차 다리 부분으로 돌진합니다!"

"돌진한다고? 그래, 분명 그 방법은……. 하지만. 잠깐, 다카기!"

선배가 소리쳤다.

"그쪽이 아니야!"

어?

순간 화면에서 지게차의 붉은 점이 방향을 틀었다.

LiDAR가 포착하지 못한 장애물이라도 있었는지 지게차는 아무것도 없는 통로에서 직각으로 꺾어 엉뚱한 곳으로 향했다. 그 대신 다른 길을 가던 **또 다른** 지게차가 벽에 부딪혀 방향을 급선회했다. 그리고 드론과 반대 방향에서 나카가와 씨를 향해 맹렬한 속도로 돌진했다.

온몸이 얼어붙었다.

불가능하다.

이미 늦었다.

그렇게 생각한 순간, 나는 두 눈을 의심했다.

지게차와 나카가와 씨의 두 붉은 점이 겹치기 바로 직전 한쪽 점이 옆으로 살짝 움직인 것이다.

피했다.

움직인 점은 나카가와 씨였다. 그녀는 바닥에 떨어뜨린 배낭을 집어 드는 듯한 동작을 보이더니 그대로 통로를 무사히 가로질렀다.

입을 떡 벌렸다. 가몬 선배, 히노 씨, 백야드에 있는 모든 이들도 침묵했다. 잠시 후 당혹감을 머금은 사에키 씨의 안내 방송 소리가 울려 퍼졌다.

"……17시 01분. 구조자가 공동 물류 창고 출구에 도착했습니다……."

주변에 묘한 침묵이 깔렸다.

∥

현 위치: 지하 3층 튜브 반출입구 B3W1
대피소까지 거리: 390미터
3층 침수까지 남은 시간: 2시간 17분

드론이 창고 출구 옆 충전 포트에 도착하고 나서 우리는 몇 번째인지 모를 휴식에 들어갔다. 충전이 끝나면 다음 목표는 최종 목적지인 긴급 대피소다. 목표가 이제 바로 눈앞에 있다.

시원한 그늘로 피신해 수건으로 땀을 닦고 있을 때 귓가에 신경 쓰이는 대화 소리가 들렸다.

"나가이. 그 여자, 정말 눈이 안 보이는 게 맞아?"

"네. 그렇게 들었습니다."

"그럼 그 마지막 행동은 뭐지? 그건 눈이 보이는 사람의 움직임 아니었나? 지게차를 피하는 것으로 모자라 바닥에 떨어뜨린 배낭까지 주워 들고 도망치는 것 같던데."

어느새 백야드에 사람이 더 늘었다. 지금 나가이 소방경과 대화 중인 사람은 같은 여름용 소방관 유니폼을 입은 중년 남자다. 가슴에 달린 계급장 별이 나가이 씨보다 하나 더 많았다. 구조 활동을 참관하러 온 상관일까.

"그게 무슨 말씀이시죠?"

상관의 의문에 단호하게 맞선 사람은 나가이 소방경이 아닌 나카가와 씨의 간병인인 덴다 씨였다.

"나카가와 씨는 농맹인이 맞습니다. 장애인 수첩은 시각, 청각 모두 1급 중증 농맹으로 발급됐고 의사 진단서도 있습니다. 설마 나카가와 씨가 그 모든 것들을 위조해 장애 판정을 받았다고 하시려는 건가요?"

날 선 목소리였다. 상관은 조금 기가 죽은 것처럼 한 발짝 뒤로 물러섰다.

"아뇨. 그런 뜻은 아닙니다. 다만……."

"나카가와 씨는 거짓말 같은 건 하지 않습니다."

덴다 씨는 목소리를 더 높였다.

"전 나카가와 씨만큼 정직한 사람을 알지 못해요. 지난 10년간 옆에서 지켜봐 온 제가 가장 잘 알겠죠. 그동안 전 단한 번도 나카가와 씨에게 속았거나 배신당했다고 느낀 적이없습니다. 나카가와 씨는 그 누구보다 노력파이고 상냥한분인 데다가 언제나 밝고 긍정적으로……."

덴다 씨는 갑자기 말끝을 흐리더니 벅차오르는 감정을 주체할 수 없는지 손으로 입가를 가렸다. 한동안 말없이 어깨만 떨었다.

"……오해하지 않으셨으면 하는 게 저희는 지금 나카가와씨를 비난하려는 게 아닙니다."

나가이 소방경이 차분하게 말을 건넸다.

"저희의 최종 목표는 나카가와 씨를 구조하는 겁니다. 오직 그것만을 위해 지금 가용할 수 있는 모든 수단을 동원하고 있습니다. 이런 상황에서 만약 구조자가 조금이라도 보거나 들을 수 있다면 그건 엄청난 이점이 됩니다. 작전의 폭이 훨씬 넓어집니다.

제가 들어보니 시청각 장애가 있는 분들 중에도 아주 드물게 장애가 회복되는 사례가 있다더군요. 만약 나카가와 씨에게 조금이라도 그런 징후가 있다면 저희는 그걸 최대한 활용하고 싶습니다."

가몬 선배와 비슷한 의견이었다. 덴다 씨는 말없이 나가이 소방경의 이야기를 들었다. 진지하게 듣는 것 같지만 왠지 눈빛은 상대의 얼굴을 노려보는 것 같다.

"솔직히 개인적인 의견을 말씀드리자면…… 지금까지 구조자의 행동에서 다소 위화감이 느껴진 건 사실입니다."

덴다 씨의 눈빛을 정면으로 응수하며 나가이 소방경이 말을 이어 갔다.

"예컨대 조금 전 그 쥐 떼 사례가 그렇죠. 그때 나카가와 씨가 '멈춤' 신호를 보낸 건 저희가 쥐 떼의 존재를 알아차리기도 전이었습니다. 방금 지게차를 스스로 피한 것과, 그 광덕트와 드론 추락 이후 갑자기 나카가와 씨의 걸음 속도가 느려진 것도 이해하기 어렵습니다. 나카가와 씨가 다리를 다친 게 아니라면 추정할 수 있는 가능성은 하나, 즉 드론의 조명과 광덕트 불빛이 사라져서 발밑이 보이지 않게 됐기 때문이다."

놀라웠다. 나와 가몬 선배처럼 나가이 소방경도 느끼고 있었다. 오랜 기간 구조 활동에 몸 바쳐 온 베테랑 소방관의 면모가 엿보였다.

"그리고 이건 제가 잘못 들은 것일 수도 있지만…… 두 번째 휴식 지점에 도착했을 때 나카가와 씨가 조명 스위치를 켜는 듯한 소리도 들렸습니다.

물론 이 모든 게 나카가와 씨가 현재 앞을 볼 수 있다는 증거가 될 수는 없습니다. 조명 스위치에 우연히 손에 닿았을 수 있고, 다른 원인으로 쥐를 발견했을 가능성도 있겠죠. 예를 들어 바닥에 있는 쥐똥 같은 것을 밟아 낌새를 차렸을 수도 있습니다. 지게차를 피한 것처럼 보인 그 행동도 단지 떨어뜨린 배낭을 다시 주우려다 그렇게 된 것일 뿐일 수도 있고요. 저희가 서둘러 출발한 탓에 배낭을 제대로 메지 못해서 떨어뜨렸겠지요.

그래서 저희는 지금 고민하고 있습니다. 대체 어떤 구조 방식이 나카가와 씨에게 가장 적합할지."

덴다 씨는 고개를 떨군 채 한참 발밑을 바라봤다. 그러더니 이내 두 손으로 얼굴을 가리고 저항하듯 고개를 힘없이 흔들었다.

"그럴 리 없어요……. 나카가와 씨는 정말 아무것도 못 보세요. 아무것도 듣지 못하세요. 빛도 소리도 닿지 않는 진짜 고독 속에서 필사적으로 몸부림치며 살아온 분이에요……."

"대체 무슨 소란이야?"

그때 우렁찬 목소리가 들렸다. 울타리 너머에서 허리를 뒤로 젖힌 채 의기양양하게 텐트로 들어오는 폴로셔츠 차림의 중년 남자가 보였다. 야마구치 시장이다.

그 뒤로 키가 큰 양복 차림의 남자도 보였다. 도노야마 도지사. 공무 중에 시간을 내어 둘이 함께 상황을 살피러 왔다고 했다.

"뭐라고?"

상사에게 설명을 다 들은 야마구치 시장의 얼굴이 붉게 달아올랐다.

"그런 무례한 소리가 어딨나? 지사님의 명예가 걸린 일인데, 자네는 지금 지사님이 인기를 끌려고 조카딸과 결탁해 선량한 일반 시민들을 속였다는 거야?"

"아, 아뇨. 절대 그런 건……."

"야마구치."

도지사가 시장을 제치고 앞으로 나왔다. 그는 텐트에 있는 이들과 구조팀을 한 번 둘러보고 천천히 입을 열었다.

"전…… 도지사라는 입장에서 이번 일에 적극적으로 관여하기는 어렵습니다만."

도노야마 지사는 한 사람 한 사람과 눈을 맞추며 말했다.

"이것 하나만큼은 알아주셨으면 합니다. 공인 이전에 저도 한 명의 인간이라는 걸. 이 전대미문의 재난 속에서 모든 피해자에게 공평하고 싶지만 저 역시 조카딸의 신변이 걱정되는 것이 솔직한 심정입니다.

그리고 단언컨대 제 조카딸의 장애는 진짜입니다. 결코 허구나 사칭이 아닙니다. 만약 조카딸의 눈이 조금이라도 보였다면 그 아이의 생명을 구하기 위해 지금 이 자리에서 바

208

로 진실을 털어놓고 여러분께 도움을 요청했을 겁니다. 하지만 그건 불가능합니다. 그리고 제 말이 거짓이 아니라는 건 저기 계신 덴다 씨가 보증해 주실 것으로 믿습니다."

도노야마 도지사는 덴다 씨를 힐끗 보며 가볍게 인사를 건넸다. 덴다 씨는 왠지 어색한 태도로 형식적으로 답례했다.

이후 그는 한동안 말을 멈추고 우리의 반응을 지켜봤다. 그러고는 갑자기 허리를 꼿꼿이 세우고 두 손을 옆구리에 붙인 채 깊숙이 고개를 숙였다.

"그러니 여러분. 부디 저를 믿고 제 조카딸이 농맹인이라는 전제로 구조 활동을 펼쳐 주시기를 부탁드립니다. 누가 뭐라고 하건 천지신명께 맹세코 저희 조카딸의 장애는 진실입니다. 조카딸을 제발 구해 주십시오."

휴식하러 가는 길에 하나무라 선배가 나를 불러 세우더니 내가 맡겨 뒀던 스마트폰을 건넸다. 전화가 계속 걸려 왔다고 했다. 확인해 보니 역시 어머니에게 걸려 온 전화였다. 아까 내가 보낸 짧은 답장 이후에도 많은 문자 메시지가 도착해 있었다.

─전화해 줘. 걱정돼.

내용을 보니 어머니가 형의 사고를 떠올리고 있다는 게 느껴졌다. 불단 위패가 쓰러지거나 아침에 밥그릇을 떨어뜨린 것처럼 사소한 우연에서 불길한 결과를 상상하고 있을 것이다.

역시 전화를 드려야 할까. 망설이다가 결국 조금 더 긴 문자를 보내고 과감하게 휴대폰 전원을 껐다. 드론 조작에 모든 신경을 기울이고 있고 피로도 많이 쌓였다. 앞으로도 구조 활동에 전념하고 싶었다.

화장실에 들렀다가 교실에 가니 히노 씨가 와 있었다. 눈이 마주치자 그는 "여기" 하고 페트병을 던져 줬다. 이번에는 우롱차다. 손바닥에 전해지는 싸늘한 감촉이 반가웠다.

"저기 주먹밥도 있습니다."

그가 책상 한 구석을 가리켰다. 비닐에 싸인 주먹밥이 쟁반에 놓여 있었다. 삐뚤빼뚤한 모양새를 보니 하나무라 선배의 점보 주먹밥이 떠올랐다.

"어쨌든 현재까지는 순조롭네요, 교관님."

내가 주먹밥을 들자 히노 씨가 웃으며 말했다. 나는 비닐을 벗기며 "그런가요?" 하고 어정쩡하게 반응했다. 난관이 꽤나 많았던 느낌이지만.

"괜찮습니다. 저희 목적은 어디까지나 구조자를 구출하는 것이니까요. 마지막에 구조자가 살아 있기만 하면 그걸로 합격. 결과만 좋으면 다 좋은 겁니다. 설령……."

거기까지 말하고 히노 씨는 불현듯 입을 다물었다. 나는 참치 주먹밥을 먹으며 그 뒤에 붙을 말을 상상했다. 히노 씨가 덧붙이고 싶었던 말은 '설령 상대가 거짓말쟁이일지라도' 아닐까.

하지만 히노 씨는 말을 잇지 않고 묵묵히 운동장을 바라봤다. 바람이 조금 불어서인지 육상 트랙에서 모래 먼지가 날리고 있다. 시간은 오후 5시가 지났지만 밖이 아직 밝았다.

히노 씨가 한 손에 쥔 스마트폰이 보였다.

"……지금도 인터넷이 떠들썩한가요?"

"네."

히노 씨는 스마트폰을 힐끗 보며 대답했다.

"그런 것 같더군요. 왠지 누가 주기적으로 시끄러워질 만한 정보를 제공하는 것 같아요. 대체 어디서 정보가 새고 있는 건지 원."

히노 씨는 짜증 섞인 얼굴로 어깨를 움츠렸다.

"다들 내키는 대로 지껄이던데…… 전 그 녀석들에게 이렇게 말해 주고 싶습니다. '사건은 인터넷에서 일어나지 않는다. 현장에서 일어난다'."

"그건 또 뭔가요?"

내가 이해 못 하고 있자 히노 씨는 "응? 모르세요?" 하고 겸연쩍은 듯이 손가락으로 뺨을 긁적였다. 히노 씨 세대에서 유행한 드라마 대사 같은 걸까.

"오래전 형사 드라마 대사입니다. 오다 유지가 주연한 〈춤추는 대수사선〉이라는 드라마인데……. 응? 잠깐. 저분, 교관님의 여자 친구 아닌가요?"

"네?"

갑작스럽게 화제가 바뀌어 나는 목구멍에 밥알을 넘기며 창밖을 봤다. 나한테 언제 여자 친구가?

히노 씨가 가리키는 곳을 보니 누구를 말하는지 금세 알수 있었다. 니라사와다. 먼지가 날리는 운동장에서 뭔가를 찾는 것처럼 뛰어다니고 있다.

"교관님을 찾는 거 아닐까요? 그나저나 예쁜 분이네요. 이름이 뭐라고 했더라."

"니라사와. 그리고 전 남자 친구가 아니고, 만약 절 찾는거면 직접 여기로 올 겁니다."

"아, 그것도 그러네요. 그럼 뭘까요. 화장실인가? 여, 니라사와 씨!"

히노 씨가 대뜸 창문을 열고 소리쳤다. 깜짝 놀랐지만 니라사와는 히노 씨의 목소리를 듣지 못하고 그대로 뛰어가 사라져 버렸다. 교통사고로 다리를 다쳤다고 해도 역시 전직 운동선수다. 달리는 모습이 프로다웠다.

그런데 뭘 찾으러 뛰어다니는 걸까. 의아했지만 잠시 후들린 재난 무선 방송으로 알 수 있었다.

—아이를 찾습니다. 금일 오후 3시경, 아홉 살 여자아이가 서구 중앙 공원 부근에서 실종됐습니다. 옷차림은 황록색 원피스, 머리에는 녹색 머리띠를 했고 검정 신발을 신고 있습니다. 목소리에 장애가 있습니다. 아이를 보신 분은 즉시

의료 센터로 연락 부탁드립니다.

동생이 또 길을 잃은 걸까. 그러고 보니 '지진으로 사고 당시 기억이 되살아난 것 같다'라고 했는데, 그래서 정서가 불안정해진 걸까. 현 상황과 예전 형의 사고를 겹쳐 보는 내 어머니처럼.

돕고 싶지만 지금은 어쩔 도리가 없다. 나는 니라사와의 심정을 상상했다. 모두가 지진으로 고생하는 상황에서 공황에 빠져 목소리도 내지 못하는 여동생을 돌보는 건 꽤나 힘든 일일 것이다. 길을 잃지 않게 잘 돌보고 있으라는 건 여유 있는 사람이나 할 수 있는 말이다. 비장애인은 장애인의 어려움을 오롯이 알 수 없다. 그리고 장애는 쉽게 속일 수 있거나, 더군다나 인터넷에서 심심풀이 땅콩처럼 들먹일 소재도 아니다.

하늘에 구름이 흐르고 있다. 상공 풍속이 빠르다. 드론은 바람에 약해 국토교통성 항공국의 비행 매뉴얼에는 비행 가능한 풍속이 초속 5미터 미만으로 규정돼 있지만, 다행히 이번에는 지하에 있으니 지상에서 바람이 아무리 불어도 상관없었다.

오히려 시원해서 좋았다. 나는 눈앞에 의식을 되돌리고 고글을 착용한 후 컨트롤러를 들고 원래 위치에 섰다. 고글 화면에 표시되는 센서 수치 등을 확인하며 최종 점검을 한다.

"준비 완료. SVR-Ⅲ, 이륙합니다."

"17시 23분. SVR-Ⅲ, 이륙."

그렇게 선언하고 기체를 띄웠다. 배터리를 완전 충전한 기체는 반응 속도가 빨랐다. 센서 장비도 GPS와 두 개의 광학 카메라를 제외하면 전부 양호했다.

와이어의 장력 수치로 나카가와 씨가 현재 와이어를 쥐고 있는 것을 확인하고 다시 유도를 시작했다. 다음 목표는 지하 3층 북서쪽에 있는 최종 목적지인 대피소다. 거리는 약 4백 미터. 나카가와 씨의 지금 보행 속도로 충분히 도달할 수 있다. 골인이 눈앞에 있다.

그러니 더욱 방심해서는 안 된다. 나는 긴장을 늦추지 않고 모든 소리와 시야 속 영상에 신경을 곤두세우며 드론을 운전했다.

"17시 26분. SVR-Ⅲ, 지하 3층 공업 구역, 닥슨 공업의 WANOKUNI 제작소 지하 제1공장에 도착했습니다."

조금 더 나아가자 좌우로 보이던 흰 점 벽이 사라지고 전방에 탁 트인 공간이 펼쳐졌다. 계측을 위해 잠시 호버링을 하고 있자 별이 뜬 밤하늘 같은 점묘 그림이 하나둘 눈앞에 나타났다. 점군 데이터의 3D 묘사다.

"청소용 가전제품 생산 공장이야."

옆에서 가몬 선배가 설명했다.

"앞쪽에 있는 건 생산 라인 벨트고 좌우에 회전 초밥집 손님처럼 줄지어 있는 것들이 조립용 산업 로봇이지. 공정이 거의 자동화된 스마트 팩토리라 인간의 힘이 필요하지 않아서 이 구역에는 작업자를 위한 통로 같은 것도 없어.

통행로로 쓸 수 있는 건 좌우 벽에 있는 순찰용 회랑과 중앙에 있는 기기 점검용 공중 통로뿐. 그런데 좌우 회랑으로 가면 멀리 빙 돌아가야 해. 가급적 중앙에 있는 공중 통로를 이용하는 게 좋을 것 같아. 물론 드론이 중간에 고장 나지 않는다는 전제로."

나는 소프트웨어 렌더링이 끝날 때까지 가만히 기다렸다. 잠시 후 시야 한가운데에 일직선으로 뻗은 하얀 길이 나타났다. 길은 공장 끝까지 이어져 있고 중간에 장애물이나 무너진 흔적 등은 보이지 않았다.

"괜찮을 것 같네요."

"그래, 그런 것 같네."

가몬 선배도 동의했다.

"좋아. 그럼 중앙 공중 통로로 가자. 그런데 하나 주의해야 할 게 있어. 공장 관리자 말을 들어보니 이 구역에는 대형 철제 로봇이 많은 탓에 통신 전파가 닿지 않는 사각지대도 많다고 해. 혹시라도 드론이 중앙 공중 통로를 벗어나 산업용 로봇 사이에 떨어지기라도 하면 큰일 날 수 있어. 코스를 절대 벗어나지 않게 주의해."

"……알겠습니다."

침을 꿀꺽 삼켰다. 호흡을 가다듬고 컨트롤러 스틱에 조심스럽게 손가락을 갖다 대고 선언했다.

"SVR-Ⅲ, 중앙 공중 통로로 이동합니다."

"알겠습니다. 구조자를 신중하게 유도해 주십시오."

나가이 소방경의 오케이 사인을 듣고 화면을 주시하며 천천히 드론을 전진시켰다.

공중 통로라 역시 가까이 가니 중앙의 하얀 길이 조금 높은 위치에 있었다. 높이가 2미터 정도 될까. 앞에 보이는 흰색 단차는 계단일 것이다. 나는 기체를 위아래로 움직여 나카가와 씨에게 '계단' 신호를 보내고 그녀가 와이어를 잡아당기기를 기다렸다가 다시 드론을 전진했다.

캉…… 캉…… 하고 나카가와 씨가 철 계단을 밟는 소리가 헤드폰에 울려 퍼졌다.

속도는 여전히 느리지만 발소리는 확실하다. 잠시 후 계단을 오르는 소리가 멈춰서 통로를 따라 드론을 진행시켰다. 통로 폭은 사람 한 명이 간신히 설 정도이고 좌우에 난간이 있지만 나카가와 씨는 난간에 부딪히지 않고 똑바로 잘 걸어갔다. 손에 든 흰 지팡이로 거리를 가늠하는 걸까.

매끄러웠다.

아니, 지나치게 매끄러울 정도다. 중간에 나카가와 씨가 조금이라도 주춤하거나 발을 헛디딜 가능성을 예상했지만, 귀에 꽂히는 발소리 리듬에는 위태로운 기색이 전혀 없다.

그만큼 나카가와 씨가 와이어를 이용한 이동에 익숙해졌다는 뜻일까. 아니면.

─지금까지 구조자의 행동에서 다소 위화감이 느껴진 건 사실입니다.

문득 나가이 소방경의 말이 떠올라 고개를 흔들었다.

바보 자식. 뭐 하는 거야. 지금 나카가와 씨를 의심해 봐야 득 될 게 없고 그걸 떠나 의심하고 싶지도 않았다.

하지만……. 잡념을 떨치려는 내 머릿속에서 또 다른 불온한 생각이 고개를 들었다. 지게차 때는 나카가와 씨의 이해하기 어려운 행동 덕에 도움을 받은 건 명백한 사실이다. 그게 없었다면 나카가와 씨는 그대로 지게차에 치여 크게 다쳤을 것이고 나 역시 책임을 피할 수 없었다. 나는 작전 실행 전에 괜찮겠냐는 나가이 소방경의 질문에 당당하게 할 수 있다고 선언했다.

그때, 지게차가 나카가와 씨에게 돌진하는 순간 나는 무슨 생각을 했을까.

이런 생각을 하지 않았을까. 이건 **불가능**하다고.

"앗!"

그때 누군가의 비명이 들렸다. '뭐지?' 하고 의아해하자 갑자기 머리에 쿵, 하는 충격이 느껴지며 급격히 눈앞이 어두워졌다.

"다카기!"

가몬 선배의 외침이 고막을 때렸다. 정신을 차려 보니 나는 바닥에 쓰러져 있었다. 몽롱한 의식 속에서 누군가가 나를 안고 머리에서 고글을 벗기는 게 느껴졌다.

"교관님, 괜찮으세요?"

눈앞에 히노 씨의 얼굴이 보였다.

'괜찮아요'라고 대답하려는 순간, 찌릿하고 날카로운 통증이 밀려왔다. 머리 뒤에 손을 갖다 대자 빨갛고 끈적끈적한 액체가 손바닥에 묻었다.

……피?

"뭐야, 이 드론은!"

가몬 선배가 화내는 소리가 들렸다. 고개를 드니 내 발밑에 소형 드론이 떨어져 있었다.

이건…… 토이 드론? 이게 내 머리에 부딪혔다고? 이 위에서 누가 드론을. 헬멧 착용 의무를 소홀히 한 대가를 이렇게 치를 줄이야.

"히노 씨, 저기!"

사에키 씨가 어딘가를 가리키며 외쳤다. 텐트 반대편 펜스 너머로 놀란 듯이 도망치는 사람이 보였다. 낯익은 그 뒷모습을 보며 그가 누군지 짐작했다. 코밧시. 조금 전 만났던 폭로계 유튜버다.

나가이 소방경의 호령에 텐트에 있던 몇 사람이 총알처럼 그를 쫓아갔다.

함께 텐트에서 나온 사람이 나에게 응급처치를 하고 있을 때 가몬 선배가 바닥에 떨어진 드론을 집어 들었다. 조금 살펴보더니 쳇 하고 혀를 찼다.

"도청용이네."

히노 씨가 "도청용?" 하고 되물었다.

"토이 드론에 고성능 지향성 건마이크가 장착돼 있습니다. 상공의 사각지대에서 우리 대화를 엿듣고 있었어요. 이 녀석이 바로 정보 유출 주범입니다."

가슴이 철렁했다. 머릿속에서 모든 게 연결됐다. 정보 유출, 인터넷에 계속 올라오는 글, 폭로계 유튜버. 그 녀석이 모든 원흉이었나. 최악이다. 대화를 도청당했다면 조금 전 나카가와 씨의 이해하기 어려웠던 행동도 아마 인터넷에 다 퍼졌을 것이다.

하지만 지금은 그보다 먼저 확인해야 할 것이 있다.

"히노 씨. 고글을."

내 머리에 붕대를 감으려는 사에키 씨의 손을 뿌리치고 고글을 다시 집어 썼다. 지금 내 머릿속에는 장애 사칭이나 도청 문제보다 훨씬 큰 걱정거리가 있었다. 나는 쓰러지기 직전에 **드론을 바람직하지 못하게 조작했다.**

고글 화면을 들여다본 순간 온몸이 굳었다.

캄캄했다. 아무것도 보이지 않는다.

역시.

창백한 얼굴로 다시 고글을 벗었다. 가몬 선배도 사태의 심각성을 깨달았는지 어느새 자기 자리로 돌아가 말없이 키보드를 두드리고 있었다. 언짢아 보이는 선배에게 나지막이 물었다.

"선배, 어떤가요?"

"……안 돼. 반응이 없어."

선배가 백야드에 있는 사람들을 돌아보며 뭔가를 알렸다.

놀라서 몸이 굳는 사람들. 나는 입술을 꽉 깨물었다. 장례식을 치르는 밤 같은 정적 속에서 감정을 억누른 사에키 씨의 안내 방송이 마치 사형 선고처럼 울려 퍼졌다.

"17시 32분. SVR-Ⅲ, 조작 실수로 전파 불능 지역으로 이동해 전파가 끊겼습니다. 기체를 분실했습니다."

V

미궁

나는 나만의 갈지자 길을 걸어야 합니다.
몇 번이고 미끄러지고, 넘어지고, 멈춰 서고,
숨어 있던 장애물에 부딪혀 화를 내고,
다시 마음을 가라앉히고,
정신을 집중해 발걸음을 떼며
조금씩 앞으로 나아가……(후략)

— 『헬렌 켈러 자서전 – 나의 청춘시대』, 헬렌 켈러

1

B3

현 위치?

현 위치: 지하 3층 닥슨 공업 지하 제1공장(상세 불명)
대피소까지 거리: 150미터
3층 침수까지 남은 시간: 1시간 48분

전파 두절.

그 말을 듣자마자 머릿속이 새하얘졌다.

드론에 맞아 쓰러지기 직전 나는 스틱을 엉뚱한 방향으로 기울였다. SVR-Ⅲ에 아무리 충돌 방지 기능이 있다고 해도 그렇게 좁은 지하 공간에서는 예삿일로 끝날 리 없었다. 좋게 끝나면 충돌, 나쁘게 끝나면 추락. 그러나 우리가 맞이한 결과는 그보다 더 최악이었다.

드론을 조작할 때 가장 큰 공포. 그것은 바로 통신 전파를 잃는 것이다. 단순 추락이면 재이륙 가능성이 있지만 전파가 끊기면 드론은 순식간에 실이 끊어진 종이 연으로 전락한다. 아무것도 제어할 수 없다.

나는 아연실색한 채 대형 모니터에 보이는 어둠을 응시했다. 무의식중에 손가락으로 컨트롤러 스틱을 계속 만지작거렸다.

"그만해, 다카기. 시간 낭비야."

선배가 제지해도 손가락을 멈출 수 없었다. 드론 통신에도 인터넷처럼 업로드와 다운로드가 있다. 업로드, 즉 조작하는 측의 송신은 제어 계통 신호만 전송하니 데이터양이 적지만 다운로드, 즉 기체 측 송신은 동영상과 센서 데이터 등을 포함해 데이터양이 많다.

물론 전파 두절이라고 해도 다운로드만 끊겼을 뿐 업로드는 아직 살아 있을 가능성도 있다. 그래서 최후의 몸부림을 시도해 봤지만 스틱을 아무리 기울여도 고글에 표시되는 센서 수치에는 변화가 없었다.

그래도 악착같이 계속 발버둥질을 했다. 저항을 멈추는 것은 곧 포기를 의미하기 때문이다. 여기서 포기하면 작전은 완전 실패로 끝난다.

절대, 절대로 이런 곳에서 끝낼 수 없다.

불가능하지 않다. 아직 불가능하다고 생각하지 않는다. 불가능하다고 생각하면 거기까지다. 나는 이 정도로 절대 포기하지 않는다.

움직여라, SVR-Ⅲ.

움직여. 움직여. 움직여!

"다카기!"

순간 내 간절한 염원이 가닿았나 싶었다. 공중으로 몸이 붕 뜨는 느낌이 들었다. 그러나 모니터에는 아무 변화가 없어 단지 현기증 때문이라는 것을 깨달았다.

지나치게 긴장한 탓일까. 아니면 무더위 때문일까. 그러고 보니 조금 전부터 이마에서 땀이 줄줄 흐르고 있다.

그러나 손등으로 이마를 닦아 보고 그것이 땀이 아님을 깨달았다.

피.

"교관님!"

시야가 기우뚱 흔들렸다. 땅에 부딪히기 직전 글러브처럼 큰 히노 씨의 손이 내 머리를 떠받쳤다. 야구 선수 같다고 생각한 다음 순간, 마치 영상 신호가 끊긴 것처럼 눈앞이 암흑으로 변했다.

코를 찌르는 소독약 냄새를 맡고 몸을 벌떡 일으켰다.

침대다. 옆에는 분홍색 칸막이가 있고 안쪽 책상에서 몸집이 작은 젊은 여자 소방대원과 흰 가운을 입은 나이 든 여자가 대화를 나누고 있다. 소방대원은 사에키 씨였다.

"정신이 좀 드셨어요?"

눈이 마주치자마자 사에키 씨가 다가왔다. 대답 대신 윽하는 신음을 냈다. 머리를 찌르는 통증. 손을 뻗자 손가락에 붕대가 닿았다.

"여기는……?"

"학교 보건실이에요. 쓰러진 다카기 씨를 히노 선배와 함께 이곳에 모셔 왔어요."

그 자리에서 기절했나. 나는 두통을 꾹 참으며 실내를 둘러봤다.

"제가…… 얼마나 오랫동안 기절해 있었나요?"

"10분 정도? 그리 오래 누워 계시지는 않았어요."

"10분……."

속으로 '이런' 하고 입술을 깨물었다. 지금 10분이라는 시간은 절대 짧지 않다. 내가 쓰러져 있는 동안에도 구조는 계속됐을까.

나카가와 씨의 현 상황, 그리고 잃어버린 드론의 행방. 갖가지 의문과 조바심이 머리를 스쳐 갔다.

"아, 잠깐만요. 갑자기 그렇게 움직이시면……."

침대에서 내려가려고 하자 사에키 씨가 나를 말렸고 나이든 보건 교사도 합세했다. 두 사람과 승강이를 벌이고 있을 때 갑자기 보건실 문이 벌컥 열리더니 낯익은 쇼트커트 스타일의 여자가 들어왔다. 하나무라 선배였다.

"다카기. 드론을 찾았어."

한 박자 늦게 의미를 이해했다. 안도와 놀라움을 동시에 느끼며 다시 물었다.

"정말인가요……? 어떻게?"

"공장 생산 라인을 감시하는 카메라 중에 한 대가 살아 있었어. 공장을 운영하는 회사와 중앙 관리 센터에 협조를 구해서 찾았어. 산업용 로봇들 틈새에 떨어져 있었대."

"상태는 어떤가요? 날 수 있을까요?"

"다행히 다리 쪽으로 착륙해서 기체는 괜찮은 것 같아. 페일 세이프 기능이 작동한 듯해. 전파는 여전히 두절 상태지만."

드론에는 기체의 폭주를 방지하기 위한 '페일 세이프'라는 기능이 탑재돼 있다. 이는 전파가 끊겼을 때 드론이 어떤 행동을 취하게 할지 설정하는 기능으로 지정 장소로 자동 귀환하는 '고 홈', 그 자리에서 전파가 복구될 때까지 대기하는 '호버링', 곧바로 바닥에 착륙하는 '긴급 착륙' 등이 있다.

권장 설정은 '고 홈'이지만 이번에는 GPS가 동작하지 않는 지하에 가니 '비상 착륙'으로 설정해 둔 것이 효과를 발휘한 듯했다. 어쨌든 기체가 무사히 발견됐다는 건 희소식이었다. 전파가 두절된 상황은 똑같지만 조금이나마 희망이 생겼다.

이로써 기체 상태를 확인했다. 그리고 확인해야 할 것이 하나 더.

나는 침을 꿀꺽 삼키고 물었다.

"······나카가와 씨는?"

"어디 있는지는 아직 미확인. 다만 **소리**는 들리고 있어."

"소리?"

"흰 지팡이로 바닥을 두드리는 소리. 지하철 승강장 때랑 똑같아."

CCTV의 고정된 시야각에서는 나카가와 씨의 모습이 보이지 않지만 대신 카메라의 마이크가 '소리'를 포착한 듯했다.

"가몬이 음향을 분석했는데 공중 통로에 있는 건 아닌 것 같아. 지팡이로 두드리는 곳이 금속 발판이 아닌 바닥 같다고 하거든. 그것도 양생 시트✢ 같은 게 깔려 있는 콘크리트 바닥.

또 소리가 약간 잠겨서 들리는 걸 보면 현재 나카가와 씨가 있는 곳은 방처럼 좁은 공간으로 추정돼. 통로를 건너면 나오는 곳 중 조건에 부합하는 곳이 몇 군데 있어. 나카가와

✢ 콘크리트가 완전히 굳을 때까지 보호하는 시트.

228

씨는 그 통로를 스스로 건넌 후 드론을 찾아 헤매다가 그곳까지 도달한 것 같아."

CCTV는 어디까지나 로봇의 작업 상태를 확인하는 용도라 공중 통로나 직원용 공간에는 설치돼 있지 않다. 따라서 나카가와 씨의 현재 위치는 소리로 추측할 수밖에 없다. 또 CCTV에 달린 마이크에는 SVR-Ⅲ의 마이크로폰 어레이처럼 음원의 위치를 입체적으로 추적하는 기능도 없었다.

"공장 설비를 써서 드론에 전파를 보낼 방법은 없을까요?"

"그러지 않아도 시도해 봤는데 안 됐어. 로봇과 통신할 때 쓰는 무선 LAN 전파를 최대치까지 올려 봤지만 무반응이야. 아무래도 추락 위치가 좋지 않은 것 같아. 로봇 팔도 드론까지는 안 닿는다고 하고."

드론이 쓰는 전파 대역은 차폐물에 약하다. 또 금속은 전파를 쉽게 반사해서 산업용 철제 로봇이 밀집한 공간은 드론에는 최악의 환경이라 할 수 있었다.

"……뭔가 방법이 없을까요?"

"아예 없지는 않아."

하나무라 선배가 침대 가장자리에 앉았다.

"추락한 소방서 드론을 발견했을 때랑 똑같아. 전파가 닿지 않는다면."

"사이에 중계기를 두면 된다?"

"그래."

"하지만 SVR-Ⅲ에 실린 중계기는 이미……."

"내려놨지. 그러니 다른 중계기를 새로 배달할 수밖에."

"배달한다는 건…… 다른 드론을 쓰겠다는 말씀인가요? 하지만 지금 수색에 쓸 만한 드론은 전부 투입됐고, 투입한 다고 해도 농작물 저장소에 불이……."

"요청하면 잠깐 빌릴 곳은 있을 거야. 지금도 구조 활동은 진행 중이고 지원 부대가 속속 도착하고 있으니까. 경로는 네 말대로 농작물 저장소에 화재가 발생한 탓에 지금까지의 경로는 쓸 수 없고 근처에 이동할 만한 다른 튜브 반출입구 도 없어서 튜브를 활용하지도 못해. 완전히 다른 경로를 거 쳐야 해."

"다른 경로?"

"이것 좀 볼래?"

하나무라 선배가 뭔가가 그려진 종이를 꺼내 침대에 펼 쳤다.

"WANOKUNI의 지하 단면도야. 이걸 보면 알겠지만 지 하 3층 공업 구역에서 지상으로 이어지는 공장용 대형 환기 덕트가 있어. 이 덕트를 활용하면 다른 드론을 그곳까지 보 낼 수 있을지도."

"그런데 이건 튜브가 아니라 그냥 환기용 덕트 아닌가요?"

나는 도면을 보며 이맛살을 찌푸렸다.

"중간에 전파가 끊길 위험이 커요. 튜브를 이용한 것도 튜

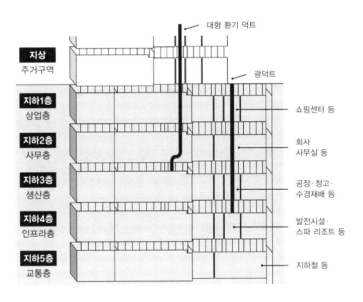

WANOKUNI 층별 안내도

대형 환기 덕트

지상
주거구역

광덕트

지하1층
상업층

쇼핑센터 등

지하2층
사무층

회사
사무실 등

지하3층
생산층

공장·창고·
수경재배 등

지하4층
인프라층

발전시설·
스파 리조트 등

지하5층
교통층

지하철 등

브 내부에 안테나가 설치돼 있어서……."

"그건 맞아. 그래서 이쪽에도 중간 지점에 안테나 대신 쓸 수 있는 물건을 둘 거야."

"안테나 대신 쓸 수 있는…… 물건?"

"**더 많은** 중계기. 즉, 한 대가 아니라 중계기를 여러 대 보내는 거야. 내가 처음 떠올린 작전인데 나가이 소방경에게도 허락을 받았어."

전파의 릴레이인가. 나는 속으로 '그렇구나' 하고 고개를 끄덕였다. 그런 방법이라면 분명 지하까지 전파를 보낼 수 있을 것이다. 이공계 출신인 하나무라 선배다운 멋진 발상이었다.

"계산상 SVR-Ⅲ 추락 지점까지 전파가 닿게 하려면 중계기가 최소 세 대는 필요해. 지하 1층 덕트 중간점에 한 대, 2층 중간점에 한 대, 3층 덕트 출구 부근에 또 한 대.

하지만 중간점 중에는 덕트가 수직으로 꺾인 부분도 있어서 지하철 승강장 때처럼 중계기를 바로 투하할 수는 없어. 중계기들을 공중에서 잡아 줄 드론이 필요해. 즉, 이번 작전에는 중계기 외에도 드론이 세 대 더 필요하다는 소리야.

그래서 지금 팀원들이 총출동해서 최대한 드론을 긁어모으고 있어. 조건에 맞는 드론을 좀처럼 찾지 못해서 조금 애먹고 있지만."

드론 물류의 최첨단을 달리는 WANOKUNI에는 다양한 드론이 있다. 그러나 GPS가 작동하지 않는 실내에서 1인칭 시점(FPV)의 비시야 비행이 가능한 기종은 한정돼 있다. 예를 들어 시중에 양산되는 비행 쇼용 드론은 프로그램 제어가 주를 이루고 카메라도 없어 이번 작전에 적합하지 않다. 소방서가 보유한 드론은 앞선 정찰 단계 때 이미 대다수를 분실했지만 경찰과 자위대가 보유한 드론이 있을 수 있고, 전국에서 지원 부대도 속속 달려오고 있다. 찾으면 어딘가에서는 나올 것이다.

무심코 주먹을 불끈 쥐었다.

"아직 끝나지 않았다는 말이네요."

"물론이지."

하나무라 선배가 상냥하게 대답했다. 그 말은 어떤 진통제보다 효과가 있었다. 아직이다. 아직 불가능하지 않다. 나에게는 아직 실패를 만회할 기회가 남아 있다.

"그래서 미안한데 응급처치가 끝나는 대로 현장에 복귀해 줬으면 좋겠어. 좁은 덕트 내부를 비행할 실력 있는 드론 파일럿은 그리 많지 않으니까.

어때, 할 수 있겠어? 만약 장시간 조종이 힘들 것 같으면 메인은 히노 씨에게 맡겨도……."

내가 '괜찮습니다'라고 대답하려던 바로 그 순간.

딸칵 하는 소리와 함께 보건실 창문이 열렸다.

하얀 레이스 커튼이 부풀어 오르고 습기를 머금은 여름

바람이 불었다. 침대 옆 분홍색 칸막이가 바람을 맞아 조금씩 기울었다. 나이 든 보건 교사가 황급히 손을 뻗어 칸막이를 붙잡았다.

커튼을 다시 닫을 때 창문 너머로 사람 윤곽이 보였다. 기울어지는 해를 등진 채 이쪽을 지그시 보고 있다.

누굴까. 의아해하고 있자 하나무라 선배가 창문에 다가가 커튼을 걷고 말을 건넸다.

"죄송합니다. 여긴 외부인 출입 금지라……. 어머, 당신은?"

하나무라 선배가 당황한 표정으로 나를 돌아봤다. 나도 아연실색해 입을 떡 벌렸다. 커튼 너머에 있는 뜻밖의 얼굴을 보며 사고가 멈췄다.

그곳에 서 있는 사람은 니라사와였다.

언뜻 보기에 뭔가 기이한 분위기를 자아냈다.

헝클어진 머리카락. 짙은 다크서클. 오는 길에 넘어지기라도 했는지 감색 원피스 군데군데에 진흙이 묻었고 얼굴도 흙투성이였다.

"……니라사와, 무슨 일이야?"

어리둥절해하며 묻자 니라사와는 풀린 눈빛으로 빤히 나를 쳐다봤다.

"다카기."

그러더니 불현듯 나에게 고개를 숙이고 부탁했다.

"부탁할게. 드론을 한 대만 빌려줘."

뭐? 나는 당황했다.

"드론을? 왜?"

"동생 신발이 발견됐어."

"동생 신발?"

"동생이 또 사라졌어. 아까 널 만나러 왔을 때 엄마 곁에서 떨어진 것 같아. 지금껏 계속 찾았는데 조금 전 공원에서 신발이 발견됐대. 채광창처럼 투명한 유리가 달린 땅 위를 걷다가 그 유리가 깨져서 아래로 떨어진 것 같아."

채광창에서 떨어졌다니. WANOKUNI 지상부에는 광덕트와 마찬가지로 지하로 햇빛을 끌어들이는 대형 창이 곳곳에 설치돼 있다. 하지만 인간의 몸무게 정도는 견딜 수 있게 설계됐을 것이다. 지진 때문에 어딘가에 금이 가서 깨진 걸까.

"떨어질 때 벗겨진 신발이 창에 그대로 걸려 있었대. 하지만 신발을 찾아 준 수색대원이 그 아래 공간은 좁아서 성인은 들어갈 수 없다고 했어. 그러니……."

"드론으로 수색하겠다는 거야?"

고개를 끄덕이는 니라사와를 보며 이해했다. 그래서 나에게 부탁하러 온 것이다.

"……내가 아니라 수색대 쪽에 문의하는 게 좋을 것 같아. 그쪽도 드론을 쓰고 있을 테니."

"없대."

"뭐?"

"그분한테 물어보니 수색에 쓸 만한 드론은 전부 나카가와 씨 구조에 투입됐대. 제일 위급한 상황이라 가용할 수 있는 드론은 모두 그쪽에 투입해야 한다고……."

가슴이 덜컥했다. 하나무라 선배가 말한 '최대한 드론들을 긁어모으고 있다'가 이런 뜻이었나.

"하지만."

니라사와는 주저하면서도 말을 이었다.

"그게 정말 다 필요해? 이쪽에 한 대도 못 줄 정도야? 물론 나카가와 씨랑 비교하면 내 동생의 장애는 가벼울지도 모르지만…… 하물며 나카가와 씨는 이 도시의 '아이돌'이고 현 도지사의 친척이라고는 하지만……. 지금 지하에서 위험에 처해 있는 건 똑같고, 거기에 나이로 치면 내 동생이 훨씬 어리잖아. 그래도 역시 나카가와 씨를 우선해야 하는 거야?"

"그건……."

말문이 막혔다. 잔인한 저울질이다. 장애 무게로 인간을 저울질하는 것. 그런 의도는 전혀 없다고 해도 지금 같은 상황에서는 니라사와가 그렇게 느껴도 할 말이 없었다.

"그리고 이건 진짜인지 거짓말인지 모르겠지만……."

니라사와는 조심스럽게 말을 이어 갔다.

"인터넷에는 나카가와 씨가 장애를 사칭하고 있다는 이야기도……."

"니라사와."

결국 참지 못하고 입을 열었다.

"그건…… 그냥 헛소문이야. 적어도 우리는 그분의 장애를 의심하지 않아. 현장에 있는 우리가 누구보다 잘 알고 있어."

"……그래, 맞아. 미안. 방금 말은 취소할게."

니라사와는 고개를 숙였지만 손은 창틀을 꼭 쥐고 있다. 바람에 날리는 새하얀 커튼이 진흙 묻은 니라사와의 손을 어루만졌다.

"있지, 다카기."

잠시 후 힘없는 목소리가 들렸다.

"역시 내 동생을 구하는 건…… 불가능한 걸까?"

단숨에 몸이 굳었다.

"무슨 말씀인지는 알겠습니다."

보다 못한 것처럼 옆에서 하나무라 선배가 끼어들었다.

"여동생분 문제는 저희도 가능한 한 최선을 다해서 돕겠습니다. 다만 이것만은 알아주셨으면 합니다. 저희는 구조 대상에 경중을 두지 않습니다. 나카가와 씨는 현재 정말 위험한 상황에 처해 있고, 드론도 정말 부족합니다. 나카가와 씨를 구하려면 지금과 같은 방법밖에 없습니다."

"……조금만 기다려 줘."

나는 쉰 목소리로 대답했다.

"조금만 기다리면 나카가와 씨를 안전한 곳으로 유도할 수 있어. 그 일을 마치자마자 달려갈게. 가장 먼저 달려가서 드론으로 동생을 찾아 줄게."

니라사와가 말없이 나를 쳐다봤다. 잠시 후 "……알겠어" 하고 힘없이 중얼거리고 발걸음을 돌렸다. 펄럭이는 커튼이 니라사와의 뒷모습을 가렸다. 흙먼지 너머로 사라지는 그녀를 나는 조각상처럼 우두커니 바라봤다.

2

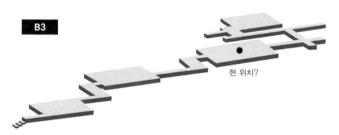

현 위치: 지하 3층 닥슨 공업 지하 제1공장(상세 불명)
대피소까지 거리: 150미터
3층 침수까지 남은 시간: 1시간 30분

"다카기, 괜찮겠어? 안색이 안 좋은데."

"네. 괜찮습니다."

고글을 쓰면서 하나무라 선배에게 대답했다.

어찌어찌하여 중계용 드론을 세 대 더 조달했다. 모델은 전부 제각각이지만 조작 경험은 있다. 장소도 옮겨서 지금은 학교 북서쪽에 있는 공원에 와 있다. 공장 환기용 덕트의 지상구가 공원 한쪽 구석에 있기 때문이다. 무성한 나무가 은색 덕트 입구와 철조망 울타리를 가렸다.

"17시 50분. 중계용 드론 1호기 이륙."

모든 점검을 마치고 첫 번째 드론을 덕트 입구로 향했다. SVR-Ⅲ보다 작고 가벼워서인지 반응성이 좋아 조작하기도 편했다.

출발은 순조로웠지만 기체가 꼭 자력에 반발하듯 덕트 입구를 자꾸 회피해서 좀처럼 진입이 어려웠다.

"이 상태로는 무리인가?"

"그런 것 같습니다. 역시 충돌 방지 센서가 방해되는 것 같네요."

"끊을까?"

"네, 부탁드립니다."

"오케이. 1호기, 충돌 방지 센서를 정지합니다."

가몬 선배가 선언했다. 장애물 회피에 필수적인 기능이지만 덕트처럼 좁은 공간에서는 대상과 거리를 벌리려는 탓에 비행에 방해된다. 그래서 일시적으로 충돌 방지 센서를 차단하기로 했다.

센서가 꺼지자 마치 보이지 않는 벽이 사라진 것처럼 부드럽게 기체가 덕트 입구로 들어갔다. 나는 시야에 모든 신경을 집중했다. 쓸데없는 저항은 사라졌지만 그만큼 충돌 위험이 커졌다. 이전보다 더 신중하게 드론을 조종해야 했다.

덕트 내부는 좁아서 비행이 쉽지 않았다. 드론 통로로 설계된 튜브와는 역시 사정이 다르다. 커브도 직각이라 분기점마다 한 번씩 드론을 멈춰 방향을 전환해야 했다. 위에서 아래로 수직 이동이라 거리는 짧지만 복잡하게 구부러진 배관 때문에 시간이 오래 걸렸다.

"다카기. 속도가 너무 빨라. 조금만 늦춰."

"네."

실수를 만회해야겠다는 생각에 나도 모르게 의욕이 앞선 듯했다. SVR-Ⅲ에 비해 가속력도 좋아서 이따금 선배에게 과속을 지적받았다. 장시간 조종 때문에 피로가 쌓인 탓인지 손가락이 좀처럼 생각대로 움직여 주지 않았다.

'아니면' 하고 머릿속 한구석에서 생각했다.

역시 초조한 걸까.

내 고막에는 마치 세상을 포기한 듯한 니라사와의 말이 박혀 있었다.

─역시 내 동생을 구하는 건…… **불가능**한 걸까?

불가능하지 않다.

불가능하다고 생각하지 않는다. 불가능하다고 생각하면 거기까지다. 나는 니라사와의 동생을 버리거나 두 사람의 목숨을 저울질하지 않았다.

정황상 더 위험한 쪽을 먼저 구조할 뿐이다. 니라사와의 여동생은 자력으로 움직일 수 있을 것이고 눈이 보이는 데다가 귀도 들린다. 반면 나카가와 씨는 중증의 농맹인이고 장거리 이동과 탈수로 체력이 고갈된 것으로 모자라 불과 물의 위협을 받고 있다.

나카가와 씨의 장애는 진짜일까. 진짜가 틀림없다. 한번 의심하면 그전으로 돌아갈 수 없다.

"……다카기!"

순간 헤드폰에서 가몬 선배의 날카로운 외침이 들렸다.

가슴이 철렁했다. 눈앞에서 빛의 광택이 보였다. 빛이 닿지 않는 공간이라고 생각한 앞쪽 부분은 벽이었다. 덕트 틈새로 들어온 연기 때문에 검게 그을려 있었다.

급히 오른쪽 스틱을 뒤로 젖혀 드론을 급제동했다. 하지만 늦었다.

불가능하다.

그렇게 생각한 순간, 충돌했다.

격렬하게 부딪히는 소리. 위아래로 뒤집힌 시야. 어쩔 도리가 없었다. 눈에 보이는 모든 것이 동작을 멈추고 프로펠러 소리가 잦아들 때까지 나는 바보처럼 입을 벌린 채 상황을 지켜보기만 했다.

"……17시 54분. 중계 드론 1호기 추락."

사에키 씨의 감정 없는 안내 방송이 차갑게 울려 퍼졌다.

내 입에서는 변명조차 나오지 않았다. 우두커니 서 있자 옆에서 가몬 선배가 열심히 키보드를 두드렸다.

"어때? 가몬."

하나무라 선배의 목소리.

"다행히 괜찮습니다. 움직입니다. 카메라와 센서도 이상 없습니다."

"그래, 다행이네. 불행 중 다행이잖아, 다카기."

하나무라 선배가 그렇게 말하고 나에게 지시했다.

"넌 가서 좀 쉬어."

한동안 대답하지 못했다.

"다카기?"

"아, 네……. 죄송합니다."

"오해하지 마. 너한테 뭐라고 하는 게 아니야. 단지 좀 피곤해 보여서 그래. 계속 너한테 맡겨서 미안. 히노 씨, 좀 교대해 줄래요?"

히노 씨가 "알겠습니다" 하고 다가오는 기척이 느껴졌다. 머리에서 고글이 벗겨졌다. 히노 씨가 걱정하는 얼굴로 "교관님, 괜찮아요?" 하고 물으며 내 눈을 들여다봤다.

괜찮다고 대답했다. 나는 히노 씨에게 컨트롤러를 건네고

비틀거리며 그곳을 떠났다.

바람이 뺨을 쓸고 갔다.

푸른 공원의 작은 벤치. 나무 사이로 햇빛이 비치고 멀리서는 새 소리가 들리는 평화로운 곳이다. 바로 옆 공중화장실을 드나드는 인파만 없으면 지금이 재난 상황인 것도 잊어버릴 것 같았다.

차가운 스포츠음료 페트병을 들고 있지만 마시고 싶지는 않았다.

눈꺼풀 안쪽에서 몇 번이고 충돌 장면이 되살아났다. 흔한 실수다. 집중력이 떨어졌을 뿐이다.

피로 탓도 있겠지만 가장 큰 이유는 마음의 동요였다. 니라사와의 말은 예상보다 더 깊숙이 내 가슴을 찔렀다. 모든 것을 깨달은 듯한 니라사와의 체념한 표정이 나에게 한 가지 진실을 알려 줬다.

불가능한 것도 있다는 진실.

그렇다. 사실 어릴 때부터 알고 있었다. 세상은 '불가능'으로 가득 차 있다. 나는 그 당연한 사실 앞에서 눈을 돌리기 위해 불가능 위에 또 다른 불가능을 덮어씌우며 못 본 척했을 뿐이다.

형이 입버릇처럼 했던 '불가능하다고 생각하면 거기까지'라는 말. 그것은 형의 죽음 이후 내가 줄곧 갇혀 있던 '미궁'

이었다. 하지만 그럴 수밖에 없었다. 형을 버렸다는 죄책감에서 벗어나려면 미궁으로 도망쳐야 했다. 죽은 형을 대신하는 것. 그것이 내 속죄이자 형을 향한 애도이며 유일한 면죄부였다. 오직 그것만이 마음의 병을 앓는 어머니와의 삶, 그리고 자책에 언제든 짓눌릴 것 같은 내 마음을 간신히 이어 주는 한 가닥 구원의 '실'이었다.

하지만 그런 건 처음부터 불가능했다.

실수를 없었던 것으로 만든다. 그런 말도 안 되는 일은 애초부터……

나는 줄곧 나 자신을 속이고 있었다.

두 손으로 얼굴을 가리며 참회했다. 그런 내 기만의 가장 큰 피해자는 니라사와일 것이다. 그날 바닷가에서 니라사와를 격려하고자 한 마음에는 거짓이 없지만, 진정 니라사와를 배려해 한 말은 아니었다. 나는 스스로를 향해 외치고 있었다. 포기하지 마라. 불가능하다고 생각하지 마라. 불가능하다고 생각하면 거기까지다. 노력하다 보면 분명 길이 열릴 것이다.

그리고 안타깝게도 니라사와는 그런 내 말을 믿었다. 그날 밤 바닷가에서 홀로 조용히 좌절을 받아들이려던 그녀는 하필 내 눈에 띄었고, 내 기만적인 열의에 속아 넘어가 희망을 품고 자극을 받은 끝에 더 큰 좌절을 맛보게 됐다.

원망받아 마땅하다.

"불가능한 건⋯⋯."

나도 모르게 생각이 입 밖으로 흘러나왔다.

"역시 불가능해, 형⋯⋯."

"저."

그때 뒤에서 목소리가 들려 깜짝 놀랐다.

돌아보니 낯익은 여자가 서 있었다. 뒤에서 하나로 묶은 단정한 머리. 얼굴에는 화장기가 없지만 바람을 타고 은은한 민트 향이 풍겨 왔다.

덴다 씨.

눈이 마주치자 덴다 씨는 미안한 것처럼 고개를 숙였다.

"죄송해요. 화장실 가는 길에 다카기 씨가 보여서⋯⋯. 머리 다친 건 좀 괜찮으세요?"

"아아, 네."

내가 대답하자 덴다 씨는 조금 망설이다가 조심스럽게 내 옆에 앉았다. 풀 죽은 나를 격려하려는 걸까. 옆에 앉아 입을 다물고 있는 덴다 씨의 모습이 조금 당황스러웠지만 일단 사죄의 말을 건넸다.

"저⋯⋯ 죄송합니다."

"네?"

"드론을 추락시켜서."

"아뇨."

덴다 씨가 손사래를 쳤다.

"그런 걸로 미안해하지 마세요. 저도 다 알아요. 다카기 씨를 비롯한 모든 분들이 지금 나카가와 씨를 위해 최선을 다하고 있다는 걸……."

대화는 거기서 끊겼다. 한동안 새소리를 들으며 마음을 고른 후 다시 물었다.

"그래서, 중계 드론은……?"

"네. 덕분에 잘 진행 중인 것 같아요. 소방대원분들이 열심히 해 주시고 계세요. 다만 전파 간섭이라고 하나요? 3호기부터는 컨트롤이 조금 어렵다고."

역시 세 대가 동시에 비행하면 전파 간섭을 일으킨다. 우려한 부분이지만 그래도 어떻게든 작전이 순조롭게 진행 중인 듯했다.

이야기를 좀 더 들어보니 소방과 경찰 쪽에서도 추가 인력이 도착했다. 잔해 제거 작업이 진행돼 인력에 조금 여유가 생긴 듯했다. 투입된 소방대가 지하 1층에서도 소방 활동을 시작했다.

슬슬 돌아가야겠다고 생각했다. 지금 상태로는 메인 파일럿을 맡기 어렵겠지만 옆에서 히노 씨를 도울 수는 있다.

"네, 알겠습니다. 저도 조금만 더 쉬었다 가겠다고 다른 분들께 전해 주세요."

"네. 그런데 다카기 씨도 불가능한 상황에서 너무 무리하지는 마세요. 다치기도 하셨고."

"괜찮습니다. 불가능하다고 생각하면……."

나는 무심결에 중얼거렸다가 흠칫 놀라 입을 다물었다. 덴다 씨는 살짝 놀란 얼굴로 날 보다가 속내를 파악했는지 흐뭇하게 미소 짓고 말을 이었다.

"네. 불가능하다고 생각하면 거기까지죠."

나는 쓴웃음을 지으며 어깨에서 힘을 뺐다.

"혹시 히노 씨에게 들으셨나요?"

"네?"

"조금 전 그 말…… '불가능하다고 생각하면 거기까지다'라는 건 제가 입버릇처럼 하는 말이라서요. 정확히는 죽은 형이 남긴 말이지만."

"그래요?"

덴다 씨가 놀라는 모습을 보였다. 그녀의 반응을 보며 나도 놀랐다. 모르고 한 말일까.

"죄송합니다. 그런 건 몰랐어요……. 오히려 전 나카가와 씨의 영향으로."

"나카가와 씨?"

"네. 입버릇이라고 할 정도는 아니지만 나카가와 씨도 자주 한 말이거든요. '불가능하다고 생각하면 거기까지'. 그런데 그게 돌아가신 다카기 씨 형님의 입버릇이었다니……. 신기한 우연이네요."

우연이었나. 개막식 때 "'불가능'을 '할 수 있다'로"라고 한 그녀의 연설이 떠올랐다. 분명 '불가능'에 관해서만큼은 그녀가 나보다 한 수 위일 것이다.

"나카가와 씨도 자기 자신에게 엄격하신가 보군요."

"자기 자신에게 엄격하다?"

덴다 씨는 고개를 갸웃거렸다.

"'불가능하다고 생각하면 거기까지'라는 말은 '이 세상에 불가능한 건 없다', '불가능하다고 생각하면 안 된다'라는 말과 비슷하겠죠. 나카가와 씨는 그렇게 평소에도 자신을 채찍질하시는 게 아닐까 해서."

"아……."

덴다 씨는 잠시 말을 잇지 못했다.

"나카가와 씨가 한 말은 그것과는 조금 뉘앙스가 달라요."

예상치 못한 대답이었다. 뉘앙스가 다르다?

"오히려 나카가와 씨는 조금 더 자신에게 관대하다고 할까요. 흐음, 설명하기 어렵네요. 본인에게 직접 듣는 게 빠를 수도."

"본인에게 직접……?"

덴다 씨가 스마트폰을 꺼냈다. 동영상 애플리케이션을 켜고 뭔가를 검색하더니 화면을 나에게 향했다.

"이건 저희가 채널을 처음 만들었을 당시 영상인데요."

덴다 씨가 손가락으로 영상의 재생 버튼을 눌렀다.

─나카가와 씨. 시청자 질문이 들어왔어요.

카메라 앞에서 두 여자가 사이좋게 노란 소파에 앉아 있다. 나카가와 씨와 덴다 씨다. 장소는 나카가와 씨의 집일까. 군데군데 보수한 벽과 세탁물 등에서 생활감이 느껴지지만 가구나 잡화 같은 건 그리 많지 않았다.

─자, 읽어 보겠습니다. '나카가와 씨, 안녕하세요. 전 중학교 2학년 학생이에요. 제 꿈은 수의사인데, 사실 전 끈기와 자신감이 없어요. 시험 성적이 안 좋거나 부모님께서 돈 문제 등을 이유로 반대하시면 금세 불가능하다는 생각이 들어 좌절하거든요. 어떻게 해야 나카가와 씨처럼 포기하지 않고 계속 노력하는 사람이 될 수 있을까요?'.

덴다 씨는 낮은 테이블에 있는 노트북을 보며 질문을 읽으면서 나카가와 씨의 손가락을 두드렸다. 예의 그 '손가락 점자'다. 나카가와 씨는 연신 고개를 끄덕이며 이야기를 '듣고' 잠시 고민하는 표정을 짓다가 덴다 씨의 손가락을 두드리기 시작했다.

그녀의 대답이 덴다 씨의 입을 통해 전해졌다.

─'불가능하다고 생각하면 거기까지예요'.

가슴이 철렁했다. 나카가와 씨의 얼굴에 형의 얼굴이 겹쳤다.

─'그래서…… 전 불가능하다고 생각되면 일단 거기서 **멈춘답니다**'.

얼떨결에 화면을 향해 "어?" 소리를 냈다. 형의 환영이 순식간에 사라졌다.

—'사람마다 한계치가 다르니까요. 누군가에게는 쉬운 일이 나에게는 어려운 일일 수 있고, 그 반대 경우도 있죠. 그래서 전 '나한테는 불가능해'라고 생각되면 곧장 그 일을 포기하고 조금 더 제가 '할 수 있을' 법한 일을 찾아요. 그쪽으로 목표를 전환하는 거예요'.

나카가와 씨가 손을 멈추고 앞에 있는 탁자에 놓인 컵을 집어 들었다. 마치 눈이 보이는 사람처럼 자연스러운 손놀림이다. 그녀는 컵에 든 것을 마시고 가볍게 숨을 내쉬더니 다시 컵을 제자리에 돌려놨다. 그리고 '이야기'를 시작했다.

—'할 수 있다. 할 수 있을 것 같다. 할 수 있을지도 모른다. 그렇게 느껴지는 일부터 하나씩 하는 거예요. 수의사는 멋진 꿈이라고 생각해요. 동물의 생명을 살리는 일도 그야말로 훌륭하고, 할 수만 있다면 정말 좋겠죠. 동경하는 마음을 이해합니다.

하지만 시청자님의 꿈은 정말 그것 하나뿐인가요? 오직 그것만이 하고 싶은 일인가요? 예를 들어 동물과 관련된 일이라면 동물 용품점 직원이나 동물 미용사가 있고, 동물원이나 수족관의 사육사가 되는 것도 있겠죠. 안내견 훈련사 같은 직업도 있고요. 시청자님의 세계는 앞으로도 무한히 펼쳐져 있는 거예요.

그리고 꿈이라는 건 애초에 무리하게 이룰 수 있는 게 아니랍니다. 왜냐하면 그건 '꿈'이니까요. 꿈은 즐거우면서도 설레는 거예요. 또 이루어지면 바로 현실이 되죠. 바로 그 현실이 되기까지의 과정이 즐겁기 때문에 비로소 '꿈'인 거예요.

전 그렇게 살아왔습니다. 하지만 이런 제게도 사실 큰 '꿈'이 하나 있어요. 그것은 누구의 도움도 받지 않고 혼자 가까운 편의점에 들어가 쇼핑을 하는 것. 전 세븐일레븐에서 파는 쑥떡을 정말 좋아하는데 그걸 언제든 제가 원하는 시간, 원하는 타이밍에 사러 가고 싶어요.

중간에 큰길을 건너야 해서 옆에 계신 덴다 씨가 늘 말리고 있고 예전의 저라면 분명 불가능하다고 생각했겠지만, 그래도 뭐랄까⋯⋯ 지금의 저라면 왠지 '할 수 있을 것도 같다'라는 생각이 드네요. 전보다 이런저런 감각이 예민해졌다고 할까요. 인간은 오직 눈과 귀만으로 주변을 파악하는 게 아니잖아요. 이건 비장애인분들은 이해하기 어려운 이야기겠지만⋯⋯'.

나카가와 씨는 손가락을 멈추더니 입가에 미소를 지었다.

―'죄송합니다. 이야기가 딴 곳으로 샜네요. 아무튼 처음에는 너무 거창한 목표를 세우지 말고 우선 자신이 할 수 있는 일부터 도전해 보세요. 성공의 비결은 다른 사람과 날 비교하지 않는 거예요. 비교 대상은 어디까지나 어제의 나. '불

가능'에서 '할 수 있을 것 같다'로. '할 수 있을 것 같다'에서 '할 수 있다'로. 그렇게 하나하나 성장의 계단을 오르며 자신의 가능성을 넓혀 가는 것을 추천드려요.

모쪼록 시청자님께서 성장을 진정으로 즐길 수 있게 되기를 바랍니다'.

영상을 다 보고 나는 텐다 씨에게 고개를 숙였다. 곧 현장에 가겠다고 하고 한발 앞서 돌아가는 그녀를 눈으로 배웅했다. 벤치 등받이에 몸을 기댄 채 습한 여름 바람을 맞으며 눈을 감았다.

짧은 꿈을 꿨다.

그리운 어린 시절의 꿈이다.

두 사람 몫의 낚싯대를 짊어진 초등학생인 내가 형의 자전거 뒷자리에 타고 있다. 그 무렵에는 나도 자전거를 탈 수 있었지만 내 속도로는 형을 따라잡을 수 없어 낚시하러 갈 때는 늘 이렇게 형의 자전거를 탔다.

오늘은 뭘 낚을까. 뒷자리에서 설레던 나는 문득 묘한 가슴 두근거림을 느꼈다.

바다가 아직 멀리 있을 텐데도 바다 내음이 물씬 풍겨 왔기 때문이다.

왠지 모를 불안이 고개를 들어 형의 허리에 손을 얹었다.

그리고 '아아……' 하고 슬픔을 느꼈다.

―형.

―응? 왜?

축축한 형의 티셔츠에 얼굴을 묻으며 울음을 꾹 참았다.

―형 몸이…… 부어 있어.

―아, 그래.

형은 웃으면서 대답했다.

―물에 빠졌으니까.

순식간에 가슴이 옥죄어 숨쉬기가 힘들어졌다.

―형, 미안해.

―뭐가?

―구해 주지 못해서.

―……그래.

형은 입을 다물었다. 나는 형에게 안긴 채 속으로 거듭 사과했다. 미안해, 형. 정말 미안해. 겁쟁이라서 미안해.

―다카기.

잠시 후 형이 입을 열었다.

―응?

―내가 그때 어떤 생각을 했는지 알아?

가슴이 철렁했다. 나에게는 가장 두려운, 절대 떠올리고 싶지 않은 것이기 때문이다. 형은 겁쟁이 동생을 얼마나 원망하며 물에 빠졌을까. 어둡고 추운 동굴에서 무능한 동생 때문에 얼마나 한탄하며 절망스러운 죽음을 맞았을까.

―그때 난.

무심코 귀를 틀어막으려는 나를 아랑곳하지 않고 형은 가차 없이 말을 이어 갔다.

―'네가 오면 안 되겠구나' 하고 생각했어.

순간 나도 모르게 "어?" 하는 말이 새어 나왔다.

―거기는 정말 위험한 곳이었거든. 바위가 꼭 사기그릇처럼 미끄러워서 개미지옥 같은 곳이었어. 네가 왔다가는 분명 날 구하려다가 똑같이 발을 헛디뎌 익사했을 거야. 난 그게 무서웠어. 그래서 속으로 간절히 빌었어. '다카기, 넌 오면 안 돼. 절대 오면 안 돼. 동굴에 들어오지 말고 대신 어른을 부르러 가'라고.

바다 내음이 더 짙어진다. 축축하면서도 부드러운 형의 등에서 은은한 체온이 느껴졌다.

―바다에 떨어진 건 전적으로 내 실수야. 위험한 걸 알면서도 옆을 지나치다가 낚싯바늘에 뭔가 걸려서 무리하게 낚으려다가 그만……. 응, 자업자득이지. 그러니 내가 죽은 건 어쩔 수 없는 일이지만, 만약 너까지 휘말렸다면 난 죽어도 죽지 못했을 거야.

형의 허리에 감은 팔에 힘을 주었다. 형. 형…….

―다카기, 잘 들어.

형은 내 팔을 툭 두드리고 말했다.

―'불가능'이라는 건 말이지. 일종의 신호야. '이 이상 더

하면 위험하다'라는 의미의, 뇌와 몸이 보내는 신호. 물론 인간은 기계가 아니니 그 신호가 정말 맞는지 아닌지 정확히는 알 수 없어. 너무 신중하게 행동한 나머지 실수를 저지르거나, 너무 안일하게 생각한 나머지 무모한 짓을 벌일 수도 있지. 하지만 중요한 건 그 '불가능한지, 아닌지'의 선을 스스로 긋는 거야. 너만의 감각으로, 너만의 의지로 선을 긋는 게 무엇보다 중요하다는 말이야. 왜냐하면 그 선은 네가 아닌 다른 사람은 절대 알 수 없으니까. 그러니 네가 그때 '불가능하다'라고 생각하고 포기한 건 그 자체로 옳은 일이야.

─아니야.

나는 형의 등에 얼굴을 비비며 고개를 흔들었다.

─불가능하지 않았을 거야. 노력하면 분명 갈 수 있었을 거야. 내가 조금만 더 용기를 냈더라면…….

─불가능했어.

형은 웃으면서 자전거를 세웠다. 나를 돌아보고 커다란 바나나 같은 손을 내 머리에 올리더니 장난기 섞인 눈빛으로 내려다봤다.

─왜냐하면 그때 넌 이렇게나 작고 어린 꼬맹이였으니까.

내 눈에서 눈물이 뚝뚝 떨어졌다.

─미안. 미안해, 형.

─괜찮아. 그보다 내가 죽는 바람에 너한테 고생만 시켰네. 어머니와 집을 잘 지켜 줘서 고마워.

─미안. 구해 주지 못해서 미안해, 형.

─괜찮다니까.

얼굴에서 바람을 느끼고 잠에서 깨어났다.

새삼 이기적인 꿈이라고 생각하며 휴지를 꺼내 코를 풀었다.

형의 영혼이 정말 꿈에 나타났다고는 생각하지 않았다. 형이 그때 그렇게 생각했다는 보장은 없고, 앞으로도 형의 진심은 영원히 그 누구도 알 수 없을 것이다. 모든 건 내 망상과 욕심이다. 방금 그 꿈도 나카가와 씨의 이야기에 영향을 받았을 뿐이다.

그렇게 생각하면서도 문득 형의 얼굴이 보고 싶어졌다. 주머니에서 스마트폰을 꺼내 저장된 옛 사진을 보려고 전원을 켰다.

스마트폰이 켜지자마자 전화벨이 울렸고 허를 찔린 나는 반사적으로 통화 버튼을 눌렀다.

─다카기!

어머니였다. 계속 전화를 거셨구나. 속으로 아차 싶었지만 뒤이어 들리는 안도의 한숨 소리에 이번에는 양심의 가책이 밀려왔다. 역시 한 번은 전화를 걸어야 했나.

"엄마."

나는 괜찮다며 어머니를 안심시키고 다시 입을 열었다.

"사실 조금 전에 형 꿈을 꿨어."

―그래?

어머니는 다소 차분해진 목소리로 대답했다.

―형도 널 걱정했나 보네. 형이 뭐라고 했어?

"너무 무리하지 말래."

―그렇구나……. 걔답네.

어머니의 환한 웃음소리가 들렸다.

―사실 엄마도 과로로 몸이 상했을 때 똑같은 말을 들었거든. 엄마가 너무 무리한 거라고. 몸의 한계를 넘어서 돈을 벌어 봐야 그만큼 병원비만 더 나간다고.

주변의 소음이 조금 멀어진다. 머릿속에서 어머니의 말을 여러 번 곱씹었다.

"……형이 정말 그랬어?"

―응. 그래서 일하는 시간을 조금 줄였지. 너한테도 항상 말하잖니. 불가능한데 무리하지 말라고. 다 너희 형한테 배운 거야.

이후 대화는 잘 기억나지 않는다. 나는 전화를 끊고 한동안 바람에 흔들리는 공원의 나무를 멍하니 바라봤다. 그리고 여름 풀 향기가 가득한 공기를 가슴 가득 들이마시고 몸을 일으켰다.

현장에 돌아가 보니 무거운 분위기가 감돌고 있었다. 관계자들의 표정에서 일이 잘 풀리고 있지 않다는 게 느껴졌다.

사람들의 시선의 중심에서는 고글을 벗은 히노 씨가 간이 의자에 앉아 넋 나간 사람처럼 하늘을 올려다보고 있었다. 잠시 쉬는 걸까.

하나무라 선배가 나를 보더니 표정을 풀고 말했다.

"피로가 좀 풀렸나 보네."

"네."

그렇게 대답하고 텐트에 설치된 대형 모니터로 눈을 돌렸다.

"어떤 상황인가요?"

"별로 좋지 않아."

하나무라 선배는 가라앉은 목소리로 말했다.

"특히 3호기 운행이 어려운 상황이야. 전파 간섭이 심해서. 조금 전에도 자칫 드론 한 대를 잃을 뻔했어."

"죄송합니다, 교관님. 역시 제 실력으로는."

히노 씨가 나에게 사과했다. 격려를 건네려 할 때 가몬 선배가 끼어들었다.

"다카기. 네가 운전해 볼래?"

나는 조금 고민하고서 고개를 흔들었다.

"아뇨. 히노 씨가 불가능한 일이라면 저도 불가능해요."

그러자 가몬 선배는 어안이 벙벙해졌다.

"뭐야, 너……. 왜 그래?"

"전파 간섭은 조종 실력으로 해결될 문제가 아니니까요. 기존 작전 자체가 무리였어요. 작전을 다시 한번 검토해 보는 게 어떨까요? 항로를 바꾸든지 해서."

아연실색하는 가몬 선배를 뒤로하고 나는 나가이 소방경과 관계자가 모인 테이블로 향했다. 새해 참배 행사장 등지에서 인파가 몰려 스마트폰이 잘 터지지 않는 것처럼, 드론도 여러 대가 모이면 서로 전파를 뺏고 빼앗기는 현상이 발생한다. 물론 현대 통신 기술에서는 주파수 분할 다중화(FDM)나 시분할 다중화(TDM)처럼 전파 간섭을 막는 장치도 있지만, 거리가 가까우면 각자의 통신에 영향을 미치는 건 피할 수 없다.

물리적인 한계라 조종사의 실력으로 어떻게 할 수 있는 게 아니다. 내가 테이블에 다가가자 그곳에 모인 이들이 당황하는 얼굴로 나를 쳐다봤다. 처음 보는 사람도 여기저기 눈에 띈다. 덴다 씨의 말대로 인원이 보충된 듯했다.

"작전 재검토……?"

나가이 소방경이 나를 빤히 보며 되물었다.

"다카기 씨. 그게 말처럼 쉬운 일이 아닙니다. 지금까지 저희가 머리를 맞대고 열심히 짠 계획이고……."

"정공법으로 구조대가 직접 구조에 나서는 방법은 어떨까요?"

나가이 소방경의 눈빛을 보며 다소 주춤하면서도 그렇게

물었다.

"지하 소방 활동이 시작됐다고 덴다 씨에게 들었습니다."

"이제 막 시작됐고 아직 지하 1층 화재 진압에 전념 중인 상황입니다. 2층은 여전히 불타고 있고 3층 불길도 조금씩 세력을 키워 가고 있어요."

"말씀 중에 실례합니다만, 나가이 소방경님."

새로 투입된 듯한 소방대원 한 명이 스마트폰을 손에 들고 심각한 얼굴로 끼어들었다.

"방금 중앙 관리 센터에서 보고가 들어왔습니다. 수경 재배 구역의 화재 때문에 연기가 구조자가 있는 공장 안으로 유입되기 시작한 것 같습니다."

"뭐?"

"CCTV 영상으로 속도를 추산하니 앞으로 한 시간 정도면 공장 전체에 연기가 들어찰 것으로 예상됩니다. 또 지하수 수위 상승 속도도 빨라지고 있어서 당초 예상보다 30분 정도 일찍 3층에 도달할 것 같습니다."

나가이 소방경은 "흐음" 하고 턱을 쓰다듬었고 옆에서 나는 숨을 죽였다. 연기가 유입되고 수위 상승 속도도 빨라지고 있다고? 그럼 구조대가 도착할 때까지 느긋하게 기다릴 수 없다.

조급해지려는 마음을 달래 가며 생각에 잠겼다.

빛이 보이지 않는다. 소리도 들리지 않는다. 그런 구조자를 어떻게 안전지대까지 무사히 유도할 수 있을까.

역시 드론을 활용하는 방법 외에는 뾰족한 수가 떠오르지 않는다. 드론은 필수다. 드론을 대체할 수단을 찾는 것보다 어떻게든 드론을 활용할 방법을 고민하는 편이 빠르다.

그렇다면 문제는 또다시 전파를 어떻게 닿게 할 것인가로 수렴된다.

드론 세 대를 활용한 릴레이는 어려워졌다. 그러나 장소 여건상 중계기를 무작정 투하할 수도 없어서 결국 드론으로 중계기를 실어 보내야 하고, 덕트가 휘어진 탓에 중계점 위치도 바꿀 수도 없다. 지하의 무선 LAN 전파도 덕트까지 닿지 않는다. 공장의 산업용 로봇은 고정식이라 물류 창고 지게차처럼 움직일 수 없고, 로봇 팔도 바닥에 떨어진 드론에 닿을 만큼 길지 않다.

고민할수록 '불가능'이라는 세 글자만 떠올랐다.

침착하자.

불가능한 건 굳이 떠올리지 말자. 지금 떠올려야 할 것은 '무엇을 할 수 있는가'이다. 지금 같은 상황에서 내가 할 수 있는 일이 뭘까. 지금의 나는 무턱대고 어둠을 두려워하던 그 시절의 나와 다르다. 어두운 동굴의 공포를 극복했고 나 자신의 한계도 알고 있다. 그런 내가 할 수 있는 일.

어두운 동굴.

문득 머릿속이 번뜩였다.

이렇게 간단한 해결책이 있었을 줄이야.

정신이 번쩍 들었다. 그야말로 기사회생의 한 수다. 이렇게 하면 전파 간섭을 막을 수 있고 **니라사와의 여동생 문제까지 해결할 수 있다.**

불가능하다는 것을 인정해야만 비로소 보이는 길이 있는 걸까.

나는 심호흡을 한 번 하고 나가이 소방경을 돌아봤다.

"드론 숫자를 줄이죠."

그렇게 제안했다.

"중계기를 실은 드론을 한 대 줄이는 겁니다. 그럼 전파 간섭 문제를 해결할 수 있습니다. 제외한 그 드론은 다른 실종자 수색에 투입해 주세요. 마침 제 지인의 여동생이 지하에서 길을 잃었다고 합니다."

"드론을 한 대 줄인다? 그럼……."

"괜찮습니다."

나는 힘 있게 단언했다.

"전파는 닿게 할 수 있습니다. **제가 1호기를 대신한다면요.** 제가 컨트롤러를 들고 직접 1호기가 있는 곳, 즉 지하 1층으로 내려가겠습니다."

VI

아리아드네의 목소리

짐작건대 인간은 누구나 태초부터
인류가 경험한 인상과 정서를
이해할 능력이 있고,
모든 개인은 푸른 대지와 속삭이는
물에 대한 의식적 기억을 가지고 있어서
맹인이든 농인이든 선조들에게 선사 받은
선물을 빼앗길 일이 없습니다.
이러한 유전 능력은 일종의 육감으로
영혼이 보고, 듣고, 느끼는 감각입니다.

—『헬렌 켈러 자서전 – 나의 청춘시대』, 헬렌 켈러

1

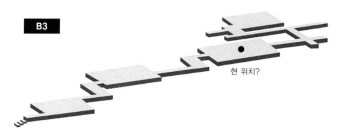

B3

현 위치?

현 위치: 지하 3층 닥슨 공업 지하 제1공장(상세 불명)
대피소까지 거리: 150미터
3층 침수까지 남은 시간: 30분
연기가 가득 찰 때까지 남은 시간: 49분

어두운 통로 곳곳에서 불길이 활활 타오르고 있다.

마치 악마의 불길 같다. 공기 호흡기 마스크 때문에 발밑
이 잘 보이지 않고, 잔해가 앞을 가로막아서 지나가기 힘들

다. 처음 입어 본 방화복은 빳빳해서 불편하고 방화화는 꼭 납덩이로 된 족쇄를 찬 느낌이다. 한 걸음 한 걸음이 고행의 연속이다. 평소 운동 부족까지 겹쳐 금세 숨이 차올랐다.

"교관님."

앞장선 히노 씨가 돌아보며 뭔가를 말했다. 마스크에 목소리를 전달하는 전성기가 달려 있지만 호흡이 거칠어서 잘 들리지 않았다.

가까이 다가가 큰 소리로 물었다.

"네?"

"저기 철골이 튀어나와 있으니 방화복이 걸리지 않게 조심하세요."

"아, 네. 알겠습니다."

"네? 뭐라고요?"

"알겠습니다!"

지하에 직접 내려가겠다는 내 제안은 간신히 승인을 받았다.

일단 계약서를 썼다고 해도 구조 훈련도 받지 않은 민간인이 위험한 재난 현장에 투입되는 상황에 반대 의견이 여럿 나왔다고 한다. 그러나 우여곡절 끝에 최종적으로 오케이 사인이 떨어졌다. 난색을 표하는 윗선을 나가이 소방경이 끈기 있게 설득해 준 덕분이다. 무슨 일이 생기면 자기 책임 문제로 발전할 수 있는데도 아무렇지 않게 나를 보내

준 나가이 소방경의 배려에 감사할 따름이었다.

괜찮아. 내가 할 수 있는 일만 하자.

숨을 헐떡이면서도 침착하게 현 상황을 분석했다.

지하 1층에서 본격적인 소방 활동이 시작됐고, 우리가 지금 향하는 북서쪽 공장용 환기 덕트 주변에도 소방대가 투입돼 화재를 진압하고 있다. 통로는 일부러 붕괴 위험이 낮은 곳을 선택했고, 방화와 방연 대책도 충분하다. 심지어 지금 나와 함께하는 이들은 히노 씨를 비롯해 전부 구조의 베테랑들이다. 안전 하나만은 걱정할 필요가 없다.

두려움도 없다. 어두운 동굴이라는 이유만으로 움츠러든 시절은 이미 지났다. 지금 나에게 어둠은 그저 불편할 뿐이다. 잘 보이지 않는 발밑 장애물을 경계할지언정 어둠 속에 홀로 남겨질 상황을 상상하며 겁먹거나 공포에 떨지는 않는다.

그리고.

이것이 바로 나카가와 씨의 세계다.

이보다 훨씬 어둡고 폐쇄적인 세계에서도 그녀는 홀로 외롭게 싸워 왔다.

보이지 않는다. 들리지 않는다. 말하려 해도 전해지지 않는다. 지금 내가 겪는 이 특수한 상황이 그녀에게는 바로 일상이다.

그렇게 생각하니 도무지 약한 소리를 내뱉을 수 없었다.

대열에서 자꾸 뒤처지는 둔한 다리를 질책하며 오로지 지하를 향해 걸었다. 빨리, 한시라도 빨리. 지하 미궁에서 구할 실타래가 될 드론을 그녀에게.

잠시 후 어둠 속에서 밝은 공간이 눈에 들어왔다. 선발대가 조명을 설치해 둔 듯하다. 벽 쪽에 음식점이 줄지어 있는 것을 보니 푸드 코트의 한 켠 같았다.

천장에 유난히 빛이 집중된 곳이 있었다. 천장 패널의 일부가 벗겨졌고 안쪽에는 은빛으로 빛나는 덕트가 언뜻 보였다.

저긴가. 나는 침을 꿀꺽 삼키고 그곳으로 다가갔다.

"우리 회사, 위험수당은 잘 나오겠지."

목표 지점에 도착하자마자 가몬 선배가 투덜거리며 노트북을 가방에서 꺼냈다. 선배도 이번 작전에 참여했다. 점군 데이터 같은 이미지는 소프트웨어가 자동으로 처리해 줘서 미리 설정만 해 두면 나 혼자서도 드론을 조작할 수 있지만, 갑작스러운 사태에 대비해 도와주러 온 듯했다. 이러니저러니 해도 사람 좋은 선배다.

지하 구조팀은 나, 가몬 선배, 히노 씨, 사에키 씨, 그리고 지원한 소방대원 세 명까지 합쳐 총 일곱 명으로 구성됐다. 리더는 히노 씨가 맡았다.

"검은 연기 확인!"

사에키 씨가 푸드 코트 한 구석을 비추며 외쳤다. 즉시 소방대원들이 달려가 지상에서 끌어온 호스로 물을 뿌리기 시작했다.

"교관님!"

히노 씨가 내게 다가왔다.

"이 부근은 가스 농도가 높습니다. 면체를 절대 벗지 마세요."

면체란 공기 호흡기 마스크를 뜻하는 듯했다. 나는 고개를 끄덕이고 가몬 선배와 눈짓으로 신호를 주고받았다.

"공기가 얼마나 남았나요?"

"돌아가는 시간까지 합치면 대략 20분 남짓일까요. 두 분은 이런 상황에 익숙하지 않으니 공기가 더 빨리 줄 수도 있습니다. 제가 산소통 압력을 확인하며 적당한 시점에 철수 지시를 할 겁니다. 그때는 설령 유도 작업 중이어도 무조건 철수를 우선순위에 두셨으면 합니다."

"알겠습니다."

20분. 결코 길지 않은 시간이다. 축구의 하프타임 정도 되는 시간 동안 드론을 재가동하고 나카가와 씨를 발견해 대피소까지 유도해야 한다.

일단 주변 안전을 확보한 후 준비 작업을 마치고 컨트롤러를 손에 들었다. 우선 해야 할 일은 중계기를 실은 드론을 보내는 것이다. 한 대는 이미 지하 2층 중계점에서 대기하고 있으니 새로 투입할 드론은 조금 전까지 1층에 있었던

이 1호기 드론이다.

 덧붙이자면 지금 공기 호흡기 마스크를 쓰고 있어서 고글을 사용할 수 없다. 그 대신 내가 든 컨트롤러에 소형 모니터가 부착돼 있다. 모니터 화면을 직접 보며 조종하는 것이다.

 방화 장갑을 끼고 조종하기는 어려워서 과감히 장갑을 벗었다. 주변 열기 때문에 손등이 화로를 올려놓은 것처럼 뜨거웠다. 사에키 씨가 뭔가 할 말 있는 표정으로 날 봤지만 제지하지는 않았다. 나는 맨손으로 장비들을 얼추 확인하고 선배에게 신호해 중계 드론을 이륙시켰다.

 이번에는 어렵지 않게 비행에 성공했다. 계획대로 전파장애에 시달리지 않고 무사히 지하 3층 중계점에 드론을 안착시켰다. 그곳에서 드론을 호버링하고 옆에 있는 소방대원에게 컨트롤러를 넘겼다.

 드디어 SVR-Ⅲ의 컨트롤러를 다시 손에 들었다.

 긴장되는 순간이었다. 전파 중계기 두 대가 모두 예정한 장소에 배치됐다. 하나무라 선배의 계산이 맞다면 이것으로 SVR-Ⅲ에도 전파가 닿아야 한다.

 "떴다. 떴습니다!"

 사에키 씨가 흥분한 목소리로 외쳤다. 내 컨트롤러 모니터에도 노이즈 섞인 점군 데이터의 흑백 영상이 표시돼 나도 모르게 주먹을 불끈 쥐었다.

"잠깐, 다카기. 아직 기뻐하기 일러. 이륙이 되는지까지 확인해야."

곧장 가몬 선배가 일침했다. 속으로 고개를 끄덕이며 마음을 다잡았다. 심호흡을 한 번 하고 손끝에 의식을 집중해 좌우 스틱을 브이 자로 밀었다.

헤드폰에서 부웅 하고 바람을 가르는 소리가 들렸다. 무심코 흥분해서 소리쳤다.

"움직입니다! 선배, 프로펠러가 살아 있어요!"

"좋아."

가몬 선배의 목소리도 조금 커졌다.

"그럼 이륙해. 신중하게. 1미터 정도 위에 로봇 팔이 있으니 너무 높이 띄우지 말고."

"알겠습니다."

공장 CCTV 영상으로 SVR-Ⅲ의 주변 상황을 확인했다. 이곳은 로봇의 숲이다. 부주의하게 기체를 움직이다가 여기저기 튀어나온 로봇 팔에 걸려 다시 추락할 수 있다.

"SVR-Ⅲ, 이륙합니다."

왼쪽 엄지에 힘을 주며 왼쪽 스틱을 천천히 위로 밀어 올렸다.

모니터 속 흑백 영상이 서서히 아래로 흘렀다. 고도를 나타내는 수치가 상승하고, 그 수치가 50센티미터를 넘었을 때 기체를 선회해 조금 전진. 그곳에서 기체를 한 바퀴 회전하고 주변 장애물과 거리를 측정한 후 재부상.

드론이 공중을 날았다.

"좋아!"

선배가 손뼉을 짝 쳤다. 나는 폐부 깊숙이 공기를 내뱉었다. 사에키 씨가 지상과 연결된 유선 마이크로 기쁜 듯이 소리쳤다.

"이륙 성공! 18시 31분. SVR-Ⅲ, 재이륙했습니다!"

이로써 1단계 클리어.

물론 이걸로 끝은 아니다. 나는 심기일전하고 두 번째 단계로 의식을 전환했다.

다음 목표는 나카가와 씨를 찾는 것이다. CCTV 사각지대에서 보이지 않던 나카가와 씨는 지금 어디 있는 걸까.

처음 들린 흰 지팡이 소리가 지금은 전혀 들리지 않는다. 지쳐서 포기한 걸까. 아니면……. 순간 최악의 상상이 머리를 스쳐 갔지만 고개를 흔들며 불온한 생각을 떨쳤다.

살아 있다는 것을 전제로 수색을 진행하자. 선배가 분석한 바에 따르면 흰 지팡이 소리는 양생 시트가 깔린 방 같은 곳에서 들렸다고 했다. 중앙 공중 통로를 건너면 조건에 부합하는 장소가 여럿 있지만 일일이 다 확인하려면 시간이 너무 오래 걸리고, 점군 데이터와 열화상의 조악한 영상만으로는 놓칠 위험도 있다.

드론의 프로펠러 바람도 벽 너머에서는 알아차릴 수 없다.

나는 흰 지팡이 소리가 다시 들리기를 속으로 간절히 바랐다. 그 소리만 들린다면. 여러 번 언급했듯 SVR-Ⅲ에는 3차원으로 음원의 위치를 추정하는 탐색 기능이 있다. 그것으로 지하철 승강장 때처럼 그녀의 위치를 쉽게 파악할 수 있을 것이다.

부탁이야. 한 번이면 돼. 제발 한 번만 지팡이 소리를.

그렇게 기도할 때였다.

내 고막이 희미한 소리를 포착했다.

깡…….

깡. 깡. 깡…….

무심코 고개를 팟 들었다.

"선배, 이 소리!"

"그래."

선배의 흥분 섞인 목소리가 들렸다.

"찾았어. 소리가 난 곳은 공장 북동 구역에 있는 반제품 보관소. 2시 방향. 거리는 약 30미터. 다카기, 서둘러! 나카가와 씨가 지금 그곳에 있어!"

"네!"

드론을 급선회해서 지시한 방향으로 날려 보냈다.

전방에 점군 데이터의 하얀 벽이 보였다. 그중 한 곳에 출입구처럼 보이는 네모난 구멍이 있다.

구멍을 지나자 파란색, 하늘색 같은 차가운 열화상 색채

속에서 붉은 젤리 같은 덩어리가 보였다. 조심스럽게 다가가자 붉은 젤리가 드론의 바람을 느꼈는지 기쁨을 표현하는 것처럼 꿈틀거렸다.

찾았다.

살아 있었다. 이번에도 살아 있어 줬다.

치밀어 오르는 뜨거운 감정을 삼키며 나도 모르게 입술을 깨물었다.

2

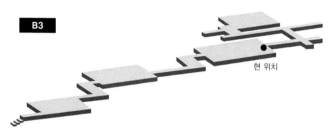

현 위치: 지하 3층 닥슨 공업 지하 제1공장
대피소까지 거리: 120미터
3층 침수까지 남은 시간: 15분
연기가 가득 찰 때까지 남은 시간: 34분
산소통 잔량: 7분

아직 발열제의 열기가 남았는지 나카가와 씨는 배낭처럼

보이는 붉은 반점을 들고 드론을 향해 다가왔다. 와이어의 장력 수치가 바뀌어 그녀가 와이어를 쥐었다는 것을 알 수 있었다.

"서두르십쇼, 교관님. 산소통 공기가 얼마 남지 않았어요."

"네, 알겠습니다."

히노 씨의 경고에 조바심을 느끼면서도 나카가와 씨를 천천히 유도했다. 우선 현재 있는 방에서 탈출, 뒤이어 기존 경로로 귀환. 그곳에서 공장을 나가 지하도의 대로를 지나 최종 목표지인 대피소로.

한동안 나카가와 씨와 떨어져 있던 탓에 처음에는 다소 혼란도 있었지만 금세 감을 되찾았다. 큰길로 나간 덕에 와이파이 전파 상태도 양호했다.

공장을 벗어나면 대피소까지는 직선거리로 백 미터도 되지 않는다. 이제 얼마 안 남았다. 이대로 순조롭게 나카가와 씨를 유도할 수 있기를 기원하며 모든 신경을 집중해 드론을 조종했다.

그러나 세상일은 역시 그렇게 호락호락하지 않았다.

대피소를 불과 몇십 미터 남겨 두고 있을 때. 갑자기 발밑에서 미세한 진동이 느껴져 깜짝 놀라 몸이 굳었다.

"……여진입니다."

주의를 환기하는 사에키 씨의 안내 방송 소리. 순식간에 긴장이 감돌았다. 그러나 마음의 준비를 한 것에 비해 여진은 그다지 강하지 않았고 시간도 짧았다. 체감상 진도 1, 2 정도 됐을까.

조용히 흔들림이 종식되자 입에서 안도의 한숨이 나왔다.

그래도 아직 안심하기는 이르다.

바로 직후에 뜨거운 기운이 느껴졌다.

"교관님!"

히노 씨가 내 어깨를 붙잡고 뒤로 잡아당겼다. 허를 찔려 몸을 기울이면서도 재빨리 엄지를 스틱에서 뗐다. 두 번 다시 똑같은 실수를 반복할 수 없었다.

"대체 무슨 일이⋯⋯."

말을 마치기도 전에 몸이 굳었다. 바로 눈앞에서 가스버너 처럼 불길이 솟구치고 있었다.

그 밖에도 여기저기서 불길이 보였다. 소방대원들이 호스 와 휴대용 소화총으로 필사적으로 진화에 나섰다.

"왜⋯⋯ 왜 갑자기 이런 일이⋯⋯."

"공기!"

히노 씨가 호스를 휘두르며 외쳤다.

"조금 전 여진으로 어딘가에 균열이 생겨서 아래에서 신 선한 공기가 흘러들었을 겁니다. 위험해요. 이대로 있다가는 금세 일대가 불바다가 될 겁니다!"

눈을 휘둥그레 뜨고 불길을 응시했다. 백 드래프트✢ 같은 걸까.

"앞으로 얼마나 남았죠?"

"기껏해야 10분 아니, 5분 정도일까요. 하지만 그보다 이 연기가 문제입니다. 연기 때문에 시야가 가려지면 도망치려 해도 도망칠 수 없어요. 이 정도면 앞으로 2, 3분 뒤에 연기가 가득 찰 겁니다!"

심장이 내려앉았다. 앞으로 2, 3분. 빨라지려는 심장 박동을 가라앉히려고 심호흡을 하며 필사적으로 머리를 굴렸다. 목표 지점인 대피소까지 앞으로 약 30미터. 나카가와 씨의 평균 이동 속도는 초속 0.6미터이니 예상 소요 시간 대략 50초.

1분도 채 되지 않는다. 그렇다면 **아직 불가능하지 않다.**

"3분, 아니 2분! 앞으로 2분만 시간을 주세요!"

"2분은 어렵습니다. 연기가 통로를 가릴 겁니다!"

"제발!"

히노 씨가 마스크 아래에서 난감해하는 표정을 지었다. 그러더니 결국 "사태가 더 심각해지면 강제로 끌고 갈 겁니다"라는 말을 남기고 불기둥 너머로 사라졌다.

✢ 실내에 산소가 갑자기 다량 공급될 때 연소 가스가 순간적으로 발화하는 현상을 뜻하는 말.

"난 너랑 동반 자살하고 싶지 않아."

뒤에서 가몬 선배가 울적하게 중얼거렸다. 나는 쓴웃음을 지으며 "저도 마찬가지예요" 하고 다시 컨트롤러를 들었다.

드론은 계속 호버링하고 있었다. 나카가와 씨도 참을성 있게 기다려 줬는지 기체를 조금 앞으로 움직이자 와이어에서 확실한 장력이 느껴졌다.

좋아. 잘 따라오고 있어. 들뜨는 마음을 가라앉히며 조심스럽게 스틱을 기울였다.

드론이 앞으로 나아갔다. 그러다가 문득 점군 데이터 영상이 기이하게 뒤틀리고 있다는 것을 깨달았다. 특히 통로 천장과 바닥 부근이 심하다. 헤드폰에서는 물 흐르는 소리도 들렸다.

"선배, 영상이 좀 이상해요. 그리고 물소리도……."

"천장은 연기 때문이야. 연기가 우리보다 빨라. 바닥은 침수일 테고."

"침수? 하지만 3층이 침수되기에는 아직 시간이……."

"조금 전 여진으로 속도가 빨라졌어. 서둘러! 곧 수압 때문에 문이 열리지 않을 거야!"

순식간에 목덜미에 소름이 돋았다. 여기까지 왔는데도 또다시 불과 물의 추격을 당하고 있다. 한번 노린 먹잇감은 절대 놓지 않겠다는 자연의 굳건한 의지마저 느껴졌다.

전속력을 다해 골인 지점까지 달려가고 싶지만 그럴 수

없다. 손가락에 힘을 더 넣고 싶은 마음을 필사적으로 억누르며 침착하게 드론을 조종했다. 삼거리에서 좌회전해서 한참 더 길을 따라가다가 다음 사거리에서 우회전. 이곳이 마지막 분기점이다. 앞으로는 갈림길이나 꺾이는 길이 없다. 오직 직진만 있을 뿐이다.

커지는 물소리에 신경을 곤두세우며 드론을 비행했다.

앞으로 20미터. 15, 10……

그렇게 마지막 10미터 지점에 이르렀을 때. 점군 데이터가 그리는 전방 풍경을 보며 당황했다.

"선배. 이 앞에는 막다른 길이……."

"문제없어."

가몬 선배가 대답했다.

"그 막다른 길 바로 옆 벽에 대피소 문이 있어. 그곳에 도착하면 기체를 위아래로 움직여. 그게 문과 사다리 신호야."

나는 "알겠어요" 하고 다시 기체를 출발했다. 곧이어 다다른 막다른 길 앞에서 지시대로 기체를 위아래로 움직였다. 그리고 기체를 백팔십도 선회해 열화상 카메라에 비치는 나카가와 씨의 움직임을 관찰하자 붉은 윤곽선은 잠시 생각에 잠긴 것처럼 움직이지 않다가 예상대로 옆쪽 벽을 향해 움직이기 시작했다.

안도의 한숨을 내쉬고 보고했다.

"선배, 성공이에요. 나카가와 씨가 막다른 길에서 왼쪽 문을 돌아봤어요."

"왼쪽이라고? 정확히 보고해. 문은 막다른 길에서 오른쪽이야."

"어? 잠시만요. 왼쪽으로."

찰나의 공백이 생겼다. 뒤이어 선배가 이례적으로 격앙된 목소리로 외쳤다.

"이런! 이걸 모르고 있었다니!"

"뭐죠? 무슨 일인가요?"

"방금 평면도를 확인했는데 이 끝부분에는 좌우에 문이 있어. 정확히 말하면 위치가 조금 달라서 막다른 곳 바로 옆 문은 오른쪽 문뿐이지만……. 나카가와 씨가 그보다 앞서 왼쪽 문을 발견하면 그 문이 대피소 문이라고 믿을 수도 있어.

이런. 미안하다, 다카기. 이런 건 사전에 예상했어야 하는데. 제기랄, 어떡하지? 어떡해야 나카가와 씨가 반대편에 문이 있다는 걸 알아차리게 할 수 있지?"

이럴 수가. 말문이 막혔다. 가장 마지막에 와서 이런 함정이 우리를 기다리고 있었을 줄이야.

좋지 않은 예감에 등골이 오싹해졌다. 이 통로는 폭이 좁은 탓에 드론을 옆으로 움직여 와이어로 그 문이 아닌 반대 문이라고 알려 줄 수도 없다. 이대로 나카가와 씨가 반대편 문으로 들어가면 그곳에서 나오게 하는 과정도 지난할 것이다. 고생하며 유도해야 할 텐데 이제는 남은 시간이 없다.

어떻게 해야 하나.

그때 문득 영상에서 들은 나카가와 씨의 목소리가 떠올랐다.

―지금의 저라면 왠지 '할 수 있을 것도 같다'라는 생각이 드네요.

혹시.

반사적으로 헤드폰에 달린 마이크에 대고 소리쳤다.

"아닙니다! 오른쪽입니다! 오른쪽 문으로 들어가세요!"

그 순간, 화면 속 붉은 윤곽선이 움직임을 멈췄다.

망설임의 시간. 그녀는 조금 더 고민하는 듯하더니 반대편으로 움직이기 시작했다. 오른쪽 벽에 사각 구멍이 생기자 붉은 윤곽선은 그 안에 미끄러지듯 빨려 들어갔다. 성공이다. 나는 작게 승리 포즈를 취하고 그녀를 따라 드론을 사각 구멍으로 이동시켰다.

"다카기, 조금 전 그건⋯⋯."

당황하는 가몬 선배의 목소리가 들렸다. 대답하지 않고 대피소에 들어간 나카가와 씨가 문을 닫는 소리까지 확인하고 입을 열었다.

"히노 씨! 구조자 유도를 마쳤습니다!"

"드디어!"

히노 씨가 두 손을 번쩍 들며 주변에 호령했다.

"좋아! 전원 철수! 철수! 사에키, 퇴로를 확보해! 통로가 보이나?"

"보이지 않습니다! 연기가 가득 차서……."

"괜찮아요!"

나는 그렇게 소리치고 중계 드론을 조종하는 소방대원에게 달려가 컨트롤러를 낚아챘다. 그리고 아직 덕트에서 대기 중인 드론 한 대를 빠르게 귀환시켰다.

돌아온 드론을 한 손에 붙들고 가슴 앞에서 드론을 옆으로 눕혔다.

그와 동시에 다른 손으로 컨트롤러의 스틱을 한계까지 밀어젖혔다.

프로펠러가 맹렬하게 돌아가기 시작했다. 선풍기처럼 몰아치는 바람이 구역을 덮은 연기의 장벽으로 향했다.

잠시 후 마치 모세의 기적처럼 연기가 둘로 갈라졌다. 그 틈새로 우리가 왔던 통로가 보였다.

나는 재빨리 통로를 가리키며 외쳤다.

"저쪽이에요. 갑시다!"

3

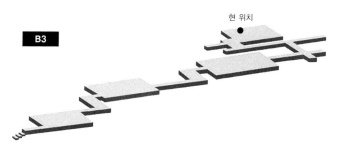

현 위치

B3

현 위치: 지하 3층 북서쪽 구역 긴급 피난 대피소
대피소까지 거리: 0미터(도착)
3층 침수까지 남은 시간: (침수됨)

호피 무늬 통제선이 쳐진 지상 출입구에서 우리는 구조대
의 귀환을 기다렸다.

그 '여진'은 우리에게 재앙이었지만 소방대에는 행운이었
다고 한다. 흔들림 때문에 바닥 일부가 무너져 아래층의 화
재를 진압할 수 있게 된 것이다. 그리고 이를 계기로 단숨에
소방 활동이 진척됐다.

여진 30여 분 만에 소방대가 지하 3층에 도달했고, 곧장
나카가와 씨를 지상에 데려올 구조대가 투입됐다. 우리는
지금 그들의 귀환을 기다리고 있다.

이미 해가 져서 투광기 여러 대가 잔해가 된 지상 출입구
계단을 비추고 있다. 그 옆에는 니라사와도 보였다. 동생 수

색이 지금도 계속되고 있어 나는 약속한 대로 니라사와를 도와주러 갈 참이었다. 당장 가지 못하는 이유는 드론을 회수해야 하기 때문인데, 고성능 센서가 달린 SVR-Ⅲ는 지하 조난자 수색에 최적이고 고장 난 카메라만 교체하면 즉시 현장에 투입할 수 있다. 나는 구조대원들에게 대피소에서 SVR-Ⅲ도 가져와 달라고 부탁했다.

또 나카가와 씨의 안위를 두 눈으로 확인하고 싶었다. 대피소에 도착한 이후 드론의 배터리가 방전됐다. 대피소에 통신 설비가 있지만 나카가와 씨가 다루지 못하는 탓에 소식을 듣지 못한 지 벌써 수십 분. 나카가와 씨는 모든 상황을 잘 버티고 무사히 탈출에 성공할 수 있을까.

"다카기."

이런저런 상념에 잠겨 있을 때 문득 니라사와가 말을 걸었다.

"고마워. 약속을 지켜 줘서."

"아니."

나는 말없이 출입구를 보며 고개를 흔들었다.

"네 동생 수색은 이제 시작인데 뭐."

"응, 그렇기는 해……."

니라사와는 힘없이 고개를 끄덕였다

"하지만 솔직히 지금 이 정도도 불가능하다고 믿었어. 구조가 몹시 어렵다는 건 인터넷에 올라오는 글만 봐도 알 수 있었거든. 나카가와 씨를 결국 구조하지 못하면 내 동생을 찾는 것도⋯⋯. 하지만 그건 내 착각에 불과하다는 걸 네가 이렇게 증명해 줬잖아. 그래서⋯⋯ 지금은 믿을 수 있어, 네 말을."

니라사와는 내 어깨에 손을 얹고 처음으로 솔직해 보이는 미소를 지었다. 나는 그녀의 웃는 얼굴에 잠시 정신을 빼앗겼지만 곧 다시 눈길을 돌렸다.

"미안, 니라사와. 사실 그 일 말인데⋯⋯."

형의 말을 내가 오해했을 수 있다고 솔직히 털어놓고 사과했다. 니라사와는 이렇다 할 표정 변화 없이 묵묵히 내 말을 들었다. 한두 마디 불평을 각오했지만 내 이야기를 다 들은 니라사와는 "그렇구나"라고 중얼거리고 투광기 불빛이 비치는 어둠을 가만히 응시한 채 입을 다물었다.

잠시 후 "다행이다"라는 목소리가 들렸다.

"응?"

"너희 형 말에 다른 뜻이 있을 수 있다는 걸 네가 알게 돼서. 지금껏 줄곧 얽매여 있었잖아. 그 말에."

몸이 굳었다.

"그래⋯⋯ 그럴지도."

어정쩡하게 대답하고 나도 밤의 어둠으로 시선을 향했다.

그렇다. 분명 나는 형의 속박에서 벗어났을지 모른다.

물론 형을 두고 갔다는 죄책감이 송두리째 사라진 것은

아니다. 그러나 니라사와의 말처럼, 적어도 미궁의 출구를 향해 한 걸음 내디뎠다고 할 수는 있지 않을까.

지금껏 형의 말을 가슴에 새기며 살아온 내가 다른 어떤 삶을 지향할 수 있을지는 아직 미지수지만, 일단 내가 할 수 있는 일부터 하나씩 해 나가도록 하자.

"다카기."

생각에 잠겨 있을 때 이번에는 반대편에 있는 가몬 선배가 팔짱을 끼고 물었다.

"네?"

"마지막 그 문 말인데……. 나카가와 씨, 역시 귀가 들리는 거였나?"

나는 대답하지 않았다.

"전."

잠시 시간을 두고 입을 열었다.

"나카가와 씨가 그 말을 **귀로 들은 게 아니라고** 생각해요."

선배가 의아한 표정을 지었다.

"그게 무슨 소리지?"

"예전 영상에서 나카가와 씨는 이렇게 말했어요. 가까운 편의점에 혼자 쇼핑을 하러 가고 싶지만 가는 길에 큰길이 있어서 어렵다고. 하지만 **지금의 나라면 왠지 할 수 있을 것도 같다**고. 즉, 나카가와 씨에게는 나름의 계산이 있었겠죠. '불가능'을 '할 수 있다'로 바꿀, 시각이나 청각에 의존하지 않고 차량이 오가는 도로를 건너는 방법에 대한 계산이."

"어떤 방법 말이지?"

"여기서부터는 그저 제 추측이지만…… 아마 '진동'이 아닐까 싶어요."

"진동?"

"저도 들어본 적이 있어요. 빛과 소리는 물리적 힘을 동반한다고. 음압이나 광압 같은 단어도 있죠? 나카가와 씨는 아마 피부 감각으로 그런 힘들이 일으키는 미세한 진동을 민감하게 감지했던 게 아닐까 싶어요."

선배는 수상쩍어하는 눈빛으로 나를 쳐다봤다.

"물론 음파와 빛의 전자파 같은 것도 전부 물리적 진동의 일종이라 할 수 있지만…… 그래도 광압까지 감지하는 건 무리 아닐까? 그런 건 거대한 돛으로 받아도 겨우 1엔 동전한 닢 수준의 무게일 거야. 그리고 그전에 창고에서 지게차를 피한 건 뭐지? 지게차 여러 대를 진동만으로 구분하는 건 불가능하지 않나?"

"그건 어디까지나 **우리의 감각**이에요."

나는 반박했다.

"바깥 길을 걷는 데 익숙해진 나카가와 씨라면 여러 진동원을 감각으로 구분할 수 있을지도 모르죠. 그리고 빛은 자외선을 포함하고 있어요. 자외선으로 인한 피부 손상 같은 걸 힘의 일종으로 인식할 수도 있지 않을까요? 그럼 드론 불빛이 꺼진 뒤에 나카가와 씨의 발걸음이 무거워진 이유를 설명할 수 있고, 그때 그녀가 우리에게 전하고 싶었던 말도 이해할 수 있어요."

"조명 속 자외선을 느꼈다는 건가? 그래서 우리에게 조명이 고장 났다는 걸 필사적으로 알리려 했다? ……하지만 LED 조명에는 자외선 성분이 거의 없을걸. 기껏해야 형광등의 2백 분의 1 수준일 텐데."

"제로는 아니죠."

그렇다. 우리가 상상하는 것 이상으로 그녀가 '진동'을 활용할 줄 알았다면 이 모든 걸 설명할 수 있다.

마지막에 나카가와 씨가 대피소 문이 아닌 다른 문으로 향할 때 '오른쪽'이라는 내 외침을 듣고 방향을 바꾼 것도 그 단어의 '의미'를 이해해서가 아니다. 몸에서 '느껴지는' 소리의 톤으로 우리가 뭔가를 경고한다는 것을 알아차린 것이다.

그래서 고민 끝에 다른 문이 있지 않을까 의심해서 방향을 바꿨다.

내 설명을 들어도 선배의 이마 주름은 사라지지 않았다. 팔짱을 낀 채 부루퉁하게 지상 출입구를 바라봤다.

"글쎄. 설령 그런 해석으로 우리가 납득한다고 해도…… 과연 일이 잘 수습될까?"

"어떤 일 말이죠?"

"인터넷이 종일 떠들썩하잖아. 나카가와 씨의 '장애 사칭 의혹'. 지금 네 설명으로 과연 인터넷에서 떠드는 놈들이 전부 입을 다물지 난 의문이야."

말없이 지상구를 바라봤다. 지껄이고 싶은 사람들은 그냥 내버려 두면 된다. 어차피 그런 자들에게 진실 같은 건 중요하지 않다. 그저 평소에 쌓인 울분을 풀기 위해 있지도 않은 일을 과장하며 떠들어 대고 있을 뿐이다.

언뜻 보기에는 일종의 초능력처럼 느껴질 수도 있다. 그러나 그것은 어디까지나 나카가와 씨 스스로 '할 수 있을 것 같은' 일들을 쌓아 온 결과다. 현재 자신이 '할 수 있는 일'을 차근차근 쌓아 온 그녀의 노력이, 평범한 사람한테는 도저히 '불가능'한 경지에 도달하게 했다. 분명 그랬을 것이다.

"아…… 왔다!"

니라사와가 소리쳤다. 파란 시트에 둘러싸인 계단 출구를 보니 주황색 소방복을 입은 소방대원들이 지금 막 모습을 드러내고 있었다.

그들은 서로 말을 주고받으며 아래에서 들것을 들어 올렸다. 그 모습을 보고 가슴에 불안감이 싹텄다. 나카가와 씨는 스스로 걸을 수 없을 정도로 체력이 약해진 걸까. 아니면…….

들것이 지상에 올라오자 나는 침을 꿀꺽 삼켰다. 혹시나 하는 불길한 예감을 떨치며 조명에 비치는 들것을 뚫어져라 바라보던 바로 그 순간.

온몸에 충격이 밀려왔다.

아…….

어떻게 **이런 일**이.

나도 모르게 털썩 무릎을 꿇었다. 한눈에 이해했다. 그녀는 볼 수 있었다. 모든 것이 보이고, 들리기도 했다.

그러나 그녀는, 나카가와 씨가 아니었다.

나카가와 씨의 등에 업혀 있는 **또 한 명의 구조자**.

"미도리!"

옆에서 니라사와가 소스라치게 놀란 듯이 소리쳤다. 그러고는 통제선을 뛰어넘어 동생에게 달려갔다.

예전처럼 멋지게 달리는 니라사와를 지켜보며 내 안에서 모든 게 연결됐다. 니라사와의 여동생이 사라진 시간대와 스파 시설에서 광덕트가 떨어진 타이밍. 그때 나카가와 씨가 필사적으로 우리에게 전하려고 한 것과 그녀의 발걸음이 갑자기 무거워진 이유. 나카가와 씨가 늘 애지중지하며 짊어지고 다닌, 열기를 머금은 배낭의 정체.

즉, 이런 것이다. 니라사와의 여동생이 추락한 곳은 평범한 채광창이 아닌 **광덕트로 이어지는** 창문이었다. 아이는 그곳에서 덕트를 지나 지하 3층까지 추락해 스파 시설의 욕조 속으로 떨어졌다. 몸이 부딪혀 아이의 존재를 알아차린 나카가와 씨는 우리에게 그 사실을 전하려 했지만, 잘 전해지지 않아 체념했다. 그리고 결국 추락의 충격으로 걸을 수 없게 된 니라사와의 동생을 등에 업고 가기로 결심했다.

그렇게 목소리를 내지 못하는 소녀와 농맹인 여자는 서로에게 부족한 부분을 채워 주며 출구를 향해 갔다. 어떤 때는 농맹인 여자가 어둠을 두려워하는 소녀를 대신해 손을 더듬거리며 조명 스위치를 켰고, 어떤 때는 소녀가 여자의 손을 잡아당겨 지게차의 위험에서 구하고 올바른 문의 방향을 알려 주기도 했다.

도대체 누가 상상이나 했을까.

보이지 않는다. 들리지 않는다. 말할 수 없다. 그런 엄청난 장애를 짊어진 한 인간이 절체절명의 상황 속에서 **내가 아닌 다른 누군가를 구할 생각을 했다**는 걸.

진심으로 탄복했다. 완패다. 얄팍하기 그지없는 내 과학적 설명 따위 들을 가치도 없었다. 진실은 더 아날로그적이고 흙냄새와 사람 냄새가 물씬 풍기는 것이었다.

형, 혹시 보고 있어?

웃음과 울음이 뒤섞인 얼굴로 니라사와 자매가 부둥켜안는 모습을 가만히 지켜봤다.

역시 난 인간에게 '한계'는 없다고 생각해. 왜냐하면 인간은 진정 '불가능'한 게 무엇인지 스스로 상상하지도 못하니까.

잠시 후 들것 뒤에서 누군가가 구조대원에게 이끌려 잔해를 올라왔다. 이번에는 나카가와 씨다. 스스로 걷는 모습을 보니 특별히 몸에 이상은 없어 보인다. 가슴에 깊은 안도감이 밀려왔다.

지상으로 나오자마자 나카가와 씨는 비틀거리다가 그 자리에 주저앉았다. 그러고는 주변 대원들에게 손짓과 몸짓을 동원해 필사적으로 뭔가를 물었다.

수화를 배우지 않은 나는 어떤 기호도 읽을 수 없지만 어째서인지 무슨 뜻인지 알 수 있었다. 나카가와 씨가 지금 전하려 하는 말을 손에 잡힐 듯이 이해할 수 있었다.

그녀는 지금 이렇게 묻고 있을 것이다. 아이는 무사한가요? 아이의 생명에는 지장이 없나요? 조금 전부터 기운이 없었어요. 얼른 의사에게 데려가 주세요.

당황하는 대원들 사이를 헤치며 덴다 씨가 뛰어갔다. 덴다 씨는 가장 먼저 나카가와 씨를 꼭 껴안고 그녀의 두 손을 잡았다. 눈물과 콧물로 범벅된 얼굴로 오열하면서도 나카가와 씨의 손가락을 두드리는 덴다 씨. 나카가와 씨는 가만히 손을 앞으로 내민 채 '듣고' 있다가 도중에 소리 없이 입을 벌리고 눈물을 주르륵 흘렸다.

"아아."

환희에 찬 함성이 별이 뜬 밤하늘에 울려 퍼졌다.

"아아아……!"

그 소리는, 왠지 나를 어디론가 인도하는 것 같았다.

   지하도시에서 지진이 일어난다. 파괴된 도시의 조난자는 보이지도, 들리지도, 말하지도 못하는 삼중 장애를 가진 자. 무너진 건물 잔해로 접근이 불가능한 상황. 이 사람을 어떻게 구할 것인가?

   이 구조극에서 조난당한 자와 구하는 자. 두 가지 시점을 오가며 극적 효과를 자아내는 방법은 통하지 않는다. 삼중 장애로 인해 조난당한 자의 감각이 원천 차단되어 있기 때문이다. 이처럼 드론의 카메라를 통해서만 조난자를 볼 수 있는 게임과 같은 감각 속, 현실은 요동친다. 삼중 장애의 인물이 장애를 흉내 낸다는 의심, 한 사람을 구출하기 위해 한정된 자원을 사용한다는 시민들의 불만이 쌓여가는 와중, 누전과 여진 등 계속하여 구조를 요원하게 하는 사건들이 발생한다.

강자가 아닌 약자의 자리를 탐내는 시대다. 자원이 한정된 시대. 나의 피해를 주장해야 만이 내게 합당한 몫이 떨어진다는 인식이 보편적이다. 그렇게 모두가 피해자, 보호받아야 하는 사람, 더 받아야 하는 사람으로 스스로를 바닥으로 끌어내릴 때 끝끝내 그 어둠 속을 기어오르는 사람이 있다. 그가 보여주는 생존 의지는 오로지 자기 구제를 향한 것이 아니다. 가장 어두운 곳에서도 내가 아닌 다른 사람을 향해 손을 뻗을 수 있을 때, 구하는 자와 구원받는 자의 자리가 중첩될 때 그 순간 우리는 화면 속 붉은 점이 아닌 인간이 된다.

이희주(작가 『환상통』, 『성소년』)

삼중의 어둠, 기술의 빛,
그리고 인간의 날개

어릴 적 안타까운 사고로 형을 잃은 주인공 다카기 하루오. 그는 깊은 트라우마를 떠안은 채 인명 구조 드론을 제작하는 벤처 기업에서 일하며 형의 유지를 잇는 것을 목표로 살아가는 청년입니다. 그러던 어느 날 다카기는 업무차 최첨단 스마트 시티이자 장애인 친화 도시인 'WANOKUNI'를 방문합니다. 'WANOKUNI'는 일본 국토교통성이 대형 건설사, IT 기업들과 손잡고 야심 차게 추진한 '지하 도시 프로젝트'의 결정체로 지상에는 최소한의 주거 시설을 두고 지하에 모든 기반 시설과 드론 물류 유통망을 갖춘, 선진적이고도 실험적인 미래 도시의 청사진으로서 본격적인 운영을 앞두고 있었습니다. 회사 차원에서 참가한 개막식 행사를 무사히 마치고 선배들과 오후부터 시작될 드론 박람회를 준비하던 다카기.

그러나 개막식의 환호가 채 가시기도 전에 예기치 못한 거대 지진이 이 실험적 도시를 강타합니다. 순식간에 도시는 대혼란에 빠지고, 야전 병원이 된 학교 체육관에서 부상자들을 돌보던 다카기에게 급한 의뢰가 들어옵니다. 최신식 드론을 이용해 현재 지하에서 위기에 빠진 조난자를 구조해 달라는 것입니다. 평소 드론 운전에 자신이 있고 구조여건도 아예 불가능하지만은 않다고 판단한 다카기는 의뢰를 받아들이지만 구조자의 구체적인 정보를 듣고 나서 아연실색합니다. 구조해야 할 사람은 '보지 못하고, 듣지 못하고, 말하지도 못하는' 삼중 장애를 가진 여성 장애인이었던 것입니다. 결국 다카기는 어두운 지하 시설에 홀로 고립된 그녀를 단 한 대의 드론으로 안전지대까지 유도해야 하는 전대미문의 임무를 맡게 됩니다. 단 여섯 시간이라는 제한 시간 동안 세상 가장 어려운 구조 작업을 완수해야 하는 상황에서, 엎친 데 덮친 격으로 구조팀에는 수상한 의혹이 번지기 시작하고 그 뒤로도 예상치 못한 갖가지 난관이 다카기의 앞을 가로막습니다. 다카기는 과연 그 모든 난관을 헤치고 삼중 장애를 가진 '레이와의 헬렌 켈러'를 무사히 구출할수 있을까요. 또 구조팀에 번지는 수상한 의혹은 무엇이며, 진실은 어떤 후폭풍을 불러오게 될까요.

『아리아드네의 목소리』를 쓴 이노우에 마기는 2014년 『사랑과 금기의 술어논리』로 제51회 메피스토상을 받으며 화려하게 데뷔했습니다. 일본 대형 출판사 중 하나인 고단

샤에서 주관하는 메피스토상은 지금까지 모리 히로시, 니시오 이신, 마이조 오타로 등 쟁쟁한 작가를 배출했으며 '궁극의 엔터테인먼트', '재미있으면 무엇이든 된다'를 표어로 내걸고 개성적이고 참신한 신인 작가들의 작품을 발굴해 데뷔 기회를 주는 것으로 유명합니다. 따라서 메피스토상 출신 작가들은 '1작가 1스타일'이라는 말이 나올 만큼 독특한 자신만의 작풍과 실험 정신을 가진 작가들이 많은데 본 작품 『아리아드네의 목소리』를 쓴 이노우에 마기는 그 대표적인 사례라고 할 수 있습니다. 사상 최초로 본격 미스터리와 기호 논리학의 융합을 시도한 데뷔작도 인상적이었지만, "'기적'의 존재를 증명하기 위해 세상 모든 가능성과 트릭을 부정하는 탐정'을 작품에 등장시키며 미스터리라는 장르의 전복을 시도한 『그 가능성은 이미 떠올렸다』, '사건이 일어나기도 전에 사건을 해결하는 탐정'이 등장하는 『탐정이 너무 빨라』 등, 그가 세상에 내놓는 미스터리들은 하나같이 파격과 도전이 키워드였습니다.

그렇게 이노우에 마기는 2016년 고작 데뷔 2년 만에 '본격 미스터리 대상' 후보에 오르며 명성을 얻은 이후에도 다른 작품에서는 보기 힘든 AI, 유전자 공학, VR 등 첨단 기술과 근미래를 배경으로 한 독특한 미스터리를 속속 내놓았습니다. 그중 2023년 출간된 최신작 『아리아드네의 목소리』는 그런 작가의 도전 정신의 정수라 할 수 있습니다. 본 작품은 최신 드론 기술로 지하 세계에 갇힌 삼중 장애인 구조자를 구하는 과정을 그리며 독자들을 숨 막히는 긴장감 속으로 끌어들입니다. 상상력을 자극하는 드론 시점의 상황 묘사와 게임처럼 난관을 하나하나 돌파하며 손에 땀을 쥐게 하는 이야기 전개도 일품이지만, 중간중간 교묘하게 배치된 미스터리 요소와 설정으로 독자들의 호기심을 자극하는 것도 허투루 하지 않습니다. 그러면서도 주인공의 과거 트라우마와 현재의 도전이 맞물린 캐릭터의 심리적 성장, 기술의 발전과 인간성의 본질, 그리고 이 사회의 다양성과 포용성 등을 다루며 깊은 성찰을 제공하기도 합니다.

그렇게 도달한 작품의 결말부는 그야말로 『아리아드네의 목소리』의 백미입니다. 전반부부터 치밀하게 쌓아 온 복선과 의혹을 단숨에 해결하는 멋진 반전은 본격 미스터리로서 작품의 가치를 훌륭하게 증명하는 동시에 그것을 뛰어넘는 강렬한 감동과 울림을 독자에게 선사합니다. 결말을 통해 우리는 이 작품이 단순한 재난 미스터리로서의 재미 추구와 현대 기술 예찬에 그치지 않고 인간 본연의 가치와 존엄성에 대해 깊이 생각해 볼 여지를 제공하는, 한 단계 진화한 미스터리라는 것을 알 수 있게 됩니다. 칠흑처럼 까마득한 삼중의 어둠, 그 안에 첨단 기술의 힘을 빌려 한 가닥 빛의 동아줄을 내려 줄 수는 있어도 결국 태양처럼 눈부신 희망에 닿기 위해서는 인간의 무한한 가능성이라는 마지막 날개가 필요하다는 것을 여실히 느끼게 해 줍니다.

그동안 수많은 미스터리를 읽었지만 『아리아드네의 목소리』를 읽고 번역하며 저는 미스터리가 줄 수 있는 재미와 감동의 한계가 어디까지인지 새삼 알 수 없게 됐습니다. 그런 의미에서 저에게 『아리아드네의 목소리』는 미스터리 소설의 가능성 그 자체입니다. 그리고 지금껏 성별, 나이, 경력 등 무엇 하나 공개하지 않은 채 오로지 집필에만 집중하며 미스터리의 '진화'와 '진전'을 시도하는 작가 이노우에 마기는 앞으로도 도전을 멈추지 않으며 미스터리의 가능성을 더욱 넓혀 갈 것이라 확신합니다. 그가 선보일 미스터리의 무한한 가치를 독자 여러분과 늘 함께 누릴 수 있기를 기원합니다.

2024년
이연승

아리아드네의 목소리

1판 1쇄 인쇄 2024년 12월 16일 | **1판 1쇄 발행** 2024년 12월 26일

지은이 이노우에 마기 | **옮긴이** 이연승

편집장 민현주 | **디자인** 박진범 | **제작** 송승욱 | **마케팅** 송재원 | **총괄이사** 황인용 | **발행인** 송호준

발행처 블루홀식스 | **출판등록** 2016년 4월 5일 제2016-000100호

주소 경기도 파주시 회동길 483-1 | **전화** (031)955-9777 | **팩스** (031)955-9779

이메일 blueholesix@naver.com

ISBN 979-11-93149-38-6 (03830) | **정가** 17,800원